在雪原
与星空
之间

毕淑敏 著

湖南文艺出版社
HUNAN LITERATURE AND ART PUBLISHING HOUSE

博集天卷
CS-BOOKY

先知
CLASSICS
体味经典的重量

我是从当医生开始频繁地使用文字，那时每日要写病历和死亡报告等医疗文书。那种文字必定是客观、安静、恭谨与精确的描述。文字的应用，说简单，真是再家常不过了。你可以没有一寸土地，没有一颗粮食，但你依然可以拥有语言和文字。书写这件事的最低要求，是要让别人明白你的意思。高一些的要求，是要把你的意思说得尽可能引人共鸣。这是尚未过时的需要苦修的教养，是一个人思维本质的外化。如同习武之人对剑技和刀法的淬炼，你得日日潜心钻研。

多年前，我在北京郊区的农村买了几间小房，院子空荡荡，有野鼠出没（常常希望有狐，可惜没见过）。到了初春，植树节后，我从苗圃买回两棵梧桐树。它们，光秃秃的，又细又轻，不见一丝绿意，活像搭蚊帐的旧竹竿。我挖了宽敞的坑将它们的根须埋下，底部还施了从集市买来的麻酱渣。我先生说，这地方咱也没有产权，人家说不定哪天就收回去了，似不必如此上心。我说，就算人家把房子收了，这树也依然会生长。我们还是善待它们吧。

我以前知道法国梧桐叫悬铃木，觉得起这名字的人富有想象力和诗意。待自己植了这树，才发现它们的果实真是太像悬挂的小铃了。再呆笨的人，也会让它们拥有这个名字。不知道是不是我那两桶麻酱渣滓的效力，梧桐树发愤图强努力长大，几年的工夫，已经有四层楼高了，皮青如翠，叶缺如花。阔大的叶子像相思的巨手，每晚都在风中傻呵呵地为自己鼓掌。秋天的时候，它们会结出圣诞铃铛般的果实，自得其乐地晃荡着，发出我们听不见的叮当之响。阳光透过叶子抛洒在地面上，红砖墁砌的地就被染上点点湿绿，重叠成深沉的暗咖色。我懊恼地想，早知道梧桐绿得这样狠，不如当初垫了灰蓝的砖，索性让它们碧成一坨，比如今这般缠丝玛瑙似的绞着好。

突然，我看到头顶的斑驳中有一只清爽的鸟，在绿叶中跳跃，好像在和另外一只鸟捉迷藏。细细看去，其实并没有另外一只鸟，它是单身。但如果没有另外一只鸟，它如此执着地在我家悬铃木上钻来掠去，是何用意呢？想起"却是梧桐且栽取，丹山相次凤凰来"，莫非凤或凰的雏鸟被我家的梧桐引了来？成年的它们是绚彩的，不知幼小时也曾披过素衣？

人无法猜透一只鸟的心思，就像我们无法洞彻人生。不像梧桐是先知先觉的，它和秋天有秘密的联络孔道。要不，怎么会"梧桐一叶落，天下皆知秋"呢。

好几天，那鸟不辞劳苦地穿行于我家的悬铃木间，看得出它更属意东面的那一棵。我现在已经辨认出它是一只喜鹊，不是那种灰头土脸、吃松毛虫的小个子灰喜鹊，而是眉清目秀、黑白相间的长尾巴花喜鹊。

它来我家的时候，像一架民航货机，滞重迟缓载着货物；飞离的时候就一身轻松，活泼轻快，赶路匆匆。它确实是有伴的——另一只花喜鹊，黑和白的部分似乎均比早先这一只更大更鲜明，许是一只雄鸟吧。当我确认它们是一家之后，也就知道了它们的用意。两只喜鹊每天辛辛苦苦地衔来各色树枝，是要在悬铃木上搭一巢穴，迎接新生命的降生。

一只喜鹊窝，要搭建多少枝条？要衔来多少草梗？要倾注多少气力？要呕沥多少心血？要耗费多少光阴……

听到我自言自语，路过的原住民老婆婆说，喜鹊选搭窝的地方时可心细呢。天上头要没有北风，地下面要没有凶兆，远处要没有打扰，近处要没有响动……最用心的窝，喜鹊要啄下身上的羽毛，铺垫得暖暖和和，小喜鹊孵出来后才活蹦乱跳。

我没见过自拔胸羽的喜鹊，这两只鸟好像也没有这般忘我。但我不得不信老婆婆的话。她说这些话的时候，摇晃着满头坚硬的白发，配着漆黑的旧衫，目若朗星。我疑心她在以往的哪一辈子曾做过鹊妖。

等着听小喜鹊叫吧。早报喜，晚报财，不早不晚报客来。她胸有成竹地说，好像未来的小喜鹊是她派往我家的儿童团。

为了节省喜鹊夫妇的时间，我约莫了一下它们搭巢所需建材的长短，捡了一堆草梗和树枝放在院子里，期望它们就地取材。但喜鹊夫妇胸中自有拟好了的蓝图，有我们不知的选材标准，对此视而不见，依然辛辛苦苦地到远处去衔枝。它们不屑。

鹊巢终于搭好了，小喜鹊在这里降生，一窝又一窝。

在两棵梧桐树和喜鹊家族的陪伴下，我写下了收入这套文集散文卷中的很多作品。我用时间的树枝搭起了这个文字的喜鹊窝。喜鹊本是单调的凡鸟，只有黑白两色，全无时尚的外观。它的窝也是粗糙和朴素的，甚至有一点边设计边施工的乱七八糟。

不过，我在这个窝中垫入了一缕缕羽毛，它们来自我沧桑的岁月和我温热的心房。

毕淑敏

2012年7月27日

目录

为了雪山的庄严
和父母的期望

一

　　人们常常问我：你发表处女作是哪一年？我说，是1987年，那一年我已经三十五周岁了。人们就"啊"了一声，不再说什么，但表情里含了疑惑：早些年你干吗去了？

　　在写作以前，我在遥远的西藏当兵，学的是医务。我在白衣战士的那条战线上，当到了内科主治医师的位置。假如不是改了行，就当到了副主任，您现在到医院看我的门诊，就要挂三块钱一个的号①了。

　　一个女人，更具体地说，是一个医术很好颇有人缘的女大夫，在已过了"而立之年"的沉稳日子里，为什么要弃医从文，拿起生疏的文学之笔开始艰难的跋涉？

　　在许多孤寂写作的深夜，我对着苍天自问。

　---

　　① 本文发表于《作家》杂志1995年1期。这是当时的物价水平。

我不知道。

但是我感到一个苍凉而喑哑的声音，在寒冷的西部呼唤我。

你既然来到了这里，你就要让世人知道这里。

他说。带着无上的权威。

我没有办法抗拒。你可以违背一个人的意志，但是你不能违背一座雪山。

这就是昆仑山啊。我们民族最伟大的峰峦。

不管文化古籍里怎样考证，说传说中的昆仑山是现如今的什么什么山，我总认为它不是一座具体的山，而是一个象征。想想那时候，交通工具多么不便，又没有精确的地图，指南针还没有发明出来。古人绝不可能把山与山的分野搞得条块分明。他们只有对着西部广袤的隆起兴叹，在落日辉煌的余晖里，勾勒云霭中浮动着鬼斧神工的宫殿……于是他们把无数神奇的传说附丽其上，敷衍出最雄伟的想象。那里有九条尾巴的天神把守的天宫，那里有直插云霄的天稻，每一粒谷子都是鸡蛋大的玉石……

无独有偶。在印度辽阔的恒河平原上，更为优雅的神话野火般流传。赤足的人们向西眺望，看到皑皑的冰峰劈裂云霄。他们认为有超凡入圣的法力统治其上，于是说那里是佛祖居住的地方……

两大古老种族神秘的目光交会于此——这就是地球上最高耸的原野——藏北高原。

当我十六岁的时候，离开北京，穿上军装。火车不断地向西向西，到了新疆的乌鲁木齐。又换上汽车向西向西。在茫茫戈壁上奔跑了六天以后，到达南疆重镇喀什。这一次汽车不是向地面上的哪个方向行驶了，而是向"天上"爬去。又经历了六天无与伦比的颠簸，我作为藏北某部队第一批五个女兵当中的一员，到达了共和国这块最高的土地。

这块土地是喜马拉雅山、冈底斯山和喀喇昆仑山聚合的地方，平均高度在海拔五千米以上，它有一个奇怪的名字，叫作"阿里"。

没有人知道"阿里"是什么意思。我曾经问过博学的藏学家，也没能给一个明晰的回答，只是说这个词语可能属于一个早已消亡了的语系。于是我就沿用了一个我在阿里搜集到的民间传说：阿里的意思是"我的"。

"我的"什么呢？我的高原？我的山川？我的牦牛和我的盐巴？我的清澈的湖泊和险恶的风暴？不知道。人类的远祖用我们不懂的语言，为我们留下了一道永恒的谜。也许在先民们眼中，所有的一切都是有灵性的，他们都在呼喊着"我的"。

我小的时候，学习很好。语文好，数学也好。语文老师说我以后可以当个记者，数学老师则说我以后可以上清华大学，成为一个女数学家。我回到家里，很高兴地把这些话学给妈妈。没想到，她训斥我说，这都是老师逗你玩的，你不要相信别人说你如何好的话。

我挺伤心的，从此对别人的夸奖总是半信半疑。我不知这习惯到底好不好，但它使我在荣誉面前天生地镇静起来。比如我的作文被老师批过"5⁺"的分数，但是小小的我丝毫不骄傲，因为我知道那是她逗我玩的。

我小学毕业后考进了北京外国语学院附属学校。据说是很难考的，录取率只有几百分之一，而且女生录取得很少，只及总数的四分之一。在我这个年纪的北京人，都会记得当时每年一度的北京外语学校招生，是怎样地惊动京城。

我考上了，妈妈难得地高兴了一回。但是我已经养成了宠辱不惊的脾气，并没有特别地兴奋。

在外语学校读书的时候，我的成绩依然很好。我现在还保存着一张当时的成绩单，所有的科目平时都是5分，期末考试都是"优"。我后来在军队院校军医专业学习的时候，每次考试也都是第一。由于一贯的优异，使我在内心深处看不起在校学习这件事。你想啊，上边有老师喋喋不休在讲，周围有同学可研讨，你什么事都没有，一门心思学那点前人遗下的知识，你要是还学不好，不是太说不过去了吗？

我在外语学校最大的收获，是见了一个比较大的世面，读了不少的书。退回去三十多年，许多社会名流的孩子已经在"反帝反修"的同时，孜孜不倦地开始学习外语。我们这所学校干部子女的密集程度，大概超过了京城的任何一所学校。我的父亲是军队的一位正师级干部，但相比之下，我只能算作平民子弟。由于我优异的学习成绩，使我保持了一种有尊严的生活态度。我得以近距离地观察到真正的"贵族"气派，看到它的华贵，也看到它的羸弱。

读了许多课外书，则得益于"文化大革命"的停课。我们学校里有一个很大的图书馆，平日里我们是没有机会读小说的。功课压得非常紧，老师原本要求我们夜里说梦话都用外语的。现在一停课，大松心了，快活无比。只是图书馆里的书可不是无偿看的，看一本，要写出一篇批判文章。

刚开始大伙觉得这个交易做得来，不就是看完之后胡乱照着报纸抄点革命词语就能交差了吗？于是大家都去借，并相约看完了自己的那本以后，彼此交换。这样各人写一篇批判稿，就可以看几本好小说，不是太合算了吗？

但实践的结果并不美妙。很多人书看了，但批判稿久久写不出来，时间长了，就失去了继续借书的资格。我也不愿意写大批判文章，你想啊，都是世界名著，看的时候，对大师们佩服得五体投地，书皮一合上，就要批判他们，这是一件多么残酷的事情！但管图书馆的小个子老师很严厉，交不了稿，你就不要想从她的手里再借出一张纸。为了阅读大师们的作品，我只有硬起头皮来批判大师们。

道理虽说明白了，但写的时候，心痛如绞。我终于想出了一个两全其美的办法。比如看完《复活》，我就在纸上写：以下部分暴露出列夫·托尔斯泰的资产阶级人道主义倾向……然后我开始大段地抄录老托尔斯泰的原文，抄得很仔细，连一个标点都不错过……

还书的时候心情好忐忑，生怕小个子老师看出什么。没想到，她连连表扬我的认真，原来她是只看标题，看字迹是否整齐，看篇幅的长短，并不在意你写的是什么。

只有我一个人坚持借书写批判稿了，同屋的同学开始央求我，要我看完了书暂不要还，让大家都传着看一看。我当然不能拒绝，只是有的人看得很慢，已经过了好多天了，你问她看完了没有，她还说没完。知道书看到半截被人夺走的苦处，我不好意思催，只得耐心地等。但看惯了书的人，就像大烟瘾，是很难忍得住的。我就在下次借书的时候想办法——连借带偷。图书馆的小老师对我已是十分地信任了，每次我来借书，她不跟着，让我自己在书架里挑。

我们的图书馆是一座建立于本世纪初①的西式楼房，窗户很高很小，像旧时的教堂。加上书架遮挡了大部分的阳光，走道幽暗深邃。这真是一个作案的好场所。我在书架里转啊转，看到一本好书，就夹在胳肢窝的衣服里……这样几圈下来，双臂就像机械

———————————————

① 指20世纪初期。

的木偶，动也不敢动了。最后僵硬地走到老师跟前，只把手里抱着的书登记。

这样我看好几本书，只需写一本书的大批判稿，不但减轻了手的负担，加快了看书的速度，更重要的是减轻心灵的负担。

但还书的时候，气氛挺吓人的。借的时候，只图一时快活，完全忘记是从哪个犄角旮旯掏出来的书，可还的时候一定要归位。小老师是很认真的，一旦她发现大量的图书放错了地方，怀疑到我身上，我的秘密书库就会被彻底摧毁了，损失不堪设想。我谨慎地控制着偷书的数量，严格地完璧归赵。每次还书时候，都恐惧万分。身上夹带着好几本书，像个沉重的孕妇，还要等着小老师验收批判文章，心中狂跳不止。待老师那里过了关，急急钻进书架的峡谷，拼命回想上次取书的位置，冷汗涔涔。好不容易放了回去，刚轻松了一秒钟，又贪婪地开始了新一轮的夹带……

同学们坐享其成，却全然不体谅我的苦衷，轮到我要还书了，她们就耍赖，说还没看完呢。我说，那你们也得给我一个时间，你们不能老这么耽误我呀。她们就说，要不这样吧，书你现在就可以拿走，但是你得把书中的故事讲给我们听。

于是，在"文化大革命"最激烈的年代，在北京城内一所古老的校舍里，每逢夜深人静，在一间住着八个女孩的房间里，就会传出娓娓的话语，中外文学大师的智慧，像月光清冷地笼罩着我们，伴我们走进悠远的梦乡。

为了给同学们讲得不露破绽，我读原著的时候就格外地认真。几十年过去了，我的一位现已在美国定居的朋友，说她至今记着我给她讲过的《笑面人》，而且拒绝看雨果的原著。她说，毕淑敏在那个夏夜所讲的《笑面人》是世界上最好的《笑面人》，我从来没有听过比这再好的故事了。

我对这个评价淡然一笑。我知道,这是她在怀念自己的少年时代。

二

我从北京来到西藏的阿里当兵,严酷的自然环境将我震撼。所有的日子都充满严寒,绿色已成为遥远而模糊的记忆。

吃的是脱水菜,像纸片一样干燥的洋葱皮,在雪水的浸泡下,膨胀成赭色的浆团。炒或熬以后,一种辛辣而令人懊恼的气味充斥军营。即使在日历上最炎热的夏季,你也绝不可以脱下棉衣,否则夜里所有的关节就会嘎嘎作响。

由于缺乏维生素,我的嘴唇像兔子一样裂开了,讲话的时候就会有红红的血珠掉下来。这是很不雅的事情,我就去问老医生怎样才能治好嘴唇?医生想了半天说,你要大量地吃维生素。我说吃啦,每天都吃一大把,足足有二十多片呢!可我的嘴唇为什么还是长不拢?医生说那就是你说话太多了,紧紧地闭一个星期嘴巴,你的嘴唇就长好了。我说,那可不行,我是卫生员的班长,就算跟伙伴可以不说话,跟病人也是要讲话的……老医生表示爱莫能助。

后来我的嘴唇还是我自己给治好的。夜里睡觉的时候,用胶布把自己的嘴巴粘起来,强迫裂开的口子靠在一起。白天撕开照常讲话。坚持了一段时间,后来就好了。

由于缺氧,我的指甲猛烈地凹陷下去,像一个搅拌咖啡的小勺。年轻的女孩就是爱斗嘴,有一天,女卫生员争论起来谁的指甲凹得最厉害,最后决定用注射器针头往指甲坑里注水,一滴滴往下灌,水的滴数多而不流者为胜。记得我得了第一。好像是贮藏了十几滴水吧,凝聚得圆圆的,像一颗巨大的露珠,乖乖地趴在我的指甲上。

我是一个优秀的卫生员。有一天，我在军报上看到了一个叫作"毕淑敏"的人写的一首诗，就轻轻地笑了一下。我知道我的名字很大众，全中国从八岁到八十岁的女人，有许多叫这个名字。但是我的姓是比较少的。现在有了一个同名同姓的人写了一首诗，觉得很亲切，就很仔细地读。

一读之下，我吃了一惊。因为这首诗是我写的。但是千真万确，我没有向任何一家报刊投过稿。

我不知道这是怎么一回事儿，也没有人负责向我解释。时间一长，我就把它忘了。但是军邮车下次上高原的时候（由于道路封山，邮车很长时间才上来一趟），报社给我寄来了一个黄色封面的采访本，我才得以确认那首诗是我的作品，这个本子就是稿费了。我用这个本子记了许多有关解剖和生理方面的知识。

一个很偶然的机会，政治部的一位干事对我说，你的那首诗，充满了鲜血和死亡的意识，真不像一个十几岁的女孩子写的。

我恍然大悟说，噢！原来我的那首诗是你给我投到报社去的啊？

他说，不是他。

他这才告诉我，军报的一位记者到阿里高原采访。高原反应像重量级的拳击手，毫不留情地击倒了他，第二天他就下山返回平原了。但记者很忠于职守，就在高原的这仅有的一天里，挣扎着看了一些单位的黑板报，摘了一些作品带回去，我的小诗也在其中。回去以后，别人的都没选中，只发了我的那一首……

我不知道自己随手涂抹的句子还有这样的经历，但幼时妈妈的教育使我绝不大惊小怪。我没有看见自己的作品变成铅字的喜悦，只认为这是一个巧合。不会再有第二个记者匆匆下山，不会再有人看上我的小诗……

我继续专心地学习医学知识，一点也没有因此想投稿搞创作什么的。

当了几年兵，我回家探亲。我的父亲很郑重地同我谈到了那首诗，说他很高兴。

我从小是一个乖孩子，愿意使自己的父母快活。但我还是没想到写作，只感到一种隐隐约约的愿望在内心起伏。

我在藏北高原当了十一年的兵，把自己最宝贵的青年时代留在了冰川与雪岭之间。

我曾经背负武器、红十字箱、干粮、行军帐篷跋涉在无人区，也曾骑马涉过冰河给藏族老乡送医药。

我曾在万古不化的寒冰上，铺一张雨布席地而眠，初次这样露营时，我想醒来身体还不得泊在一片汪洋之中？我真是高估了人的微薄热量，黎明当我掀开雨布查看时，只见雪原依旧，连个人形的凹陷都没有。除了双膝凝固般的疼痛，一切都很正常。

攀越海拔六千多米的高山时，心脏在胸膛炸成碎片，仿佛要随着急遽的呼吸迸溅出嘴巴。仰望云雾缭绕的顶峰，俯视脚下深不可测的渊薮，只有十七岁的我，第一次想到了死。我想这样爬上去太苦难了，干脆装着一失足，掉下悬崖……没有人会发现我是故意这样做的，在如此险恶的行军中，死人的事经常发生。我牺牲于军事行动，也要算作小小的烈士，这样我的父母也会有一份光荣……我把一切都周密地盘算好了，只需找一块陡峻的峭壁实施自戕的方案。不一会儿，地方选好了。那是一处很美丽的山崖，天像纯蓝墨水一样浓郁地蓝着，有凝然不动的苍鹰像图钉似的揿进苍天。这里的积雪比较薄，赭色的山岩像礁石一般浮出雪原（我知道要找一块山石狰狞的地方下手，否则叫厚雪一垫，很可能功亏一篑）……

一切都策划好了，但是我遇到了最大的困难。我的脚不听我的指挥，想让右脚腾空，可是它紧紧地用脚趾抠住毛皮鞋底儿，鞋底儿粘在酷寒的土地上，丝毫不肯像我计划的那样飞翔而起……我转而命令左脚，它倒是抬起来了，可它不是向下滑动，而是挣扎着向上挪去……青春的机体不服从我的死亡指令，各部分零件出于本能居然独自求生……那一瞬我苦恼至极，生也不成，死也不成，生命为何如此苛待于我？

一个老兵牵着咻咻吐白汽的马走过来，他是负责后卫收容的。他说，曼巴①，拉着我的马尾巴吧，它会把你带到山顶。我看了一眼马毛被汗湿成一绺绺的军马，背上驮着掉队者的背包和干粮，已是不堪重负。

不。我不。我说。

老兵痛惜地看着我说，你是不是怕它扬起后蹄踢了你？放心吧，它没有那个劲了。在这么陡的山上，它再累也不敢踢你。只要它的蹄子一松劲，就得滚到谷里去。它是老马了，懂得这个利害。你就大胆地揪它的尾巴吧。

我迟疑着，久久没有揪那条马尾。

不是害怕马。甚至也不是怜悯马。

我在考虑自己的尊严。

一个战士，揪着马尾巴攀越雪山，这是不是比死还让人难堪？我的意志做出一个回答，生存的本能做出另一个回答。

意志在本能面前屈服，我伸出手，揪住了马尾巴……

我看到许多年轻的生命永远地留在了万水千山之间。他们发生过悲凉或欣喜的故事，被呼啸的山风卷得毫无痕迹。

---

① 藏语的"医生"之意。

我为一个二十岁的班长换过尸衣，脱下被血染红的军装，清理他口袋里的遗物。他兜里装着几块水果糖，纸都磨光了，糖块像一只只斑驳的小乌龟，沾着他的血迹……我一点都不害怕，因为我的兜里也有和他一样的水果糖，这件小小的物品使我觉得他是兄弟。

我们把他肚子上覆盖的瓷碗取下来。碗里扣着的，是他流出的肠子。敌人的子弹贯穿了他的腹腔，肠管已经变得像铁管一样坚硬，没有办法再填回他的肚子里去了。

我们给他换上崭新的军装，把风纪扣严严实实地系好。除了他的腰间因为流出的肠子，扎了皮带也显得有些臃肿，真是一个精干的小战士呢。

趁人不注意，我在他的衣兜里又放上了几块水果糖。我不敢让别人知道，因为老兵们一定要嘲笑我的。但我真的觉得这个班长需要这几块水果糖。糖是我特意挑的，每一块的糖纸都很完整，硬挺地支棱着，像一种干燥的翅果。

那个小兵被安葬在阿里高原，距今已经有二十多年了。我想他身边的冻土，有一小块一定微微发甜。他在晴朗的月夜，也许会尝一尝吧？

三

1980年我转业到北京，在一家工厂的卫生所当医生，后来当了所长。结婚、生子、操持家务……一个女人来到这个世界上该做的事情，我都很认真地做了。贤妻良母好医生，这是人们众口一词的评价。

对一个三十岁的女医生来说，你还需要什么？

按说是不需要什么了，我应该安安静静地沿着命运已经勾勒的轨道，盘旋下去。

我虽然从小生活在北京，对北京的一草一木都那样熟悉，此次归来，我却不再是过去的那个我了。怀里揣了那么多藏北的风雪，它们强烈地撞击着我的心脏。我对这个巨大的都市，开始了新的审视。我到过这个国家最偏远最荒凉的地方，在横贯整个中国的旅行中，我知道了它的富饶与贫瘠。我在妖娆的霓虹灯中行走，身旁会突然显现白茫茫的雪原。在文明的喧哗与躁动之间，我倾听到遥远的西部有一座山在虎啸龙吟……

我的父亲有一天对我说，我看你是可以写一点东西的，你为什么不写呢?

我的父亲是一个很聪明的人，而且在文学艺术方面有很好的天赋。只是由于他们那一代人所处的环境，使他戎马一生，始终未能从事文学。我从他的目光里看到了期望，我决定一试。

一个微茫的希望在远方磷火般地闪动。我想用我的笔，告诉世人一些风景和故事。我想让我的父母惊喜。

于是在一个普通的日子，我铺开一张洁白的纸。那是在深夜的内科值班室，轮到我值班，恰好没有病人。日光灯管发出咝咝的叫声，四周一片寂静。记忆在蛰伏了多少年后苏醒，将高原的生命与鲜血铺陈于我面前。

我在高耸的雪山上开始了我为医的生涯，雪山也将它的身影，倾泻于我的笔端。

我与雪山有缘。

绿色皮诺曹

我从小就很想当兵，最主要的动机是喜欢绿色。小时候，每逢妈妈要给我买衣服，我就大叫，要绿的。妈妈生起气来，说，你也不看看自己，毛衣毛裤围巾手套都是绿色，再套上一件绿外衣，活像一只青蛙！我低头一瞧，说，哪怕就是像只绿豆蝇，我也还要绿衣服。

当兵多好啊！从此，可以名正言顺地一年到头穿绿衣服，再也没人说你一句闲话。可那时候要当女兵也挺难的，想当的人太多了，僧多粥少。听说男兵和女兵的比例是千分之二点五，也就是说，征一千名男兵，才要两个半女兵，女兵简直像空气中的惰性气体。身体检查严格极了，差不多和当女飞行员同样标准。幸好我那时身高一百七十厘米，两眼裸视力二点零还有富余，心、肝、脾、肺、肾全像刚从工厂造出来一样合格，属于特等甲级身体，经过了一轮又一轮的淘汰，我终于过五关斩六将，拿到了入伍通知书。

我几乎不相信自己的好运气，连连问妈妈，您说，事情到了这个份儿上，还会有令人悲痛的变化吗？

妈妈说，不会吧。你就把通知书放在枕头底下，安心睡个好觉。

我说，没穿上绿衣服之前，我可放心不下。

妈妈说，要变，你穿上军服还会让你脱下，担心也没有用。解放军应该是说话算话的。

发衣服的时候，穿着五颜六色家常衣服的新兵，排成一队，依次从司务长面前走过。司务长像大商场的成衣售货员，眯起眼睛打量着走过的小伙子和姑娘，大声地说，帽子二号……衣服三号……蹲在一旁的上士，就像老鹰抓小鸡一样，手疾眼快取出相应号码的衣物，把衬衣铺在最下面，其余所有东西都堆在上面，一时间好似平地起了一座绿色的小山，然后麻利地把衬衣的两条袖子抻出来，把它们打个结，怀抱里就塞满了崭新的衣物。领了军衣的人，就快乐地抱着这个绿色的半截人，走进一间密闭的小屋。再走出来的时候，就是一个英姿勃勃的兵了。

好不容易轮到我的时候，司务长目测了一下，自言自语说，这个兵啊，长得不合尺寸。穿一号的小，穿特号的又大……

我赶紧说，您甭为难。我要特号的。

司务长说，咦？女孩子都愿意穿得比较秀气，你这个兵倒奇怪。发给你特号的衣服，到时候裤腿踩到脚底下，窝窝囊囊，一不留神摔个大马趴，可别怪我。

我忙说，不怪不怪，绝不找你。我妈说过，衣服是会缩水的，当然是大点好了。裤腿长了可以裁，要是短了，就得自己找布接，多不合算！

司务长说，看不出来，你小小年纪，还挺会过日子的。好吧，依你，给特号。

我欢天喜地地去换衣服，一试之下，特号衣服果然名不虚传，上衣还凑合，裤子好像是给跳高运动员预备的，腿长无比。我把裤脚挽起来两折，自觉比较利索了，抱着旧衣服正准备从更衣小屋往外走，先换好军衣的一个女孩端详着我说，你像一个打鱼的。

我看了她一眼，屋里光线不好，看不清眉眼，只觉得军装好像是特地比量她的身材做的，妥帖极了。我愤愤地说，你的意思是我不像一个兵？

她轻轻笑笑，露出雪白的牙说，你还是像一个兵的，只不过是个邋遢兵。

她的口气很老练，虽然军装同我一样没钉领章，军龄倒好像已有一百年。我没好气地说，兵工厂的人太没有节约观念了，裤子做得这么大，使人穿上像皮诺曹。

她说，皮诺曹是谁？是咱们一块儿当女兵的吗？我叫小如，你叫什么？

我说，你就叫我小毕好了。咱们就甭理那个姓皮的家伙了，反正三言两语也说不清它的来历，还是讨论这条讨厌的裤子吧。我想把它剪掉一截，哪儿有剪刀？

小如说，剪了不好。一剪子下去倒是痛快，以后要是觉得短了，或者你再长个儿了，就没法补救了。不到万不得已，还是别干一锤子买卖的事。

我不耐烦了，说，你倒是想得蛮周到，可大道理以后慢慢说，现在要解决的问题是，我怎么走出这间房子？

小如笑起来，说，真是个急性子。一条裤子少说要穿一年，可你连这么几分钟时间都不愿等，活该你像那个姓皮的。

想起木偶皮诺曹的狼狈样，我只好安静下来，听小如的主意。

小如不说话，往外走。我说，你干吗去？

她说，我去找司务长借针线。

我忙拦住说，使不得。

小如说，为什么呢？

我苦着脸说，你不知道，我刚才跟司务长夸了口的，说衣服大了和他没关系。现在你去求他，不是太丢我的面子吗！

小如说，你就放心好了。

我竖起耳朵听外面小如和司务长的对话。小如说话的声调带一点乡下口音，但是很甜，好像那种高高地长在地里的玉米秸，清凉而柔韧。她说，司务长，借我一根细细的针、一条长长的线，好吗？

硬邦邦的司务长好像被糖醋过了，声音变得软绵绵，说，针啊有有，只不过又粗又大，你就凑合着使吧，留神别扎了手。只是你要针线干什么？

缝衣服啊。

缝什么衣服？司务长立刻警觉起来。

缝你发给我们的衣服啊。小如很机智地回答。

我发给你们的衣服都是新的，哪里用得着缝？莫不是有什么破损的地方，你拿来，我给你换。然后再找被服厂的人理论。司务长很负责地说。

小如笑笑，说，没那么严重。我只不过是想把衣服改一改。

司务长如临大敌，严肃起来，说，你是新兵，我是老兵，必要的规矩要告诉你。军装是不能任意改的，大家是个统一的整体。

小如不理这一套，说，衣服太肥了，你总不能让我们一甩袖子，就像舞台上唱戏的青衣啊。

司务长嘿嘿笑着说，袖子改得太瘦了，打靶的时候弯不过肘子来，小心吃鸭蛋。

小如说，鸭蛋多了就腌起来呗，腌得蛋黄流红油，就着馒头吃，香死个人！

司务长说不过小如，就把针线给了小如。小如进了屋，拿过我的裤子，开始飞针走线，一会儿就把裤腿改得熨熨帖帖。我穿上后，举手投足，再不拖泥带水。

我说，小如，谢谢你。

小如说，不必谢，我们乡下的女孩子，从小就要学会使针线，要不长大了，没人娶你做媳妇。

我说，哎呀呀，像你这样的一手好活计，岂不是说媒的要挤破门！像我这样的，只好像个坏橘子一般，剩在筐里没人要了。

小如说，小声点，这种玩笑还是少开的好。你知道吗？当兵的时候是不准谈恋爱的。

我连忙闭了嘴，要晓得为穿上这套绿衣服，我是多么费尽心机，哪能稀里糊涂地就叫人打发回家了。

等我们走出密闭的小屋时，司务长看了看我的裤子，叹了口气说，你是特号的身子一号的腿。

我听了怒火中烧，这意思不就是我身子长腿短吗？哪个女孩子爱听这种话！我狠狠地瞪了他一眼，可惜司务长正瞧着别的地方，对我的愤怒没反应。不管怎么说，从今天开始，我成为一个真正的兵了。

到西藏去

　　小小的年纪，告别了父母，到一个遥远而陌生的地方去，本应该是很伤心的。妈妈到火车站送我的时候，险些哭了。但我心中充满了快乐，到西部去，到高原去，真是一次空前的冒险啊！

　　从北京坐上火车，一直向西向西。窗外的景色，由密集的村落演变成空旷的荒野。气候越来越干燥，人烟越来越稀少，绿色逐渐被荒凉的戈壁滩所代替。三天三夜之后，我们这群女孩子到达了新疆的乌鲁木齐。在这里要进行最后的体检，才能决定谁可以到海拔五千米以上的西藏去。

　　我的身体一向很好，但这次医生说我的小便化验不正常，要是过几天复查还不合格的话，就要把我退回北京。

　　这不是"出师未捷身先死"吗？我的探险还没有开始，难道就要这么狼狈地打道回府啦？

　　我一定要想出一个办法！

　　我的目光停留在一个同我最要好的女孩子身上。

　　我悄悄地把她扯到一个僻静的地方，对着她的耳朵说："你说，我们是不是好朋友啊？"

她说："当然是啦。你怎么想起问这个不成问题的问题？"

我说："既然是好朋友，我向你借一样东西，你一定是借的啦？"

她一扭头嚷起来："什么东西呀？咱们的东西都是统一发的，我有的，你都有啊！"

我一把捂住她的嘴说："干吗这么大声？是不是太小气不想借给我？实话说吧，我跟你借的这样东西，对你是一点用处都没有的，但对我的好处就大了！"

她说："那是什么宝贝呀？"

我说："是尿啊！"

我把我的打算告诉她，复查的时候把她的尿当成我的标本送上去。她刚开始吓了一跳，然后，很犹豫地说："这不是骗人吗？"我说："要是我复查不合格，到不了西藏，被退回北京，我们俩就再也见不到面了，更甭提做朋友了。"她想了想，答应了。

好不容易挨到了复查的那一天，没想到是通知我一个人单独到医院的检查科去。在卫生间里，我拈着盛标本的小瓶子，急得直掉泪。我真想到水龙头那儿，接一点自来水送上去，或者干脆把眼泪送上去化验，那就绝对没问题了。可是，我不敢。你想啊，化验员用的是显微镜，还不一下子就发现我的花招了？万般无奈之下，只好把自己的"标本"交上去了。

等待结果的日子，我和我的好朋友都充满了悲哀，以为我们必定分手了。

不可思议的是，这一次的化验结果完全正常。

我终于和我的好朋友一道，踏上了遥远的奔赴西藏的道路。

我们告别了乌鲁木齐，在广阔的戈壁滩与高原上坐了整整十二天的汽车，到达了白雪皑皑的世界屋脊。我在那里待了十年。

后来，我把这一段有惊无险的遭遇和我的计谋，讲给一位老医生听，口气中充满了得意。没想到，他皱着眉说："幸好你本身的体检合格了。要知道，西藏高原缺氧，氧气只有海平面的一半。要是你的小便有问题，就说明你的肾脏有问题；要是你的肾脏真的有病，又用别人的标本蒙混过关，那是很危险的。"

我承认他的话很对，但也仍旧很佩服当年那两个十几岁的少女，我们为了友谊和理想，真是很勇敢呢！而且不服气地想，西藏人的肾脏，就个个都是铁打的了？我在高原见过不少肾脏有病的人，活得也很快乐啊！

女枪手

到达西藏的第三年，发给我一支手枪。枪身很短，乌蓝色的枪口，像深不见底的老井。枪套很新，散发着皮夹克的味道。每当我走近悬挂手枪的墙壁时，都有一种神秘的感觉，好像枪是一个有生命的活物。

我们离边境线很近，要求每个人都能熟练地掌握手中的武器。

教女孩子们打枪的任务，就交给了高排长，听说他的枪技很高。

第一天看到他的时候，他就哭丧着脸对我们说："谁愿意教女孩子打枪啊！你们要是一不小心走了火，轻则把我打成残疾，重了就让我以身殉国了。"

我们原本就害怕，听他这么一说，赶紧双手捧着枪说："那我们就不要这东西了。"

没想到，高排长又训起我们来："枪有什么了不起的？男人能打枪，女人也能。"说着，就开始教我们打枪的要领。

要说打枪也没什么难的，但女孩子的臂力不行，擎着枪身的右手哆嗦不止。高排长就训斥我们："又不是做贼，心虚什么？"

我们就在下面愤愤地咒他，但为了少挨说，私下都举着枪练习，渐渐地手就不那么抖了。

　　终于到了实弹射击的那一天。靶场设在一片空旷的原野上，50米以外竖着墨绿色的胸环靶。靶子好像一个傲慢的武士，看着我们这些初次打枪的女孩子。

　　我第一个走过去，心里默念着射击口诀，举枪对准靶心。高排长指挥我站定，又仔细检查了我的武器，看着我把子弹压进枪膛，说了声："你可以开始了，先打两发试验弹。"然后，撒腿就跑。

　　我一下子心就慌了，说："哎！你不看着我打枪了？"

　　他说："我什么时候说过要看着你们打枪？女孩子手下没准儿，谁知道会打到哪里去？我还是躲得远点好。"

　　我说："哼！想不到你这么胆小。"

　　高排长说："不是胆小，是不怕一万，就怕万一。"

　　我一甩头发说："没有你，我也一样能打个好成绩！"说着，一摆我手中的枪。没想到，食指轻微一震，手起枪抬，枪口正好朝天，"啪"的一声巨响，一发子弹带着火苗蹿上蓝天。

　　我吓得一哆嗦，下意识地一垂手腕。"哎呀！子弹怎么这么快就打出去了呢？我好像还没使劲呢！"没容得我把这句话说出口，"啪"的一声，第二发子弹又从枪膛迸出，枪口正好朝下，地面蹿起一团烟尘……

　　我惊魂未定，真想大哭一场。这真枪实弹打起来也太容易了，简直容易得可怕。我以为要用很大的劲才能把子弹打出去，谁想手枪机敏得像一只灵猫的胡须，稍微一个动作，带有极大杀伤力的子弹就射出去了，就要置人于死地。

　　高排长急忙跑回来，紧张地问："伤着了吗？"

我苦笑着说："没有，只是吓了一跳。"

他立刻松弛下来说："我说得怎么样？女人就是不行，幸亏我躲得远。"

我吓得不敢再打枪了。他说："一回生，二回熟。你打了天一枪、地一枪，天地都打了，还怕什么？刚才是验枪，不算成绩的，现在重新开始。"

我还是不想打枪了。高排长叹了一口气说："看来，我今天真是要舍命陪君子了。好吧，我就站在你身旁，一动不动地看着你打枪。"

说也奇怪，有高排长站在一旁，我就真的镇静下来，胸有成竹地举枪瞄准……靶心、枪准星、眼睛的瞳孔三点成一线……屏住气，心莫慌，眼睫毛也不眨……手指轻轻往下压……好，击发！

啪啪啪……我连发五枪，把规定的子弹都打了出去。

待硝烟散去后，报靶员向我们报告说："五枪打了47环——两个10环、三个9环。"

高排长对他的徒儿能打出这样的好成绩也很高兴，说："45环以上，就能算特等射手了。"没想到，我刚露出喜色，他立刻就沉下脸说，"我看你是瞎猫碰上了死耗子。"

白云剪裁的衣服

河莲个儿矮，像个敦实的土丘。司务长低估了她的胖，给了一套正二号的军装。河莲勉强把自己装了进去，觉得憋得慌，大叫起来，说上衣的第二颗扣子压迫了心脏，喘不过气来。司务长只好给她去换副号衣服。

军衣的型号挺奇怪，号数愈大的尺寸愈小。比如正五号衣服，中学生都能穿，但要是正一号，就得一米八以上的个头才撑得起来。当然，这讲的是标准身材，要是你长得比较圆滚，就得穿副号军装。副号的意思，是长度同正号一样，宽窄要肥出许多。女孩子一般都很忌讳副号。你想啊，军装为了行军打仗的方便，本来就宽宽大大，再一"副"，就更没款没型了。但河莲是个敢想敢说的女孩，她才不会为了别人的眼睛，让自己的心肺受委屈。

正号军装是大路货，后勤部门保证供应。副号属于稀少品种，司务长颇费了一番心思，恨不能跟后勤部门说河莲胖得像个孕妇，才算领来一套副二号的衣服。

试穿之后，河莲大为满意。不仅她的心脏跳动正常，这套衣服还有许多妙不可言的好处。一般衣服都是军绿色，好像夏天的松树林，这种独特的颜色有一个雄赳赳的名字，叫作"国防绿"。河莲的副号却是安宁的黄绿色，好像秋风扫过的草原，温暖而朴素。普通的衣服都是平纹布，河莲的衣服却是"人字呢"的。虽说它不是真正的呢子，只是布的纹路互相交叉，好像一行行一排排细密的"人"字，故而得了这样一个考究的名字，但看起来要比平纹布挺括得多。最最重要的是，河莲的军装是四个兜的！

没有当过兵的人，不知道衣兜的重要性。它除了装东西之外，更是一个标志。战士服只在胸前有两个口袋，提升了干部，才能穿有四个口袋的上衣。口袋因此成了某种地位的象征。不过女兵喜欢四个兜的衣服，倒不是势利的缘故。因为胸高，随身又总有些小零碎儿，比如手绢、钢笔什么的要经常带着，若衣服下摆没有兜，只得都塞在胸前，鼓鼓囊囊，像藏了一窝鸽子，显得很不利落。

副号有这么多优越性，大家都去找司务长要求换军装。司务长火了，说没见过这么难缠的兵！婆婆妈妈的，谁要是不想干了，就向后转，回家去，爱穿什么穿什么！

话说到如此凶狠的份儿上，我们只好乖乖地穿正号衣服。河莲独自乐了没几天，发现人字呢也有弊病。洗衣的时候，刚把衣服泡在脸盆里，就有浑黄的汤沁出来。刚开始，河莲以为衣服格外脏，就拼命搓，搓得两个手掌像红萝卜一样。洗了几水之后，正号衣服还像葱叶一般绿，河莲的副号军衣已泛出菜心般的黄。

一天，果平大惊小怪地喊起来，河莲，要是敌机轰炸，第一个阵亡的肯定是你！

我们大吃一惊，不知果平为何发此恶毒咒语。

果平说，你们想啊，我们都有绿色伪装，只有河莲的衣服像经了霜的野草，还不一下就被发现了？

河莲脑子快，立即反驳说，依我看，还不知谁第一个为国捐躯呢！没准儿正是你们这些国防绿。

所有穿正号军装的都不干了，定要河莲说个清楚。

河莲不慌不忙地说，要是春夏季节开仗，大地一片翠绿，自然你们的衣服是最好的保护色。可要是秋天呢？丰收在望，落叶满地，到处都是金黄，肯定是我的衣服伪装性更好。

大家你看看我、我看看你，不得不承认河莲的话有几分道理，只好自我解嘲道，反正我们也不是敌人的参谋长，谁知道仗哪会儿打？要是春夏开战，河莲你就留在后方做饭。要是秋天开战，河莲你就一个人打冲锋。

河莲也不理我们，只是更起劲地洗军装，盆子里倒进一大堆洗衣粉，激起的泡沫，好像有一百只大螃蟹愤怒地吞云吐雾。她还专拣大太阳当头的日子，在外面晒衣服。这样，没用多长时间，副号不断褪色，最后简直变成白的了。

古代有句俗话叫：男要俏，一身皂；女要俏，一身孝。

关于"皂"到底是什么色，我们争论了好长时间，基本上统一了意见，认定是一种近乎月亮和蓝天混合在一起的颜色。关于"孝"，倒是没有什么争论的，就是医院里没有染上血的棉花颜色了。河莲在黎明的晨光里，背对着太阳走向我们的时候，白衣白裤，好像云彩剪裁做成的军装。

正号们充满嫉妒之心，果平甚至痛下决心，要在一年之内，把自己吃成一个大胖子，明年就可名正言顺地领人字呢副二号了。

看着果平像北京填鸭似的大吃特吃，小如提醒她，人字呢因为染料不过关，属淘汰产品，已经不生产了。河莲领的是库底子，谁知明年会怎样？若是你辛辛苦苦吃成相扑手模样，明年的副号已变成国防绿，你岂不白胖了一回？

果平这才放慢了胡吃海塞的速度。

我问河莲，你把衣服洗得这样白，是否准备冬天打仗的时候，一个人趴在雪地上，狙击敌人？你不要闹个人英雄主义，要知道，冬天的伪装并不难办，只要每个人披上一条白床单，任你火眼金睛也发现不了埋伏。

河莲说，你以为我是孤胆英雄？你不穿这衣服，不知它的毛病。特别不经脏，刚穿一两天，袖口就黑得像套了一圈猴皮筋，抹了机油似的，所以，我就老得洗。

练习匍匐前进，连长一个鱼跃，趴到草丛中，泥土四溅。女孩子虽然酷爱干净，但连长这般身先士卒，也就只好奋不顾身地扑过去，手脚并用，在粗糙的草叶上敏捷地爬行。草汁和着汗水涂抹在脸上，人好像流了绿色的血。

所有的人都趴下了，唯有河莲笔直地站在那里。

你为什么不卧倒？连长的好奇更大于震怒，在他当兵若干年的历史中，还从未看到过一个面对命令敢于不趴下的士兵。

我的衣服颜色浅，趴在这样的泥土里，再也洗不干净了。河莲理直气壮。

是衣服重要还是胜利重要？如果在战场上，你不卧倒，衣服可能始终干净，但你的小命就没有啦！连长声色俱厉。

我是傻子吗？到了打仗的时候，我自然知道生命比衣服更重要。炮声一响，我就像邱少云一样趴在地上，纹丝不动。河莲才不吃他那一套，有板有眼地回答。我们都忍不住笑起来。

连长大怒，认为河莲没有战斗观念，目无上级，给了她一个队前警告。看得出，河莲非常不服，但是有什么办法呢？一个小兵，而且是个新兵，哪里有你说话的份儿！我们顿生兔死狐悲之心，希望自己快快地老起来，满脸皱纹，穿破十套军装，就有了倚老卖老的资格。比如我们的班长，都是通信部队来的老兵，她们可以自由自在地打闹和嗑瓜子，连长皱皱眉，一声也不敢吭。

由于不断地卧倒，草绿色军装很快变成灰黑，勤快的人隔两天洗一回，使它勉强保持着衣服的本色。我是个懒虫，心想反正洗了也是脏，不洗也是脏，索性由它脏着好了。好在也不是我一个人不成嘴脸，大家基本上都是暗无天日。

一天连长看到我，咧着嘴说，我从来没有看到过像你这么脏的女兵。

我说，这是节约啊。

连长很奇怪，说，脏衣服比干净的衣服更耐磨吗？我当了这么多年兵，从没听说过。

我说，每天都洗衣服，要用掉多少洗衣粉和肥皂？多少时间？多少力气？搭在铁丝上，水珠会让铁丝生锈，日子久了，铁丝还可能会被压断……只要不洗衣服，这些岂不都省了？

连长第一次听到这种逻辑，气得咻咻喘，可一时也没话好说。但他似乎怀恨在心，在紧接下来的射击训练中，故意不指导我和河莲。别人托着枪练习瞄准，连长会耐心地趴在旁边，从瞄准镜中观察他们的动作是否符合要领，矫正他们有毛病的动作。走到我和河莲身旁，他总是淡淡地说，你们俩还需要辅导啊？都是很见过世面的老兵了，一个知道战斗英雄邱少云，一个是节约模范，到了靶场上，打个优秀是没说的了。

我和河莲苦着脸。多倒霉啊，刚当新兵，就和顶头上司结下冤仇。我使劲打了一下军衣的下襟，好像它是一个有生命的小动物。所有的麻烦，都是衣服惹出来的。当然啦，结果是除了军衣冒出一股尘土以外，疼的还是我的手和肚子。

晚饭后，河莲和我坐在葡萄架下商量，连长这么恨我们，怎么办呢？要不然，我从此不洗衣服，尽快把白军装穿成黑的，连长是不是就会笑口常开？河莲手托着腮帮，好像牙疼般地说。

我没好气地答，做梦吧！我的衣服倒是黑的，可连长还不是耿耿于怀？关键是我们顶撞了他。俗话说，连长连长，半个皇上。咱们再怎么赔笑脸，也没法挽回影响啦。

河莲倔强地说，你猜，连长现在最希望我们干什么？

我把葡萄藤卷曲的须子含在嘴里嚼着，苦涩的清水像小水枪一样滋在舌头上，酸得人打寒战。我说，他最巴望着咱俩在射击场上吃鸭蛋吧。

河莲说，英雄所见略同。我们现在只有用行动证实自己是个好兵。要不，就会被人指着脊梁骨耻笑。

人们多以为爱可以给人以力量，其实，憋着一口气的劲头更是大得可怕。我和河莲从此抓紧一切时间练习瞄准，每天趴在地上，胳膊肘磨破了皮，脖子上永远淌着几条透明的蚯蚓。口中念念有词，把射击要领背得像父母的名字一样熟，看到任何物体，想的都是"三点成一线"的口诀。至于军装，再不去理它，脏得简直没法提，活似两个卖炭翁。

连长还是不理我们。好在射击要领也不是他的专利，班长和其他人也可以指导我们。再有什么不明白的，我和河莲就自己揣摩，争取自学成才。

实弹射击的时候到了。靶场上的气氛很森严，掩体里等待报靶的士兵戴着亮闪闪的钢盔，在远处神出鬼没。二百米开外的半身胸环靶，在阳光下好似幻影。我不由得紧张，手心像攥了两把糨糊，黏黏糊糊。我看看河莲，她倒一副胸有成竹的模样。我也定了心，心想到了这个关头，你腿肚子发软，只会把事情弄得更糟，索性豁出去拼了。

枪声响起来。我的第一感觉，是它绝没有想象中的响亮，只相当于一个中等二踢脚崩出的动静。对真枪实弹声音的失望，使我的心很快宁静下来。偷眼看看连长，他似乎比我们还要紧张，目光炯炯地注视着一个个进入射位的女兵。每逢射手扣扳机的时候，他颊上的肌肉就会跳动一下，令人猜到他是牙关紧咬。

我打了个"良好"。说不上很理想，但我已殚精竭虑。

河莲平时的眼神不怎么好，没想到九发子弹竟打出了八十六环的优秀成绩，特别是她前八发子弹，居然是发发命中十环，简直是个神枪手。唯一美中不足的是，最后一枪，不知是何差池，江郎才尽，只中了六环。

不管怎么说，河莲为自己大大地挣回了面子。当连长向她走来的时候，我们就直直地盯着连长，看他对这个自己不喜欢但创造出优异成绩的刺头兵，如何反应。

连长仿佛什么事也不曾发生过的样子，对河莲说，要是你最后一枪打得再从容些，就能得满环，也许我会为你报个功呢。可惜了。

河莲刚查完自己的靶纸，不服气地说，我这最后一枪，端端正正地打到了敌人的脑袋瓜上。我看这报靶的环数定得不科学。若打到右胸偏上的位置，按规定就是八环，可谁都知道，那地方离心脏远着呢，并不一定会置人于死地。我的这个六环，正中人的太阳穴，明摆着，一枪就能取了人性命。

我们一听，都觉得河莲说得有理，且看连长如何答对。

连长微微一笑说，河莲，没想到，你还有一套打不准的理论。可是我问你，瞄准的时候，你瞄的是敌人的脑袋还是敌人的胸脯？

河莲说，连长你这个问题难不倒我。瞄准的要领是准星、缺口和胸环靶的下沿正中呈一条直线，当然是胸脯了……

连长用一个坚决的手势，制止了河莲略带卖弄的背诵。他可不想听一个新兵，把自己烂熟于心的拿手好戏再演练一遍。好了，你既然瞄准的是敌人的肚子，结果子弹却打到了头上，就算敌人躺倒了，也是瞎猫碰到了死耗子，没什么可吹的。很可能下次你瞄的是敌人的天灵盖，打到的却是脚指头。连长说。

大家笑起来。我真替河莲抱不平，但连长的话驳不倒。可怜河莲本是功高盖世的英豪，此刻倒成了大家的笑料。

实弹训练结束后，有两天的休整。我和河莲把自己的军衣都洗了，天哪，水黑如墨，沉淀了半盆的泥沙。看见我泼水的人直嚷：快去叫老农！这样的肥水，可以浇两亩好地。

我们耐心地等着太阳把湿军装晒干。洁净的衣服重新穿在身上的时候，令人有一种脱胎换骨的感觉。我们俩你看看我、我看看你，好像不认识似的。我的军装绿如橄榄，河莲的衣服恢复了白云的颜色。

连长走过来说，现在这个样子嘛，我这个当连长的面子上也有光。不管怎么说，你俩是我带过的最邋遢最不听话的新兵了。不过，幸好还不算太笨。

装大米的汽车

每个人都是坐过汽车的，但连着坐十二天汽车的经历，就不是人人都有的了。

打开中国地形图，注意一定要海是蓝的、陆地是绿的、随着海拔的升高逐渐变成橘黄色的那种地形图，而不是五颜六色的行政地图。

你往地图的左面看，地图是左西右东的，左面就是中国的西部。你会看到黄色像深秋的树叶，渐渐地浓重起来，从姜黄、橙黄直至加深到棕褐色。你从图例上查到颜色与高度的对应表，发现西藏的平均海拔在五千米以上。尤其是藏北，那是屋脊上的飞机。

怎样到达藏北呢？在遥远的古代，是乘骆驼和牦牛，往返一趟，要十几年甚至几十年的工夫。现在有汽车了，但从新疆的乌鲁木齐出发，也要将近半个月的时间。

我们坐的是大卡车，车上装满了大米。我们就把脚伸在大米麻袋的空当里，屁股坐在大米上，开始了数千公里的跋涉。

我们一边走一边不断地抱怨这些麻袋，它们像枷锁一样紧紧地箍着我们的脚。谁的腿要是坐麻了，想活动一下，就得在缝隙中把脚尖立起来，像个芭蕾舞演员一样，才能把脚抽出来。用手把脚揉好了，再从小孔把脚塞进去。

司机为大米打抱不平，说："你们还得感谢这些大米麻袋呢！这是为了运送你们，特地装在车上的。"

我们齐声嚷："才不信呢！要是没有这些大米，我们的地方会宽敞得多。"

司机说："要是没有大米，这样颠簸的路，会把你们头上的帽子颠到天上去，尾巴骨也会碎成八瓣。"

有这么可怕?

刚开始上路时，我们不信，随着山势的险峻，我们渐渐地信了。

修在峭壁上的简易公路，像鸡肠子一样弯曲细窄。

往来的车轮像耙子，把坚硬的沙石刨松了。车轮的碾轧，又把碎石聚成无数的棱坎，掘出无数的坑洼……人们给这种路起了一个形象的名称——搓板路。

车子在"搓板路"上行走，就像跳摇摆舞。一会儿抛上浪尖，一会儿跌下深谷。幸亏大米压住了车厢，要不然我们就得像滚珠似的在车厢里蹦跳不止。一天车坐下来，整个身体活像一把用了一百年的旧椅子，所有的关节处都要散开了。

第一天我晕车，路上吐了几次，晚上睡在兵站。兵站这个名称很有点古代烽烟的味道，那间房子奇大无比，十个女孩子住在里面，只占了一个角落。

地上铺着稻草，很松软。把头埋在里面，有一股太阳的气息。

我掐指算了一下说："哎呀，还要坐那么久的汽车，我都要变成老奶奶啦！以后我回家的时候，就坐飞机。"

说完之后，我就睡着了。

第二天一大早，所有的女孩子集合，领导说："有的人怕苦怕累，才坐了一天汽车，就想坐飞机回家了。这样的人，真没出息啊……"

大家都寂静无声，你看看我，我看看你。

我也好奇地眨着眼睛看别人，心想："是谁说的呢？她怎么和我想的一模一样呢？"

因为是不点名的批评，也没有什么严重后果，我渐渐地就把它忘了。

几年以后，遇到一个和我一道坐过大米车的朋友。她说："我可真是佩服你了，当年在那样的批评之下，大智若愚，不动声色。"

我说："你说的是什么呀？我怎么听不懂？"

朋友说："批评想坐飞机的人就是你啊。"

我大吃一惊，说："我根本就不知道那是在说我啊。"

朋友就说："那我告诉你，是谁向领导报告了你说的话……"

我赶忙捂住了她的嘴，说："你千万别告诉我，我一辈子也不想知道是谁。"

后来，我们就开始说其他的事，说得很开心。

说不想知道是谁，那是假话。以后的岁月里，我心头也曾多次浮起这个疑问。我想，当我说出那句发牢骚的玩笑话时，已是深夜；第二天一大早就被点了名，同我一道睡在兵站大房子里的女孩子，是谁这么嘴快告了我的状呢？

我仔细回忆那些裹在稻草里的年轻美丽的面孔，每一张脸都纯洁可爱。我至今不愿枉猜她们之中的任何一个人。

也许是那些大米麻袋告的状吧!

许多年前，我在一座很高的山上当兵。那座山叫昆仑山。

昆仑山有一个漫长的冬季，长得叫人忘掉一年当中还有其他季节。

昆仑山距平原很远很远，远得让我们这批小女兵几乎怀疑世界上还有平原存在。

冷和高使得平凡的蔬菜成为一种奢侈。属于温暖和平原的蔬菜，要经过汽车一个星期的颠簸才能抵达高原。它们要么像植物标本，干燥萎黄，纸一样菲薄；要么碧绿得令人生疑，用手一弹，果然发出翡翠般的金石之声——途中遭遇了暴风雪，暴风雪使蔬菜们永远年轻。

没有鲜菜吃，后勤部门就每月给大家发其他的吃食以弥补亏嘴。有水果罐头、核桃、葡萄干、花生米、白砂糖……农村来的兵，舍不得吃，便把这些好东西攒起来，探亲时与家人共享。只可怜了那些汽车兵，他们万里迢迢地将物品拉上昆仑山，又万里迢迢地把它们从昆仑山拉下去。

发的食品可谓五花八门，可奇怪的是，从不发块糖。不知山下的军需部门是无意中疏忽了，还是认为真正的军人不宜在嘴里含着糖。

能够随便在嘴里含着糖，听坚硬的糖块把牙齿敲出搪瓷碰撞般的声音，感觉尖锐的糖块在温暖的舌尖变得圆润光滑……真是少年人最美妙的享受之一。我们当时不过十六七岁，在一个风雪弥漫的早晨，不知谁说了一声：真想吃块糖啊！我们从此就朝思暮想在嘴里含块真正的水果糖！

希冀只要一萌生，除了实现它，你别无他法。

我们没有块糖，但我们有砂糖。好像是当年古巴贸易给我们的货色，像海滩上的沙砾，淡黄色很粗大的颗粒。我们取出牙膏牙刷，用空牙缸盛上古巴糖，放在炉火上烤。糖堆就像雪人似的塌陷下去，融为杏黄色裹着泡沫的糖浆。

"这叫糖稀。"一位年龄最大的女兵说。她已经十八岁了，是我们的姐姐。

但糖稀怎么才能变成块糖呢？见多识广的姐姐指挥我们去提一桶水来。

昆仑山的水好冷啊！万古不化的寒冰所融之水，发出幽蓝色的荧光。那袅袅上升的森然冷气，像雾一样盘绕在桶的四周。

水提来了，我们不知道它有什么用。十八岁的姐姐端起牙缸，把冒着泡的糖稀缓缓倾于冰水之中。

糖稀吱吱叫着急遽下沉，好像一串被击中了的黄鸟。它们在水中凝固成一粒粒橙黄色琥珀样的颗粒，略作沉浮，便如一颗颗精致的小水雷，蛰伏在水底。

十八岁的姐姐有条不紊地操作，我们看得发呆。

"愣着干什么？快拿勺子到桶底去舀着吃，这是真正的糖豆啊！"十八岁的姐姐大声招呼我们。

这种真正的糖豆松软酥脆，冷得像一枚枚小冰雹。但它的确能与牙齿碰出悦耳的声响，能在舌尖迅速缩小……我们便吃得十分惬意。

我们的吃速比糖豆的生产要快得多，不一会儿，桶底便被捞净，我们就眼巴巴地看着十八岁的姐姐制造糖豆。她产得越多，我们吃得越快。这时突然有人发现，十八岁的姐姐一直在为我们操劳，她自己连一个糖豆还没吃上呢！

"这一锅给你吃！"我们异口同声地说。

所谓一锅，就是一刷牙缸子煮沸了的古巴糖糖稀。昆仑山缺氧，炉火不旺，要融好一缸糖稀，也得耐心用勺子搅拌一段时间。

十八岁的姐姐接受了我们的好意，格外精心地操作着。糖稀冒泡了……糖稀变成橘红色了……糖稀散发出蜂蜜一样略带苦涩的清香……这是最妙的火候了。我们知道，十八岁的姐姐要从从容容地制出一盘最甜最美的糖豆来了。

是时候了！十八岁的姐姐高高举起茶缸，糖稀漾出一道美而红亮的弧线，砰然溅落在水中。

想象中该出现珊瑚珠一样晶莹的糖球了……时间一秒钟一秒钟逝去，糖球像被恶人施了魔法，隐匿着不肯出现，只见澄清的桶水渐渐变得混浊，犹如一股橙色牛奶注入其中。

这是怎么回事，是谁把糖球藏起来了？

我们面面相觑。

十八岁的姐姐想了想说："也许是水不凉了，所以糖稀不再凝聚为糖球……"

我们将信将疑，伸出舌尖去舔桶里的水。

水很甜很温暖，带有一种奇异的味道，好像一个在太阳下成熟的果子挤出的浆汁。

十八岁的姐姐终于没能尝到她亲手制作的糖球，一粒也没有。

　　我们拎起桶要换一桶新的冰水，她说别去别去。这桶水里溶进了这么多砂糖，不喝太可惜。说着，她喝了满满一碗。

　　我们不知道该怎么谢十八岁的姐姐，只有同她一道喝那温暖甜蜜而又挟带冰雪气息的凉水，一碗又一碗……

　　许多年过去了，那水的奇异味道一直存在于我的舌尖……

走，到阿里去

　　新兵训练要结束了，分配就在眼前。大家心里都关心这事，可表面上显得很淡漠，没心没肺地打打闹闹。因为你要是特别表现出对去向的关注，别人会觉得你挑肥拣瘦，思想有问题。领导知道了，没准儿会特地把你分到一个倒霉的单位，制裁一下你呢。

　　我对这事想得比较简单，希望做一个通信兵。女兵基本上只有两个工种可挑——卫生员和电话员。卫生员要给病人端屎端尿，我一想就心中作呕。要是当着病人的面吐起来，是多么尴尬的事！通信兵就比较安稳，每天打交道的无非是塞绳和电线，都是不会说话的哑巴，当然省心了。

　　墙上有一幅油画，叫"我是海燕"，一个英姿勃勃的女兵，在漫天风雨中攀上高耸的电线杆，维修线路。狂风卷起她漆黑的短发，因为淋了水，橡胶雨衣显出乌鸦羽毛一般油亮的光泽，随风飘荡……她高喊着"我是海燕"，这既是一句线路修复之后的联络用语，也充满了勇敢的象征意味，使我年轻的心激荡万分。油画的技术如何，我不知道，但暴风雨中的女通信兵成了我的青春偶像。我想，要是我当通信兵，力争比她干得还棒。打仗时，我会用两手把线路接通，让进攻的命令通过我的身体传达到火线，立个功给大家看。

在树林里，小如悄悄凑近我的耳朵说，这次有五个名额，分到阿里去。

我从这一句话里听出了两个问题：阿里是哪儿？你从谁那儿听说的？

小如拢拢耷拉到眼前的头发说，阿里是西藏的一个地方，听说海拔有五千多米呢，高寒缺氧，还有好多地方根本就没有人去过，号称"无人区"。

我吓得抽了一口凉气说，既然是无人区，要我们去干什么？

小如说，普通人当然没有了，但有国防军啊。听说那里以前从来没有女兵，这次是头一回。

我说，你的情报还挺详细，哪儿来的？道听途说还是你自己编的？

小如说，你还挺高看我的，这样机密的消息，我就是蒙着头想它个三天三夜，也编不出。是连长告诉我的。

我大吃一惊，说看连长那个严肃样，恨不能把我们都当成射击胸靶，怎会把兵家大事透露给你？

小如说，这事对你我是大事，对连长来说，不过小菜一碟。经他的手，把多少新兵送往四面八方啊。这是我给他洗衣服的时候，随口问来的。

我的疑问更大了，说，小如，你再说一遍，你给谁洗衣服？

给连长啊。小如清清楚楚地重复。

你为什么要给连长洗衣服呢？他难道是个残疾人，自己没有手吗？我很纳闷，惊奇中又很不以为然，看不起她巴结领导。

　　小如坦然地说，每天训练回来，一身泥一身土的，谁像你似的，那么懒，帽子脏得像炸油饼的锅盖也不洗。我可天天要洗的，要不睡不着觉。好几次遇到连长，他一个男人家，洗衣的时候笨手笨脚，肥皂泡儿溢了一地。帮一下呗，顺手的活儿。在家的时候，我也净帮着我哥。

　　我大笑起来，原来你把连长当成了哥，他就向你透露军情。

　　小如说，没事闲聊呗，话赶话地就说到那儿了。

　　我说，请继续刺探下去，特别是通信兵和卫生兵的比例问题。

　　小如说，你干吗特别关心这个呢？

　　我说，我讨厌卫生员这个行当，一天到晚遇见的不是病人就是死人，反正都是些没有笑容的脸，晦气啊。而且从根本上来说，我是一个缺乏同情心的人，所以，我不想穿白大褂。

　　小如反驳我说，当个医生多么好！治好了一个病人，人家全家都感谢你，会记你一辈子的。

　　我说，你怎么光想好事？就不想想，若给人家治死了，全家都恨你，也许到海枯石烂。

　　小如说，为什么光想坏事？再说，你就不会把本事练得精点，别把人家给治死吗？

　　我说，天有不测风云啊。再说，人总是要死的，这是伟人说的……

　　我俩正拌嘴，果平跑过来说，你们躲在犄角旮旯儿，是不是正说我的坏话呢？背人没好事。

　　我们大叫冤枉。果平嘻嘻一笑说，既然不是说我的坏话，就把正说的话告诉我吧。要不我不信。

　　我看着小如。消息的主要来源是小如，不能喧宾夺主。小如是个好脾气，虽然她不想把消息散布得人人皆知，但考虑到友谊至上，还是把所有的情报都告诉了果平。

我以为果平会激动得捶胸顿足，没想到她一撇嘴说，就这个啊，早嚷破天了。

我这才明白，有些消息的传播，是不需要"海燕"的。

果平接着说，连分配中卫生兵和通信兵的比例是九比一，也已是公开的秘密。

好像有千吨陨铁自九天坠下，正好砸到我的头上。我揪着果平说，你这话当真？

果平说，向毛主席保证！

这是一句极有威力的誓言，我再也无法怀疑它的准确性。

小如沉静地说，看来，只有极少数的幸运儿才能当上海燕，绝大多数是小白鸽啦。

小白鸽是小说《林海雪原》中女卫生员的爱称。果平说，悲痛欲绝！我本来想若是一半对一半的比例，不哼不哈地等着，也许就会分我到通信站。没想到，事实这般残酷！

完啦！我彻底绝望，近在咫尺就有竞争者。我简直想变成老鹰，把小白鸽抓走几只。

河莲走过来说，这次分配最艰苦的地方是阿里。越是艰苦越光荣，我想写一份血书，你们谁与我同甘共苦？

果平说，哈！我只是在小说和电影里才看到血书什么的，没想到，真有人打算这么做！太棒了，我的血和你流在一起！

现在果平和河莲成一伙的了，神采飞扬地看着我和小如。

小如描绘的阿里，令我心惊胆战。要是分到我头上，那是没法的事，军人以服从命令为天职。可我不打算主动争取，那里离家太远了。再说，我的理想是当一个通信兵，阿里要的都是卫生员。我要写了血书，就从根上绝了成为海燕的希望。

不想，宁静的小如抢先说道，我写血书。

一下子局面成了三比一，我变成失道寡助的少数派，心里不由得有一点慌。想想海燕飞舞的雨衣，我咬着牙坚持道，你们要写就写好了，反正我是不写的。

果平和河莲有些失望，但她们毕竟人多势众，便不理我，一齐商量血书的操作规程。因为以往只是听人家说，真到了自己演练的时候，才发现有许多具体的步骤很朦胧。比如用什么部位的血呢？当然是用手指头上的血来得方便，可是"十指连心"，一想到要把好好的手指头扎一个洞，挤出血来，大家都直抽冷气。

我在一旁待着，有些尴尬，走不好，继续留下，好像也不伦不类。我胡乱找个碴儿要溜，小如却拼命扯我的袖子，要不是军装缝得格外结实，简直要揪出个窟窿。

我说，你到底要干吗，跟抓壮丁似的？

小如说，上厕所啊。咱们俩一起去吧。

我们的厕所离得很远，大概总有几百米的距离，这样，每次方便就有了散步的性质。两个好朋友一边走一边说，讲到开心处，有时真希望厕所修得更远一些，或者多喝几杯水，制造出更多上厕所的机会。

就算我和她们成了血书和非血书两个阵营，也不能拒绝要同你一道上厕所的朋友吧？

我和小如默默地往前走。

小如说，你真的打定主意不写血书了？

我说，是。

小如说，其实也没什么，不过就是疼一下子。别人都能忍过去，偏你就不行？

我说，也不光是个疼的事，了不起就像得一回肠炎，再说得邪乎点，就算悲惨地拉了一场痢疾，一咬牙一跺脚也就过去了。

小如笑起来说，我看，你对医学还挺懂点门道的。

我说，我一辈子就得过这么两种病，疼痛如绞，记忆犹新。

在靠近厕所的地方，小如停下脚步，板着脸说，既然你不怕，我看你还是写血书的好。

看着她的严肃样，我很惊诧，因为她平时总是笑眯眯的，姐姐一般温柔和气，这是怎么啦？

小如看出了我的心思，小声解释道，我听连长说，他就是要用敢不敢主动要求去阿里来考验一些人。要是你主动要求了，也许就不让你去了，会特地按照你的爱好，分你一个想去的地方。要是你缩手缩脚地不表态，往后躲，就偏让你去。

我好似被人兜头灌了一脖子的冷水，脊梁骨变成一根又硬又直的鱼刺，梗在那里，回不过弯儿。原想革命大家庭温暖和谐，不想还有阴谋埋伏在里面。

我一急，结巴起来，说，河莲她们……都是……知道了，才故意……是吗？

小如说，我不知道，也不愿瞎猜。估计她们不明白这里的奥妙，真是一腔热血。你想啊，连长是多么精明的一个人，哪里能让大家都摸了他的底牌，那他的试验还有什么意义呢？

我稍微缓过一点神来，淡淡地说，热血也好，冷血也好，反正我是不打算写血书的。

小如说，我把话都说到了这个份儿上，看在咱俩是好朋友，才把这天大的秘密告诉你，你怎么就这样不开窍！

我说，小如，你是一番好意，我领情了。我要是不知道这个底细，也许你劝劝我，我也会写的。可我既然知道了，我是说什么也不写的。我不想当卫生员，我不愿去阿里，我也不做这种装样子的事。

小如急了，说，你怎么这么固执呢？大家都写了，就你一个人不写，不就显得你太落后了吗？你写了吧！连长私下问过我愿到哪里去，说他可以照顾我。我反正只是想当个医生，这回学医的名额多得很，我也不需要他特别为我做安排，我求求他，让他分你去当海燕。

我一把捂住小如的嘴说，你别侮辱了我心中的海燕。

小如气得眼眶里注满了泪水，说，小毕，你这样不懂别人的心，我是为了你好！

我说，小如，你的这份情谊，我会永远记得。只是我不能违背自己的心愿做事，你该理解我。

往回走的路上，我们一句话都不再说了，因为所有的话都已经说完。我们看着远方，那里有很多云彩，像棉花垛一般笔直地堆积着，渐渐地高入遥远的天际，在云的边缘，就形成了峭壁一般险峻的裂隙。云像马群一般飞腾着向我们扑过来，粗大的雨滴像被击中的鸟一样，从乌云里降落下来，砸到我们的帽子上，留下一个个深绿色的斑点。

快回去吧。我对小如说。

这儿的雨和内地的雨不一样。我家乡的雨，很细很小，牛毛一般。你要是不留意，好像觉不出来似的。但它的后劲很大，你在雨中走一会儿，全身的衣服都会湿透，阴冷会一直沁到骨头缝里。这儿，雨来得很猛，可是这一颗雨滴和那一颗雨滴之间，隔得很远，简直能跑一只骆驼呢！小如说。

我不知她为什么要说这些关于雨的没什么意思的话。从领新军装那天起，我们就是要好的朋友。但我拒绝了她最后的忠告，分手就在眼前。可能她不愿伤感，才故意找个轻松的话题吧。

整个连队掀起了如火如荼的写血书运动。我本想离这件事远一点，后来才发现完全躲不开。这个屋子的人在写，那个屋子的人也在写，你总不能老是待在操场上像长跑运动员一般乱转吧。这是一件让人可以充分发挥想象力的事，大家八仙过海，各显其能。手指上的血量很少，再加上很快就凝固了，根本就没法写字。后来就有人割腕取血，血虽然多，但那女孩子脸色苍白，一副快要晕过去的样子，把老兵班长吓得不轻，坚决制止了此类盲动行为。后来不知是谁，发明了一种节约而科学的方法，用少量的血，掺上一部分红颜色，再兑上水，就调成了一种美丽的樱红色，写出字来艳若桃花。

　　我东跑西颠，把大家的发明创造互通有无，像个联络员。

　　终于到了最后分配的日子，不想，连长陷入了困境。因为写血书的人太多了，也闹不清谁是最勇敢最忠诚最大无畏的。连长不愧足智多谋，他把堆积如山的血书放在墙角，开始实施新的选择方案。

　　那是一个晴朗的日子，扎着武装带的连长，像一株笔直的白杨站在操场中央，对所有的女兵大声发布命令——面向我，按个子高低，成一路横队集合！

　　我们都愣了一秒钟。这是一道古怪的命令，想想吧，一个连两百多人呢，平常都是成几路横队或几路纵队集合，方方正正才像队伍。就算连长萌发新招，编成一路纵队也够标新立异了。现在可好，一路横队，士兵像鲫鱼似的一个挨一个要排出多远！还要按个子高矮，真是复杂啊。

　　但命令，谁敢不服从？片刻犹豫之后，大家都开始迅速寻找自己应该站的位置。其中又发生许多混乱，女兵招收时对身高要求很严格，个头集中在一米六到一米七之间，同样身高的人，少说也有十几个，实在难分上下。于是彼此推推搡搡，各不相让。还有的人，入伍时测的身高，这一两个月过去了，部队的伙食好，又蹿起一截，按照旧印象排队，显然比旁人高出个脑袋尖，就得重新调换地方。还有的人因为胖瘦不同，引起视觉上的误差，非得背靠背地比了高矮，才能分出伯仲，难度不亚于一道数学题。

操场上吵嚷得像个蛤蟆坑，要是往日，连长早火了，非大声呵斥不可。但今天他竟是出奇地好脾气，由着女孩们颠来倒去地比量，直到每个人找好了自己的位置。

队伍排得实在惭愧，因为太长，形成了一个大大的"S"形，好像一道漫长的绿色篱笆，被大风吹过，前拱后弯。依连长往常的性子，必得让解散了，重新集结。但这一回，连长的容忍度极好，犀利的目光像梳子，从队头刮到队尾，又从队尾刮到队头，仍是什么话也没有说。

我偷着往四处瞧了瞧，好朋友都彼此隔得很远，大家是一片茫然，不知道连长玩的什么把戏。

连长调整了一下自己的位置，主要是大踏步地向后面退去，然后立定。他像一个等边三角形的顶点，在远远的地方，严峻地注视着我们。他那双猎鹰般的眼睛，睁得很大。

待他看到队伍自发地调整为笔直以后，温和地发布了第一道口令：单双数，报数！

每个女孩子都竭尽全力把数字报得很响，记得我是"二"。说句实在话，我不喜欢"二"，比较爱好的是"一"。报一的时候，嘴咧得很开，音波清脆嘹亮，好像时刻在微笑。报二就不同了，上下唇基本不动，喉咙里发出古怪的一声，好像吃多了白薯，打嗝似的。想想看吧，古代的故事里，老大总是勤劳勇敢的，老二多半又懒又馋。

唯一可以安慰自己的是，我听到河莲、小如和果平，报的数也都是偶数。人嘛，只要有和自己同命运的好朋友，就有了安慰。

大家注意，听我的口令，偶数——向前———一步——走！连长拖长了嗓门，发布新的口令。

于是，大约有一百个女孩向前迈出一步。这样，操场上就有了两条彼此等长的队伍，像一个巨大的等号。

大家都不知道连长葫芦里卖的什么药，充满人的操场显出了异样的安静，好像一片旷野。

连长又让我们继续报数。他稍微变了一下方式，不再是把我们分成一、二两组，而是让大家一五一十地报，然后命令逢五逢十的人向前迈一大步，好像农村赶集时挑选的日子。这时迈出向前的人显著少了，好像间过苗的庄稼，又被田鼠吃了一些秧苗，隔好远才稀稀拉拉地有一个人。

人们越发莫名其妙，连长当然不做任何解释。他按照自己的预定方针，继续发布命令，让站在队伍最前列的那排人，按一定规律报数，然后命令逢到某个特定号码的人向前迈步……几番操作下来，剩下的人越来越少，大家的好奇心也越来越强烈了。

现在，站在最前列的只有五个女孩子了。我很想看看都是谁，可是不行。连长的目光像探照灯一样盯着我们，只要你稍微拧一下脖子，立刻就会被他发现。

连长走到我们面前，对着我们五个人，也对着操场上所有的女兵说，现在我宣布，站在最前列的这五名，光荣地被选为第一批奔赴西藏阿里的女战士。这是她们的光荣，也是我们所有人的荣耀。让我们以热烈的掌声，欢送她们走上共和国最高的国士……

掌声暴风雨般地响起来，缠绕我们许久的问号，就被连长用这样宿命的方式，三下五除二地解决了。

连长接着用毫无感情色彩的语调，念出其余人的分配名单，对谁都是一视同仁。

直到这时，我才有胆量偷偷斜了旁边一眼，哈！果平、小如、河莲都和我并排站着，还有一个瘦弱的小姑娘，站在队伍的尾巴上，她叫苏鹿鹿。

和朋友们在一起的狂喜，冲散了我不愿当卫生员的愁云。况且，我也想通了，即使我不被分配到西藏去，也很难保证能当上海燕。听天由命吧，也许我的命里注定，必须要在工作中见到许多呻吟的人。不管怎么说，就算上班的时候愁眉苦脸，下班以后可以和伙伴们开心一乐，也该知足啊。

解散以后，大家立刻把我们几个围起来，充满好奇之情，好像此刻的我们已和大家有了显著的不同。

我大叫，不要这样对我们虎视眈眈好不好？好像我们不是要到阿里去，是从阿里已经绕回一圈似的。

大家就笑起来说，毕竟你们是要到那么遥远的一个地方，仿佛去另一个星球。到了那里，千万记得要给我们写信啊。

我说，你们那么多人，我怎么写得过来？等我以后当了作家，写一本书，你们大家传着看吧。

大家就笑个不停，说这个家伙多么会吹牛啊。

连长走过来，大家的笑声立刻消失了，等着听他的指示。连长不看大家，单对我们五个说，现在，你们已经是西藏阿里边防部队医院的战士了，我们已经用电报通知了那里，那边工作很忙，要求你们立即上山。

我小声嘟囔了一声，为什么不用电话呢，那可比电报要快得多啊。

　　连长看着我，说，那里不通电话。我们只能用最简练的词句，把最多的内容用无线电波传递上去。

　　大家都不由自主地吐了吐舌头。连长并不理睬我们的惊讶，也不看大家，只是对着我们五个人说，上山的路途艰难而遥远，你们要做好充分的思想准备。为了领导方便，你们要选出一个班长来。

　　大家面面相觑。自当兵以来，凡事都是领导指定，今日如何民主起来？

　　河莲最先说出我们的心里话，选什么？连长看着谁合适，就让谁当呗！

　　一向说一不二的连长破天荒地缓缓说道，从现在开始，我已不再是你们的连长，你们已经完成了新兵的训练课目，就要走上工作岗位。希望你们能够记住这一段岁月，它是你们军旅生涯的开端。

　　大家的鼻子就有些酸，感觉到分手就在眼前。想想连长虽说严厉、偏心，但也有可敬可爱的地方。比如这一次分配，就并没有利用自己手中的权力做什么特意安排。他宁可用一种概率的方法来决定大家的命运。

　　我们伤感了一会儿，才发觉班长的人选问题并没有随着心情的变化而解决。小如最先打破沉寂，说，我看就选小毕吧。

　　我吓得大喊，不同意！不同意！

　　大家齐刷刷地问我，为什么？

　　我说，谁不知道班长是军队里最小的官啊，当不当的，实在也说明不了是否进步。可吃苦在前，享受在后，身先士卒是第一位的。我这个人，从骨子里就比较怕苦怕累，要是有别人给我做了榜样，带领着我向前，基本上还算一个服从命令的兵。要是想让我冲锋在前地起到某种表率作用，实事求是地说，我做不到。

大伙看我这副不堪重任的样子，也就不勉强我。但总得有个班长啊，连长等得不耐烦了，直搓手掌。我说，我提个人，你们可不能说我有私心。好不好？

大家说，真啰唆。没人议论你，快提吧。

我说，刚才小如提名我当班长，现在我再提她，好像有点互相吹捧的意思。我可真的是出于公心地认为，小如是班长的合适人选。她温柔细心，组织纪律性强，关心爱护同志，还爱给别人洗衣服……

大家笑起来，说同意同意，就小如啦！

连长大手一挥，宣布说，奔赴西藏阿里的女兵班现在组建完成，还是由小毕担任临时班长。

走，到阿里去！我们五个女孩手拉起手。

糖衣氧气压缩片

上山了。

我们五个——小如、果平、河莲、鹿鹿和我，有幸成为西藏阿里的第一批女兵，开始向雪山之巅进发。

一个炎热的早晨，我们坐上了从平原到西藏去的军用大卡车。大车厢里载了许多麻袋，内装大米。坐在麻袋上，把脚像芭蕾舞演员一般竖起，插进麻袋的缝隙。汽车摇摇晃晃地在布满石子的路上向山上爬，像一只笨拙的绿毛龟。

人人脑袋上方，笼罩着一片绿色。不是天的颜色，是汽车篷布笼罩的效果。我们大呼憋死了，要求同行的老兵批准揭开这顶盖子，看看外面的风景。

透过篷布上的窟窿，你们尽管看，看个够。针尖大的窟窿能透过斗大的风。没听人说吗？眼皮是世界上最大的物件，你只要眯着眼，有什么看不到的？同行的老兵懒洋洋地说。他是下山治病的，听说病还没治好，工作紧张，要他上山，所以，他闷闷不乐，一副苦大仇深的样子。新兵连长把我们几个女兵交给他，委托照应，他好像不堪重负的毛驴，又被人强压了一捆柴火，愤愤地不爱理人。

我们只好像预备行窃的小偷一样，每人揪住篷布上的一个小孔，尽力向外张望。汽车颠簸着，大米麻袋不停地上下蹿动，好像一尊浑身长着硬颗粒的庞然大物，不甘心驮人，一有机会就想把我们从它背上掀下来。我被晃得肠胃错位，说，一会儿你们谁帮我一下？我打算改造一下座位，用几袋大米摞成沙发模样，虽说硌屁股，肯定比现在舒服得多。

同病相怜的女兵们精神一振，都说我主意不错。

胡说！老兵斥我。

怎么啦？我不服气。

你找死啊！上山的路，奇险无比，咱是摸着阎王鼻子走钢丝，你还想舒服？到时候一个急转弯，你的麻袋沙发砸下来，屁股倒是不硌了，整个人成了米粉肉！老兵慢吞吞地说着刻毒的话。

想想也是。我讨了个没趣，只得乖乖地坐着重新张望。车外是一片青翠的原野，有薄荷样的清凉味道弥漫在裹着黄沙的空气中。

要走几天，才能到目的地啊？有人问。

大家都默不作声，车里能回答这个问题的，只有一个人。可是此刻他眯缝着眼，好像已经昏过去了。

要是没什么意外的话，也就是说，不翻车，不遇上暴风雪，司机不得急病，车子不抛锚……六天。过了好久，当我们对获知答案基本绝望的时候，老兵瓮声瓮气地回答。

天哪，要走那么远的路！那还不到外国啦？要是能快点就好了，到了我就能给我妈妈写信了。鹿鹿说。她是我们之中最小的，肯定想家了。

老兵突然睁开眼，说，车走得那么快，有什么好的？还是慢点好，抓紧时间，好好看看，好好闻闻吧。他说得很认真，像是在传授什么秘诀。

我们四处乱瞧，耸动鼻子，但除了山峦和扑面的尘土以外，没发现什么特别的好味道。只好请教他，你让我们看什么闻什么呢？

看地。闻气。老兵很简略地说。

地有什么好看的呢？每个人都在地上生活了十几年，地就像我们的身体，早就熟透了。现在我们巴望的是早早到陌生的高原上去。至于空气，不就是一种无色无味风一样流动的东西吗？它无时无刻不在陪伴着我们，鼻子里嘴巴里胸膛中都充满了它，从我们一出生就与之相伴了。

不得要领，只得继续请教傲慢的老兵。老兵这一回很健谈，好像一直在等着教育我们的机会：马上就要开始爬山了，当然，是汽车在爬，不是我们爬。但是都一样，你会觉得路在我们面前立起来，汽车像个铁猴子攀登。爬得高了，氧气就慢慢稀薄了，好像空气和冰雪有不共戴天的仇恨，雪多的地方，空气就越来越少。

空气少了，是一种什么滋味呢？是不是就像感冒时，鼻子里堵满了鼻涕的感觉？大家纷纷议论。

不是那么回事。比起来，感冒就太舒服了。缺氧的感觉，就像有人掐住你的脖子，然后用鞭子赶着你在玻璃罩子里跑。你拼命张大了嘴呼吸，可是肺永远是空的……老兵若有所思地说。

这真是太可怕了。我们一个个煞白着脸，好像在听一个从地狱里回来的人讲旅游经历。

老兵是个很奇怪的人，当我们满不在乎的时候，他就吓唬我们。我们真的害怕了，他又变得大大咧咧。

我告诉你们一个治缺氧的好办法吧，百治百灵的……他很神秘地说。

啊，我知道的。一定是吸氧气了。鹿鹿的家里有从医的根底，抢先说道。

老兵有些泄气，但他很快恢复了指点江山的气概，说，你那是洋法子。荒山野岭的，到哪儿去找氧气筒？我说的是土方子，偏方治大病，你们知不知道？

我们怕他一生气，就不讲了，忙狠狠地瞪小鹿，齐声说，知道知道，偏方治大病。

老兵这才告诉我们，治缺氧最好的办法是——用背包带，喏，就是你们捆行李的那种，把自己的头紧紧地缠起来。记住，一定要用那根宽带子，窄的不管事。

我们目瞪口呆，果平第一个战战兢兢地说，那还不得把人勒死了？

老兵大不耐烦，说，我让你勒的是太阳穴那个位置，又没让你勒脖子，怎么就会死了！

大家想想也是，河莲说，是不是勒成日本浪人那副模样？

老兵说，日本浪人什么样，我没见过。反正这个法子治好了许多缺氧头痛的兵，信不信由你们。

我们赶快说，信信！

说话间，汽车马达发出很怪异的声响，好像是发动机得了肺炎，吭哧吭哧直咳嗽。老兵警觉地说，这就是开始爬达坂了。平原已经一去不复返。

我们从墨绿色的汽车篷布缝隙，注视着越退越远的平原，意识到一种巨大的变化就要出现了。

老兵谆谆告诫我们，今天到了兵站的时候，你们一定不可以跳下车就撒腿跑。因为身体根本不适应高原，你一剧烈活动，心脏的负担突然加重，它受不了，就罢工了。你就永远睡在第一个兵站了。

尽管老兵的口气很平稳，我们还是吓得不敢大口喘气。河莲似乎连笑也很节省气力，再不像往日那样哈哈个不停，只是小小地抿着嘴，好像旧时代的小姐。她不放心地说，如果背包带勒头不管事，怎么办呢？老兵很干脆地说，那就成烈士呗。阿里这地方就这点好，不管你是因为什么原因死的，只要牺牲在高原，就算是正经八百的烈士。说起来也有道理，要不是保家卫国，谁到这天边似的地方来呢。

我们都不想小小的年纪就成为烈士，因此，就很注意保养自己，大家话也不敢多说，软软地靠在大米袋子上，生怕一个微小的举动，消耗掉体内宝贵的氧气，悲惨地成了第一个用背包带勒头的人。

缺氧有一种轻度的麻醉作用，像喝了酒似的，晕晕乎乎。初次体验这种感觉的我们，以为它是晕车呢，并不在意。只是原来观看景色的眼皮，好像被糊了一层透明胶纸，你什么都可以看到，却觉得遥远而虚假。刚开始是冷漠地眯起眼帘，后来干脆昏昏欲睡，仿佛被人施了武林中的"麻骨松筋散"，大脑一片空白。

到啦到啦！老兵喊起来。

我们一惊，今天怎么过得这么快？老兵说，第一天登山的路，料到大伙都不习惯，特地安排得短些。以后甭想这么舒服了，晓行夜宿，早上摸着星星出兵站，晚上揣着月亮进兵站。对了，这还是在车子不闹脾气的好运气下。要是出了故障，另当别论，也许在冰达坂上蹲上个三天两宿，也正常。

老兵有个爱好，特别喜欢说不吉利的话，好像能从中感到极大的乐趣。

河莲撇撇嘴。那没说出来的话，我们都听到了——吓唬人呗！

老兵不傻，看出了我们的不以为然。他撩开篷布，一指兵站后面的小山，说，看到了吗？

兵站这个名字，很有点烽烟缭绕的边塞感，想象中该是庞大的屯兵之地，发生过"增兵减灶"之类的惊险故事。哪怕是军棋上的兵站，也有些不凡。谁一躲进去，就可避免炸弹的袭击。军长、司令也常常在内休养生息。可眼前的这几间低矮的小平房，冒着袅袅的炊烟，和普通的民居差不多，实在让人难以生出英武之感。至于兵站后面的小山，要不是老兵特意提示，根本就没人注意。一路上，这种貌不惊人的山梁，大约经过了几万座。

看到了。大家应付老兵说。

看到什么啦？老兵穷追不舍，好像诲人不倦的老师，课堂上提问没完成作业的差生。

看到一座普普通通的山。我们懒懒地答道。

谁让你们看山了？我让你们看的是山上的东西。老兵有些火了，脸皱得像汽车轮胎。

山上还有东西？我们很吃惊，幸好我们都是刚验过身体的新兵，视力绝对是雏鹰般敏锐，很快就看到了小山坡上的确有一些隆起的小土包，好像还有凋零的白花。

知道那是什么东西吗？坟。是一些像你们一样年轻、第一次上山的兵，没经验，觉得高原也没有什么了不起的，天是一样地蓝，水是一样地清。他们不听招呼，低估了高原的杀伤力。有人因为憋了一泡尿，下了车就跑，啪，摔倒了，再也没起来，永远留在高原上了。从今天开始，你们在上山的每一个兵站后面，都会看到一片铺满白雪的墓地。今天才是高原的边角，雪山的第一级台阶。假如你们要想在高原上活下去，必须对高原毕恭毕敬。你瞧不起它，它就让你拿命来向它赔不是。记住了吗？老兵这一席话，说得我们开始对他佩服得五体投地。

老兵率先下了车，铁拐李似的，走得极慢。我们按照他的样子，像旧社会的小脚女人，一步迈不了三寸。

西部夜幕落得晚，这天行程也短，此刻太阳在很高的山上悬挂着，像一只金羽毛的火鸟，灿烂而冷漠。果平说，啊，我对高原的第一个感觉是寂静，第二个感觉是寒冷，第三个感觉是空旷，第四个感觉是……

老兵不屑地说，这里才三千多米，你就那么多的感觉。要是到了阿里，足有六千多米，你还不得弄个十来八条的感觉，累不累啊？

果平仿佛被人塞了一脖子雪，立时没了说话的情绪。我们慢慢走到食堂，默不作声地开始吃饭。主食是大米饭，菜肴因为一下来了这么多人，兵站措手不及，不及准备，就倒了半盆酱油，说用这个拌米饭，很好吃的。

我心说，这玩意儿黑不溜秋咸不啦唧的，倒在米饭里，能咽得下去吗？

嘿！真奇怪，舌头一上了高原，好像也发生了奇妙的变化，竟然完全分辨不出食物的味道。米饭吃到嘴里，像一粒粒长着刺的锯末。酱油汁把米饭渗透到发红发黑的地步，也不觉咸，好像搅拌进去的是一种无味的特殊颜料。不过，胃比舌头可捣蛋多了，刚吃第一口，就想吐。

看我们眉头紧锁不动筷子，老兵大口咽着饭说，知道了吧，这就是高原的厉害了。它会变魔术。从现在开始，你们要放弃在平原上的许多怪毛病。吃东西，不是为了舌头，而是为了肚子，为了脑袋，为了胳膊腿……一句话，为了能在高原上好好地活下去，你必须得吃。别理舌头那个家伙，听它的，你什么也不想吃。更别理胃那个软溜溜的没骨气的玩意儿，它想吐，你愣吃，它也没法，吃进去就是胜利。

我们像吃毒药似的，每人填了半碗饭。甭管老兵怎么用眼光督战，还是义无反顾地撤离饭桌，到各自房间睡觉。躺进冷硬如铁的被子时，我最后一个动作是看了看宽背包带放在哪儿。

咳，也不知道明天早上，我还会不会在阳光下醒来？要是就这样"烈士"了，倒也不算太难受。我想着，很快睡着了。

第二天起来的时候，没什么独特的倒霉感觉，我甚至都有点失望了，高原不过如此。

但很快，我就知道自己小瞧了高原。它用大智若愚的绵长内力，慢慢地持久地消耗着我们，当到达海拔六千米的界山达坂时，猛地一变脸，发动了全面的攻击。

胸膛里吸进的好像不再是空气，而是一种黏糊糊的金属，沉重而压抑。肋骨好像变成了八脚章鱼，紧紧地箍着肺，让它没法像平日那般自由扩张。脑袋里装满了打火石，摇一下就金星乱冒。眼珠子胀得难受，恨不能把它抠出来，用冰凉的雪水擦擦四周，再安回狭小的眼眶。每个人都嘴唇青紫，好像刚刚吃完玫瑰香葡萄，葡萄皮没吐干净。

恰好这时，由于海拔太高，气压太低，汽车也犯了高原病，水箱开锅了，呼呼直冒热气，像个火车头。司机只好停车，到远处去背雪，赶快给发高烧的汽车降温，让它歇息一会儿才可继续赶路。

我们像些八十岁的老婆婆，颤颤巍巍地爬下车。虽然一上一下又要消耗不少体力，喘似多年的老气管炎病人，我们还是要站在雪地上透透风。

无垠的雪原环绕着我们。五个女孩互相搀扶着，站在巨大的高原中央，惊讶它无比的美丽和壮观。天蓝得让人误以为是深不可测的海底，一朵白云像沉睡千年的珊瑚礁，凝然不动地沉没在空中，喜马拉雅鹰像热带鱼一般翩翩而过，黑翅掀起的气流，使山影像浸在水里的绸缎般抖动不止。陡峭的山峰戴着白雪的桂冠，安然地屹立着，好像在打坐，思索着人世间的难题。在偏戴着的帽子顶端，镶着钻石般的冰川，阳光照耀下，折射出的无数根银线，几乎要把人的双眼刺瞎。精灵般的野马，用花瓣一样的蹄子，把山石敲打出紫色的火星，似岚气顺着山脊蜿蜒攀升，只把一条乱甩的尾巴，留在跟踪它的眼光里……

我们呆呆地看着，缺氧使我们变傻，恍惚间觉得自己到了月亮背面，虽然极端荒凉，但美得令人不可思议。

果平掐掐自己的腮帮子，说，咦，我怎么不觉得疼？这是在梦里吧？

河莲很有经验地说，因为太冷，你脸上的肉都变成木板了，所以感觉不出疼。你可换种方式，比如用牙咬咬舌头，狠一点，才会见效果。

果子"呸"了她一口说，我宁愿相信自己是到了火星，也不愿把舌头咬出血。

河莲做出很无辜的样子说，我在脑子缺氧的情况下，还替你想出这样有效的办法，而你，真是不识好人心！

什么事都怕说，本来每个人都头痛欲裂，以为别人没感觉，就不好意思呻吟叫唤。现在有人开了头，大家就同仇敌忾地叫起苦来。

鹿鹿的头上早已绑了背包带，因为用力过大，额头勒得像个细腰葫芦，嘴巴被扯到耳朵根，好像她无时无刻不在嘲笑谁。她说，还偏方治大病呢，我的脑袋都捆成炸药包了，一点用也没有。

果平说，真想把肺从肚子里掏出来，邮寄到平原去，让家里人给灌饱了氧气，再寄回来。

河莲说，那可得挂号。要是万一寄丢了，你不就成了有心没肺的人了？

沉稳的小如说，我有一个设想……

大家就都很感兴趣地凑过来，要知道在这里冒出来的设想，很有可能是世界上最高级的。别的地方海拔哪儿有这么高！

小如说，我想制造一种氧气压缩片。小小的，白白的，很洁净的样子。含在嘴里，甜甜的，用舌头一抿，就有清凉的氧气从牙缝中源源不断地冒出来。呼吸到肺里，肺就像海上的风帆一般，张开来，像白蝴蝶一样，所有缺氧的难受就都消失了。

我们听着，都无限神往地舔着嘴唇……可惜啊，嘴里翻腾的都是昨晚上的酱油泡米饭滋味，小如的氧气压缩片只是一个梦。

老兵不知道什么时候走了过来，听了我们的谈话，说，氧气可以压缩到瓶子里，关键时刻真的能救命呢。压成片，没听说过。就是能行，也不能做。太危险了。比如，你兜里装了许多氧气片，要是经过炉子旁边，会呼地一下烧起来，爆炸起火……

我们掐着自己的太阳穴，困难地思索着老兵的话，在高原上，神经的传导也像蜗牛一般磨蹭。半晌之后，我们在心里强烈地反驳他：老兵，你也太没点想象力了。难道不能在氧气压缩片的外面，裹上一层保护用的红色糖衣，让它像巧克力豆一般美丽吗？揣着它穿过火焰的时候，至多是外皮有一点发黏，并不会影响使用。需要的时候含在嘴里，轻微的香甜过去之后，糖衣融化完，就一定会有带着薄荷味的氧气，像雨后森林的风一般，源源涌出。

特殊摄影师

　　女孩子都喜欢照相。哪怕是最丑的姑娘，也会在青春年华，偷偷地留下倩影，没人的时候反复端详，找出面容上最经看的部分，为自己鼓劲。而且相片这东西还有一个特点，就是拍照的当时，你基本上都不满足，不中意，随着时间的流淌，逝去的时光变得越来越宝贵，你就后悔当初为什么不多照一些相片了。

　　高原上的女兵，对照相这件事的认识，一直很清醒——就是抓紧一切可能时机，尽可能多地留下照片。倒不是有什么先见之明，想到在白发苍苍的时候，可以指着自己早年间的照片，瘪着没牙的嘴，对小孙女说，看，奶奶当年也有英姿勃发的时候，怎么样，很靓的吧……主要是我们兵龄不长，穿上这种新服装的样子，自己还没有欣赏够，就被运到了雪山上。家里人、同学、老师、朋友、亲戚等等，跟在屁股后面要你寄照片回去给他们看看，要是久久寄不到，简直会被怀疑你这个兵是个冒牌货。照相成了当务之急。再说周围的景色，实在是太像火星了，寸草不生的岩石，给人一种自己是宇宙人的感觉，我们也急不可耐地想让远方的人一同欣赏和惊讶。

到达高原，我首先知道了女厕所和食堂的方位后，第二个急需打听的问题就是：照相馆在什么地方？

接受我询问的是个小伙子，个子高大，相貌英俊，缺陷是脸色有些苍白。自我介绍姓胡，是个技士。我想应该是问对了人，老头有可能不知道照相馆的位置，而这模样的同龄人，对此必会了如指掌。

胡技士很惊奇地看着我，好像我问他的不是一处平常所在，而是赌场或是火箭发射塔，停了一会儿才说，这里不是平原，没有照相馆。

我说，怎么会？雪山上这么多兵，远方的家里人就不想知道自己的孩子变成什么样了吗？就是他们自己不想照，家里人也会催个不停。

胡技士说，雪山上的兵并不像你想的那样多。就算每个人每年照一张相，照相馆也没多少生意。摄影师会饿死。

我说，我，还有我的战友，就是说所有的女兵，一年每人最少会照十张相。

胡技士冷笑起来说，就算你们每人一年照一百张相，也没用。你们才几个人！

我说，还有你们嘛。人多力量大。

胡技士说，我两年才照一张相。主要用途是相亲的时候，家里人给对方看一看，就足够了。剩下的事，就是省下钱来，把看过我相片的女方娶过来。

我对胡技士悲天悯人地摇摇头。在照相方面，此人实在是胸无大志，不可救药啊。

我把从胡技士处得来的情报告知女友，屋内一片哀鸣。片刻后，小鹿第一个打破悲痛的气氛，对我说，咦，你不会搞错吧？

　　我很气愤这种明显不信任的口气，马上同胡技士站到一个立场上，说高原上只有这么些兵，就算把照遗像的概率都考虑进去（遗像每次要照很多张），摄影师也要饿个半死。

　　小鹿不服，说你从一个光着脚的人那里，是打听不到卖鞋的地方的。

　　我反驳说，既然大家都光着脚，你凭什么断定这里有鞋铺？

　　正吵得不可开交，小如到外面转了一圈回来，说，百闻不如一见。我有个新发现，在不远处的僻静角落，有一间小房子，上面有个牌子，写着"照相室"。

　　我傻了眼，说，小如，你没有骗人吧？

　　话刚出口，我就用手捂住嘴。小如哪里是骗人的人？再说，我从心里希望这是真的。小如并不计较我的怀疑，很诚恳地说，我也搞不清那到底是个什么地方，安静极了，也没个人可问。要不，咱们一齐去看看吧。

　　我们三个立刻跑出去，剩下的人等我们消息。七拐八拐，果然找到了一间孤立的小屋。千真万确，门楣上悬挂的牌子上写着——照相室。

　　周围很静，这里好像是被人遗忘的角落，但打扫得很干净，分明透出经常使用的痕迹。

　　这是一处秘密照相点。摄影师怕被人打搅，所以弄得很隐秘。小鹿很有把握地说。

　　小如过去敲敲门，里面一点动静也没有。小鹿说，你动作太轻，好像敲幼儿园的门。看我的！

　　她捏起空心拳头，直擂两页门扇的接壤处，木板的震动加上铁插销的共鸣，一时间好像闹起了小型地震。

　　谁啊？耐心点！正洗相呢，等一等！里面回答。

天地为证，我们几双耳朵，都清清楚楚听到了"正洗相呢"这句话。哎呀呀，踏破铁鞋无觅处，得来全不费工夫。小鹿满脸功臣神色，好像这个照相室，是她在片刻间用拳头砸出来的。小如比较有涵养，一声不响退在一边，但掩饰不住的兴奋，还是把她的嘴唇烧得更红了。她是我们之中最漂亮的女孩，自然对照相有着刻骨铭心的热爱。至于我，满脑子想的是，赶快把胡技士揪了来，让他揉着眼睛，目瞪口呆地向我们道歉。

等待中好像过了一千年，门终于沉着地打开时，我们看到了一张血色不足的脸。因为长时间在暗室里工作，摄影师眯缝着眼，一副见不得天日的样子。

揉着眼睛、目瞪口呆的人——是我——那个摄影师不是别人——正是胡技士。

我说，你怎么在这里？

他说，我怎么就不能在这里？我一直就在这里工作啊！

我火了，你说这里养不活摄影师，原来是自己在吃独食啊！

胡技士愣了片刻，好像突然明白了，说，看来我们之间有点误会，欢迎你们参观我的工作间兼暗房。

我们三个鱼贯而入，小鹿在我耳边低声说，原来你和摄影师早就通了消息，倒把别人蒙在鼓里。

我抗议道，谁知道他在这里像个特务似的潜伏着啊！

屋里很黑，一盏红色的小灯，好像糖稀已经融化光了的冰糖葫芦，几乎没有光芒，只是一个稳定的红球，用朦胧的光晕勾出大家的身形。地板当中摆着一台硕大的机器，桌上有一个盛着药水的白瓷方盘，几张底片如红鱼一般泡在水里，看不清眉目。

你的机器比一般照相馆的复杂多了，照出的相一定也要漂亮得多。小鹿四处张望着说。

漂亮不敢说，比一般照相馆清晰，那是一定的。胡技士似笑非笑地回答。

只是你这墙上没什么好背景，海呀小亭子什么的，拍出来一片煞白，怪扫兴的。不过，也凑合啦，主要是把人物表情拍好就成。不知道你手艺如何？小鹿很内行地评点着。

红灯下，胡技士的脸红彤彤的，说，我经过正规学校三年学习，手艺应该是没问题的。

哟，光一个照相，你就学了三年，那可真是老师傅了。小如说。

胡技士的脸更红了。

我说，胡技士，你什么时候给我们照相啊？

胡技士说，我照的相，和你们平常见的相片不大一样。不过，按我的观点，一个人一生，是应该或者说是必须留下一点这种相片的。

小鹿说，我的相片的最大意义，就是要照得比我本人胖，这样我妈看到的时候就不会哭了。要不然，她一定会流着眼泪说，看，我家小鹿太瘦了，简直变成鹿脯了。

胡技士说，我能做的事就是实事求是，保证与你本人分毫不差。

小如凑到我的耳边说，我怎么觉得他这个照相馆与众不同啊？

我揣测着悄悄回答，咱们平常照相的时候，看到的就是摄影棚那一小点地方。山上房子有限，把很多后期工作的设备都挤到一起了，难怪咱们看着眼生。

小如半信半疑地不再说话。

小鹿说，今天我们好不容易找到这个地方，你是不是就百忙之中为我们了此心愿？

胡技士迟疑了一下，还是答应下来，问道，你们谁先来啊？

小鹿当仁不让地说，我先来。

我说，小鹿，冲锋的时候，你也这样勇敢就好了。

我们躲到一边。小鹿站好，庞大的机器移动起来。那钢铁家伙看着蠢笨，活动还挺灵巧，按照胡技士的指挥，左旋右转，好像大象在跳舞。

好，你站好，不要动，头稍向左一点，好，就这样，屏住气，坚持一下，对……好，好了……现在我们再照一张侧面的。你的头转过来，对着墙壁……很好……好!

胡技士口中念念有词，像符咒一样，小鹿就像木偶，服从着他的摆布。不一会儿，照相结束。小鹿松弛下来，马上又痛苦地大叫，哎呀，我忘了说"茄子"了!

什么茄子? 咱们这里一年无菜，不要说茄子，能有蔫萝卜吃吃就是天大的福气了。胡技士不屑地说。

不是吃的茄子，是表情。茄子会使我的嘴角微笑，你这个摄影师，也太不负责任了，为什么不提醒我注意表情呢? 哼，要是照出一副哭丧相，我要你重照! 小鹿不依不饶。

放心好啦，我绝不会把你照成哭丧相的。表情并不重要。胡技士很有把握地说。

轮到小如了，她按照小鹿的位置站好，很矜持地微笑着，看来想留下一副倾国倾城的玉照。没想到胡技士说，我不给你拍面部了……

小如大惊道，你难道要照我的后脑勺吗? 或者说是照没有头的相? 只剩脖子以下部分，那不成无头女尸了!

我说，小如你别胡说，摄影师说的是背影。小如你自己不知道，你的背影真的很好看啊。

没想到，胡技士不客气地纠正我说，不是拍背影，是拍手的特写。

轮到我们把嘴张成三个大大的"O"，齐声问，手？那有什么好拍的？不是白白糟蹋胶卷吗！

胡技士不理我和小鹿，单独对小如说，我看你哪儿都很完美，只是身高欠缺一些。拍了你的手，我就能知道你是否还有长高的希望。如果多吃些钙，可能会有帮助的。

我和小鹿大眼瞪小眼，不知该说什么。搜肠刮肚也不记得以前的照相馆是否还开展过测量身高的业务。小如的脸兴奋得比灯泡还红，她知道自己是美女，但对不足也有很清醒的认识。现在有人说能帮她，自然十分感激。

于是，小如伸出纤纤素手，按照胡技士的指挥，做出五指并拢的角度，规规矩矩照了一张手相。

好了。下一个。胡技士又恢复了淡淡的语气。

就照一张啊？小如有些不满足。

一张就足够了。胡技士不容置疑。

轮到我了。照头还是照手？我问。

胡技士从头到脚打量着我，半天不作声。我吓了一跳，心想他不会让我照一张"脚相"吧？我昨晚上忘了洗脚，万一当众亮相，在这密闭的屋子里，定是有碍大伙的鼻子。

阿弥陀佛，胡技士网开一面，说，就照一张半身的吧。大家留影完毕，小鹿说，什么时候取相？

胡技士想想说，如果没有其他特别的工作打扰，下午你们就可取相了。

小鹿说，这么快！你不收加急费吧？

胡技士说，用的都是边角料，基本上是废物利用，不收钱。只是请你们保密，不要对别人说，那样，工作量太大，我招架不了。

从那间写有"照相室"的小屋出来，我们三个乐得合不拢嘴。午饭的时候，我暗自笑了好几次，差点把饭粒呛到气管里。

下午，我们如约又到了胡技士的工作室，这回房间没上锁。我们走进去，胡技士说，正好，片子刚制作出来，效果还是不错的。

我们急不可耐地要观赏自己的尊容，忙说，请把相片给我们，到太阳底下去看。

胡技士说，还是在屋里看得比较清楚。

小鹿说，你这个屋黑得像个菜窖，要看也得把窗户打开啊。

胡技士说，那倒不必。我有特殊的灯光设备。

说着，他打开竖在桌上的灯箱，雪亮的荧光灯把一大块毛玻璃照得像半透明的冰川。胡技士拿起一张照片，往特殊的夹子上一戳，相片就镶在了玻璃上，影像顿时纤毫毕现。

首先映入眼帘的是一个骷髅头，眼眶凹陷，鼻骨高耸，嘴巴是个黑窟窿。

老天哪，这是什么？是你从坟墓里挖出来的死人头吗？小鹿惨叫起来，指甲深深地抠进我的胳膊。

这正是你的头颅正位片啊。胡技士说着，把另一张底片镶入玻璃。这次出现的影像更恐怖，是半颗惨淡的人头白骨。

不等我们缓过神来，胡技士又把一张较小的底片插上玻璃。在雪亮的灯光中，一只枯瘦如柴的手骨架像九阴白骨爪似的，五指朝天，冷冷地戳向天花板。

胡技士面向小如说，这就是你的手指骨骼图。观察骨骺融合的情况，你还很有长高的潜力。今后你多吃点钙吧。

胡技士马上又换了一张片子……不用说，那是我的半身像了。我凑过去一看，吓得闭上眼睛。从此，我算明白什么叫"形销骨立"了，骨头架子上，倾斜着摆着一列肋骨条，每一根都似巨大的丝弦，好似能奏琵琶古曲《十面埋伏》。

我们终于明白了胡技士的所谓"照相"，就是——X光拍片。

你这不是鱼目混珠，取笑人骗人吗！小鹿怒不可遏。

我可没骗人，一开始我就说，我的相片和别人的不同。在医学术语里，X光就是叫照相。我在医校学了三年放射专业，不信你们可以去查档案。胡技士不急不恼，含笑辩解。

可你这样的照片，我怎么能寄给妈妈？老人家还不得以为我已变成饿死鬼了？小鹿愁眉苦脸。

寄给妈妈是不妥，但自己保存很有必要。人有一张自己的骨骼图，就像拥有永不褪色的证件，无论你的外形怎样变化，骨头是不变的。比如，希特勒的尸体被烧焦了，最后确认身份，靠的就是他生前看牙病时拍的X光片。胡技士谆谆教导我们。

小如本来对胡技士心怀感激之情，因为他给了她一个好消息。但听到他总是谈论不祥的事情，忙说，说点别的吧。老讲这个，让我想起谋杀案来了。

胡技士说，很抱歉，让你们生出不美好的想象。但我真的非常热爱我的工作，恨不得让天下所有的人，都拍一张X光照片，留作纪念。

我说，胡技士，您的敬业精神当然很让人感动，可是我们的实际问题，并没有得到很好的解决啊。我看，你这儿洗相的家伙挺齐全的，虽说你的专业是照骨不照皮，但毕竟沾亲带故，你就给我们想想办法，拍几张正儿八经的照片吧！

大家都眼巴巴地看着他。胡技士搔搔头上的白色工作帽，说，只有一个办法，就是你们让家里人寄胶卷来，我在这里想办法借照相机，然后给你们照相。X光片和普通胶卷的冲洗过程大同小异，我努力摸索一下，估计问题不大……

小鹿打断他的话说，别光是底片啊，我要看真正的相片，布纹纸或斜光纸的……最好能放大，要是你再学会了上色，那就更棒了。

胡技士说，那还得找人买相纸、显影液、定影液、烘干机、上光机……麻烦着呢……谢谢你对我的信任。

小鹿说，艺不压人。我们愿意当你的试验品，你就好好练本事吧。

胡技士哭笑不得地说，试试吧。最好别对我寄太大的希望。

我们谢了胡技士，拿着生平最丑陋最古怪的相片回了宿舍，不敢给任何人看，自己也不敢看。尤其是夜里，烛光下，它能给人一种神秘莫测鬼魅丛生的感觉。不知她俩的留影后来如何处置，反正我把那张"琵琶精"照片偷偷给扔了。不管它在科学研究上有多大的价值，我可不想让自己一副从古墓里爬出来的模样。

至于我们的照相生涯，注定了还要有许多磨难。胡技士虽然热心，终不是专业人员，几次试验都以失败告终。他自我解嘲道，我是一个特殊的摄影师，只能拍那种深刻到骨头的照片。至于血肉丰满的形象，还是留给普通的摄影师们干吧。

黑白挑尘

　　抵达阿里，我们受到了热烈的欢迎。头几天，领导上照顾我们，说是不安排工作，让安心休息以适应高原。我们住在医院最暖和的房子里，清闲得像一群公主。

　　一天早上，我走出房门，突然看到一个奇怪的庞然大物卧在雪地上，目光炯炯地面对着我。它眼若铜铃，身披长毛，威风凛凛地凝视远方，丝毫也不把寒冷放在心上，好像身下不是皑皑的白雪，而是温暖的丝绵。它一动也不动，仿佛一堵古老残破的褐色城墙。长而弯曲的犄角，散发着不可抗拒的威严。

　　天哪！这是什么？我小声喊道。原本是想大叫的，只是突然想到若是一下子惊动了这猛兽，它还不得用舌头把我卷上天空，然后掉下来摔成一摊肉泥！声音就在喉咙里飞快地缩小，最后成了恐惧的嘟囔。

　　声音虽弱，但受了惊吓的慌张劲还是成色十足。河莲一边用牙刷捅着腮帮子，一边吐着泡沫从屋里走出来说，一大清早，你瞎叫什么呀？好像撞见了鬼？

　　我战战兢兢地指给她看，说，比鬼可怕多了。鬼是轻飘飘的，可它比一百个鬼都有劲!

河莲顺着我的手指看去，眼光触到怪物，大叫了一声，哎哟，我的妈呀，肯定是牛魔王闯到咱们家来啦! 说罢，吐着牙膏沫子逃向别处。

本来我想河莲会给我壮个胆，没想到她临阵脱逃。我偷着瞅了一眼怪物，只见它的大眼睛很温驯地瞄着我们的小屋，并没有露出恼火的神色。过了半天，它沉重地眨了一下眼皮，就又悠然自得地注视远方去了。

我屏住气，悄悄地走近它。只见它浑身上下都是尺把长的棕黑毛，好像裹着一件硕大的蓑衣，连海碗大的蹄子上方也长满了毛，像毛靴一样把自己保护得严严实实，难怪它对酷寒无动于衷，没准儿觉得像乘凉一般舒服呢。连它的尾巴也不同寻常，不似水牛、黄牛的，只是小小的一绺儿，在屁股后面抽抽打地赶蚊蝇，好像苍蝇拍一样。这家伙的尾巴是蓬蓬松松的一大把，好像一只同样颜色的小松鼠顽皮地蹲在它身后。我正看得带劲，它突然不耐烦起来，挺起胸膛，大大地张开嘴巴，我看到雪白的牙齿和红红的舌头，一股淡黄色的热气喷涌而出，好像它的嘴巴是一个即将爆发的火山口……

更可怕的事还在后面，从它粗大得像水桶一般的喉咙里，发出了震撼山峦的吼叫。

我被这叫声吓呆了，不仅仅是因为它的声音大，像它这么大的体积，吼声震天是意料中的事。令人惊异的是它的叫声太像猪了，好像宇宙间有一大群猪八戒，接受了统一的口令，齐声高歌。

我看着发出猪叫的怪物，它也很得意地看着我，好像在说，对，就是我在叫。怎么样啊? 真正的猪也没我叫得像吧?

震耳欲聋的猪叫声把老蓝给引出来了。老蓝是医院里最老的医生，有一种爷爷的风度。他一看我和怪物对峙的局面，忙打了一声奇怪的呼哨。那怪物好像听到了同伴的召唤，慢慢爬起来，恋恋不舍地看了我们一眼，向远处的深山走去。

老蓝说，你这个女娃胆忒大，知道它是什么吗？

我说，知道。它是野猪。

老蓝说，错啦！它要是野猪，你还能安安生生地在这儿跟我耍贫嘴？它是牦牛！

我说，野牦牛？

老蓝说，它是家牦牛，你没看它挺和气的，我一发出牧人的信号，它就找自己的伙伴去了？野牦牛的脾气要比它大得多，一不高兴，就会用犄角把你的肚子顶出两个透明的窟窿。

我说，老蓝你没搞错吧？它的叫声分明是猪啊。我小的时候，在我姥姥家住过，猪圈就在窗户根底下，每天不是公鸡打鸣报告天亮，而是猪像闹钟一样准时把我叫醒。我可以证明，我们平常说猪是懒惰的动物，真是冤枉了它。猪是很勤快的，起得可早……

老蓝不耐烦地打断了我的啰唆，说我在西藏喝过的雪水，比你蹚过的河都多。你看见过长角的猪吗？

我一下子傻了眼。是啊，古今中外，还真没听说过猪长角。

老蓝说，牦牛是一种特殊的牛，老在寒冷的高原住着，它们身上的毛就越长越长，恨不能拖拉到地上，变成一件毛大氅。它的叫声像猪，老乡就给它起了一个好听的小名，叫作"猪声牛"，其实，它和猪没有一点关系，是地地道道的牛科反刍动物。别看牦牛长得挺吓人，其实，它的脾气最好，而且特别能吃苦耐劳。早年间西藏没有公路不通汽车的时候，牦牛就是最主要的运输工具，被人赞为"高原之舟"，和骆驼属一个级别的。牦牛奶也很好喝，颜色是淡黄的，营养价值特别高。牦牛的肉也很好吃，因为它经常跋山涉水的，瘦肉多，一点也不腻。它的毛非常结实，细的可以用来纺线织牦牛绒的衣服，暖和极了。粗的毛可以搓绳子，擀毡，制帐篷……牦牛简直浑身都是宝。对了，它的油更是好东西，能打出上好的酥油茶，那个香啊……还有牦牛血，提神壮胆……

老蓝说得得意起来，有滋有味地咂摸着，好像酥油茶抹了一嘴唇。

我刚开始听得很起劲，到了后来，忍不住说，老蓝，你怎么老说吃牦牛的事啊，都是高原上的生物，多不容易啊，为什么不让牦牛越养越多，漫山遍野？

老蓝说，你这个女娃的想法怪。牦牛养得太多了，你让它们吃什么？高原上只有很少的地方能长草，牦牛的舌头一舔过去，地上就秃了。

想想也是，我只好为牦牛的命运叹了一口气。

这时河莲走来，说，那个可怕的家伙跑了？

我说，河莲，如果发生了战争，我断定你是个叛徒。

河莲说，你可冤枉了我！你以为老蓝是自发来的吗？那是我呼叫来的援军，我陪着你死守有什么用？还是老高原有办法。这是机动灵活的战略战术啊！

老蓝趁我们俩斗嘴的工夫，回到自己的房间。当他再次出现的时候，手里多了一柄雪白的拂尘。它长丝垂地，根根都像精心锻造的银线笔直刚硬，拂动晨风，令人有飘飘欲仙之感。

我和河莲看傻了，觉得老蓝一下子变成了观音菩萨的化身，手持拂尘，仙风道骨，超然脱俗。

老蓝当然还是那个偬老头的模样，关键是他手中的那柄拂尘，像精彩的道具，让老蓝摇身一变，使人耳目一新。

您这个东西是干什么用的？河莲问。

老蓝得意地一挥拂尘，轻盈地旋转了一下，原先聚在一起的银丝，就像一把白绸伞，缓缓地张开了翅膀，绽成一朵白莲花，在初升的太阳照耀下，晶莹剔透，神奇极了。

我和河莲还没来得及表达惊叹，老蓝就把这美丽的白伞高高举起，重重地抽在自己身上，于是，一股黄烟从老蓝油脂麻花的棉袄上腾起，好像在他身上爆炸了一颗手榴弹。高原上的风沙大，大家都是"满面尘灰烟火色"，衣服更成了沙尘的大本营。这柄拂尘好像鸡毛掸子，把灰沙从衣服布丝的缝隙里驱赶出来，抖在空气中，化成呛人的气流，随着寒风远去。老蓝用短短的胳膊挥着长长的银丝，围着自己圆柱形的身体，反复抽打着，直到把浑身打扫得如同河滩上一块干净的鹅卵石。

老蓝表演结束后，看着我们说，怎么样？

这是从哪儿搞来的？河莲不理老蓝的问话，追问感兴趣的话题。

老蓝说，是牦牛的尾巴啊。

我和河莲惊得几乎跳起来，说，牦牛的尾巴能做拂尘？

老蓝说，正是。你们不是亲眼见了吗！

我们又问，哪里有白牦牛啊？

老蓝得意起来，说，白牦牛就像白蛇白猿一样，非常稀少。我在西藏多年，只碰见过一头白牦牛，浑身上下像是雪捏的。

你就把它的尾巴活活给割下来了？我战战兢兢地说。

不是我给割下来的。是我让牧民在这头牦牛老死的时候，把它的尾巴给我留下来，做个纪念。老蓝很认真地更正。

我从老蓝手里接过牦牛尾巴做成的拂尘，它仿佛有神奇的法力，扑打出那么多的灰尘，自己还是洁白如雪。想到它曾是一头巨大生物的尾巴，每一根银丝都好像具有灵性，在阳光下抖得像琴弦，我不禁肃然起敬。

我央告老蓝，你去对牧民说说，让他们也送我一条牦牛尾巴。

老蓝说，一个女娃，勤洗着点衣服，身上哪有那么多土？实在脏了，找条手巾拍拍打打就是。一头牦牛只有一条尾巴，拂尘，难搞着呢。

我说，我不是要拿它掸土，是要把它挂在墙上。

老蓝说，干啥？当画？

我说，留个纪念。以后我回了家，会指着它对别人说，知道这是什么吗？它是牦牛啊！一个尾巴就这样震撼人心，要是整个现出原形，庞大得会让你腿肚子朝前。

老蓝说，你这么一说，我这个白牦牛尾巴也不用它掸土了。牦牛毛虽然很结实，也是掉一根少一根。掸土时再精心，也免不了伤了它。从今往后，我就把这牦牛尾巴当宝贝藏起来。探亲的时候拿出来，人家还以为我是从南海观音那儿借来的呢！

河莲一撇嘴说，谁那么傻！仔细闻闻，您这个掸子，牛毛味大着呢！

老蓝听了，真就把牦牛尾巴托到鼻子跟前，像猎犬那样闻个不止。我和河莲哈哈大笑起来，因为雪白长须挂在他的下巴上，太像唱戏的老生了。

老蓝说，嗯，是有点膻气。怪我当时洗得不干净。

河莲凑过去说，老蓝，我给你再洗洗怎么样？用我洗头发使的胰子，保证让您的牦牛尾巴从此香得跟茉莉花似的。

　　老蓝摆手说，那倒不必，东西还是天然味的好。你这个女娃心眼多，手脚勤快。不过，我看你是个无利不起早的人，说吧，有什么要求我办的事?

　　河莲说，老蓝你真是火眼金睛，怎么一下就把我看穿了呢?我要办的事一点也不复杂，就是你给小毕搞牦牛尾巴的时候，顺便给我也剁下一绺儿。

　　我说，河莲，你怎么抢我的?

　　河莲说，不是抢，是分个二分之一到三分之一的，无伤大雅。

　　我说，我的牦牛尾巴被你砍去一半，只剩下电话线粗细的一小撮儿，成什么样子? 人家没准儿以为是马尾巴呢!

　　河莲说，那就叫老蓝多给我们弄些就是了。

　　老蓝气得说，谁答应你们啦? 还闹起分赃不均!

　　我们又赶快哄他说，咱们换工吧。你若是给我们搞来了牦牛尾巴，我们就给你洗衣服。

　　老蓝脸色像夏天的雪山，有了一丝暖气，说，那好吧。一根牦牛尾巴合一件衣服。

　　我和河莲大惊失色，说老蓝你太黑! 一柄拂尘少说也有几千根牦牛毛，这样洗下去，十个手指头还不搓得露出骨头来!

　　老蓝微笑着说，我的意思是，我给你们每人一柄拂尘，你们只需为我洗一件衣服即可。

　　我很惭愧，觉得自己以小人之心度君子之腹。河莲到底深谋远虑，说您让我们洗的那件衣服，该不会是皮大衣吧?

　　老蓝说，普通的外衣，就是脖领上的油泥稍厚了些。

　　事情就这么说定了。老蓝是个说话算话的人，当我们催他把外衣赶快送来时，他总是不好意思地说，牦牛尾巴还没搞到，还是以物易物好，我不喜欢拖欠。

一天，老蓝提着麻袋来了，往地上一倒，一团黑白夹杂的毛发滚到地上。河莲说，天哪，简直像谋杀案里的人头。

老蓝说，这就是牦牛尾巴，剩下的事我就不管了，你们俩自己分吧，互相谦让着点，别打起来。

河莲说，老蓝你没有搞错吧，这团毛黑白相间像围棋子似的，是牦牛尾还是荷兰黑白花的奶牛尾巴？

老蓝说，你想得美！娇气的荷兰奶牛若还能在这海拔五千米的高原活着，挤出的就不是牛奶，而是牛骨髓了。这是地地道道的牦牛尾。

河莲说，那为什么不是白的？

老蓝说，我不是跟你们讲过了吗，纯白牦牛极其少见，这种黑白交叉的也不多，算稀有品种呢。最大路的货是褐色的，还有黑的，没掸灰呢就显出脏，不好看。

我们只得谢谢他，然后自己开始洗涤和分割牦牛尾巴。

先用清水泡，再用碱水反复搓洗，最后用洗发膏加工，在阳光下晾干。直到抖开时每一根尾丝都滑如琴弦，柔顺地搭在我们的胳膊上，像一道奇特的瀑布。

河莲说，它黑的黑、白的白，好似中老年人的头发。虽说是珍稀品种，终是不大好看。我想，咱们能不能把黑白两色分开，一个人专要黑的，另一人专要白的。要知道有一句谚语说，单纯就是美。

我晓得河莲是很有谋略的，赶忙先下手为强说，那我要白的，你要黑的。

河莲说，我想出的主意，却被你占了先。好吧，谁让我年纪比你大呢，让你一回吧。

我们于是找来外科专用的有齿镊子，一根根地从牦牛尾皮上往下拽毛。河莲把黑色的归成一堆，我把白色的拢在一起。尾毛长得很牢实，像一根根长针扎进皮里，拔起来挺费力气的。但是一想起我们每人将有一把纯色的拂尘，我们干得还是很起劲，一边干一边聊天。

你说人的头发，除了黑的白的以外，还有灰白的。牦牛尾毛要么油黑，要么雪白，怎么就没个中间色的呢？我说。

人的头发从黑变白，是渐渐老了呗。这头黑白相间的牦牛，是天生的，所以不变灰。河莲解释。

我说，这头牦牛并不老，就死了。想起这个，我心里有点难过。

河莲说，牦牛死了，尾巴留给我们。它的尾巴那么美丽地活着，它就没死。

我说，人死了以后，也该有点美丽的东西留在世上啊。

河莲说，是啊。我们一定要给人间留点什么，才不算白活过。

正说着，我突然发现了一个致命的问题——牦牛毛拔下来以后，我们有什么法子，再把它做成一柄拂尘？

普通的拂尘制作工艺很简单，把长着牛毛的尾皮，直接钉在一根木柄上，在木柄上画点花草，再涂上一层清漆，就大功告成了。可是脱离了皮的毛，怎么钉在木柄上？

也许在特殊的工厂里，可以把单根的毛发，用强力的胶水粘到布或皮革上。但在荒凉的高原，我们没有任何办法！

河莲捶胸顿足，懊悔自己智者千虑，有此一失。不过，她很快恢复了镇静，说，事已至此，我们只有一个办法。

我忙问，什么办法？

她一字一句地说，把所有揪下的尾毛，都扔了。

我说，这算什么办法呢？

河莲说，而且永远不对别人说。咱们实在太蠢了。

我们沿着狮泉河走，把撕下的牛尾毛，挽成两个大大的毛圈，抛进清澈的河水。它们像两位黑发与白发美女的遗物，打着旋儿飘荡着，半个环浸入水里，半个环挂满阳光和风，好像水下有两只巨手托举着它们，缓缓地浮沉，漂向远方。

由于失误，剩下的牦牛尾巴再裁成两份，就比较单薄了。我们只有在木柄上多下功夫，精心打磨，请了画画最好的人，为我们各画了一幅雪山风景。别人见了，都说我们的牦牛拂尘，小是小了一点，但十分精致。

心情总算好起来。河莲突然又叫道，糟了！

我摸着胸口说，河莲你别一惊一乍的，我算叫你吓怕了。又有什么糟糕事？

河莲说，我们俩的牦牛尾巴是来自同一条牦牛，不但颜色是一样的，连毛发的根数都几乎相等，木柄也是同一个人画的，除了咱们两个以外，别人怎么能分清哪个是你的、哪个是我的？

我说，哈！这算什么事啊。你忘了咱们俩有一个巨大的区别了？

河莲说，是什么？

我说，你家在南方，我家在北方，我们以后把牛尾拂尘挂在自己家的墙上，隔了十万八千里，哪里会弄混！

河莲说，我真是糊涂了。这世上是没有两头一模一样的牦牛的，像我们俩这种黑白相间的拂尘，注定也只有这两柄。以后，无论我们到了什么地方，都会记得这头牦牛，都会记得我们一起度过的时光。

奶奶的灵丹妙药

高原上的人不聪明，以为只有农民才吃新鲜的东西，而比较讲究的是吃加工过的食品。比如，认定罐头里的苹果，一定比刚从树上摘下来的高级。这样，我们一到阿里，听说没有绿色蔬菜吃，除了脱水菜就是罐头，女兵们简直高兴极了。

说实话，罐头食品刚吃的时候，口味相当不错。特别是水果罐头，最大的优点是可以把天南地北不同节气的果子集中在一起，大饱口福。你可以刚吃了一口河北赵县的雪花梨，马上就塞两腮帮子福建厦门产的名叫妃子笑的红荔枝。喉咙里广西的香蕉还没咽下去，立刻又被陕西的苹果噎得翻白眼……阿里有个优良传统，大伙儿都善待新来的弟兄，好让他们早些适应高原。老同志慷慨地把自己积攒下的水果罐头拿出来大宴我们。我们也就懵懵懂懂地吃了个够。

后来才知道，士兵每个月的罐头定量是一公斤半。军用罐头胖墩墩、圆滚滚，体积庞大，每个净重一公斤。也就是说，每人每月按规定只能领到一筒半罐头。罐头当然不能锯开来，变通的办法是，或者每两个月领一次，一回可得三筒。或是两个人成立个互助组，合在一起领。

起初我们采取的是第二个方案，自由结合，我和果平是一组。领罐头的时候，兴高采烈。你想啊，要是自己一个人，又想要菠萝又想要蜜桃，很容易顾此失彼，留下长久的遗憾。两个人合伙，挑选余地大，众人拾柴火焰高，品种花样就齐全多了。我俩手挽手地领回苹果、香蕉、橘子各一筒，取其南北结合甜酸搭配。摆在桌子上，亮铮铮的一排，好似一列威武的锡兵（注意啊，军用罐头和街面上卖的罐头可不一样，没有那些花花绿绿的包装，朴素的白铁皮外衣，像是镀了一层银）。计划一个星期吃一筒，调剂胃口。只是这样算下来，月末就会有一个星期断了粮草。不过，我们都很乐观，心想那是二十多天以后的事了，对于年轻人来说，实在是个遥远的日子。再说那时已临近下个月发罐头的日子，曙光就在前头，等待的滋味也就比较好忍了。

罐头领回来以后，我和果平眼巴巴地看着从属于自己名下的这么多物资，不禁摩拳擦掌，口舌生津。我们几乎异口同声地说，吃掉一筒吧！

意见高度统一，立即行动起来。看着整齐的三个锡兵，第一个问题是——先吃谁呢？

没想到，我俩分歧甚大。果平想吃苹果，我却对橘子情有独钟。争论的结果，谁也不愿妥协，但也不忍心伤害对方。最后达成协议，折中一下，先吃香蕉罐头。

一截截的断香蕉泡在浑黄的水里，味道尚好，只是形象很不雅，容易使人想起某种排泄物。它还有一个致命的缺点，就是罐头汤不好喝，有一种令人懊恼的泔水味。要知道，水果罐头除了吃固体物，喝汤也是至关重要的享受，甚至比果肉还美味。比如，梨汤可以治咳嗽，橘子汁简直就是玉液琼浆。

吃完香蕉罐头，我俩抹抹嘴，意犹未尽。但谁也不好再说什么，已经提前完成了这个星期的指标，舌头的渴望只好到下个星期的此时才能满足。

我们开始看《卫生员手册》，以抵挡肚子里馋虫的呼唤。半个小时后，果平抬起头，皱着眉对我说，哎呀呀，胃不好受。

我们那时刚学了一点有关的医学知识，果平已经不用老百姓的语言，说是"心口痛"，而是很准确地指着自己的胸骨下方，说胃疼。我吃了一惊说，那可如何是好？我赶紧去找医生吧。要是需要吃药，我这就给你把开水凉上。要是需要针灸呢，我保证给你挑一枚又细又长的新针，一下子就扎进你的穴位……

果平吓得叫起来，说，我的好姐姐呀，你怎么这么狠！就没有什么好一点的治疗方案了吗？

我劝她道，良药苦口利于病哇！

果平忸忸怩怩地说，我这也是个老病根了，在家的时候就常犯的。我奶奶有一个偏方，可不似你的招数这般吓人，又舒服又好吃，一咽下去，药到病除。

我的胃从来没疼过，简直是个铁胃，所以，就格外同情胃难受的人。听说古代的美人西施就是因为得了胃炎，才整天愁眉苦脸地捂着胸口，成了无数人爱怜的对象。果平若是也一直痛下去，就得成了效颦的东施。

我忙说，那是什么药？我们这里可有？

果平的眉梢挑起来，连连说道，有啊。就在你身边，怕你舍不得。

我越发听不明白了，说，我哪里有这样的灵丹妙药？

果平一指还剩两个的锡兵说，就是苹果罐头啊。

我大笑起来，说果平你要是馋得忍不住了，就如实招来，犯不上做出这鬼样子吓我。

果平一本正经地说，真的不是骗你。我奶奶每年冬天都要在麦仓里藏上一些苹果，都是又大又红一个虫子眼也没有的。我心口一疼，她就从仓里摸出个苹果，在灶里的热灰中煨熟了，用小勺子挖了苹果心喂我，又热乎又香甜，甭管我疼得多厉害，一个熟苹果下肚，立马就不疼了，要多灵有多灵！

我听得发呆，心想偏方治大病，还是有讲究的。我为难地说，果平，只是你奶奶这种煨熟的煻苹果，我们到哪里去找？

不想果平胸有成竹，说你把苹果罐头打开，我自有办法。

我就拿了罐头刀，吭哧吭哧地打开了第二个锡兵。这是一种个头很大的苹果制作的罐头，里面只盛了三块，就满满当当。我把罐头推到果平面前，说，前期准备我已完成，后面如何操作就看你的了。

果平虽然胃疼，但看到渴望已久的苹果罐头，立刻恢复了活力。她几乎一跃而起，手脚麻利地拿过我的刷牙缸，把我的牙刷牙膏稀里哗啦地倒出来，腾出一个空杯。然后用一把勺子滗着，以防苹果块儿掉出来，倾斜了罐头筒，把苹果罐头汁倒进我的牙缸。她走到炉火前，把火苗拨拉得更旺些，然后把存着半筒苹果块儿的罐头筒炖在炉子上。

窗外是藏北高原呼啸的狂风，屋内是熊熊的炉火。我们无声地注视着火焰上的锡兵，有温暖而甜腻的蒸汽从锡兵的头上冒出来，好像还染着粉红色苹果花的光彩。筒底剩的果汁原本就不多，火力猛攻之下，不一会儿就有了干锅的嗞嗞声，果香的味道也越发浓烈起来，有点像关东糖，让空气都变得黏起来，仿佛能拉出丝来。我有些焦急，心想再不赶快抢救，马上就要煻锅了。

果平依然不慌不忙，取了小勺，轻轻地翻动着筒内的果块儿，上下搅拌着。还不时地以勺为杵，如捣药的玉兔一般用力戳着渐渐柔软的苹果糊……

屋内现在弥漫的空气，已经不完全是苹果的味道，而有了一种略带呛人的烟熏火燎之气。果平扶起锡兵的耳朵（那是我挑开的罐头盖，支棱在一旁），把它放在地上。和屋外荒凉大地连在一起的室内地面，无论炉火怎样燃烧，都顽强地保持着冻土的温度。火热的锡兵一站在上面，立刻像红铁在冰水中淬火，激起团团蒸汽，好像披上了白色的伪装服。等了许久，白雾才袅袅散去。果平把锡兵请上桌面，热情邀我——好了，吃吧。

我说，吃什么？

果平说，烤苹果。

我说，我不吃。这是你辛辛苦苦制出的药啊。

果平说，我一个人也吃不了这么多啊。

我说，那你就加油吃，这回多吃点，没准儿你的病就去根了。

果平抽着鼻子，被焦煳的苹果所陶醉，见我无心于她的药，也不再谦让，说，那你喝苹果汤吧。

我用刷牙缸子和果平的锡兵碰杯，那是一种很奇怪的声响，闷闷的，好像两个聋哑人在拥抱。

那一大缸子罐头苹果汁，只喝得我像一个溺水身亡的人，肚胀如鼓。我非常愤恨果平的粗心大意，她没有把我的刷牙缸子洗干净就草率行事，结果是我的舌头每品尝一次苹果的香气，都顺便领略一回牙膏的怪味。

果平一边用小勺舀着煳苹果，一边心满意足地抚着胸口说，苹果罐头没有我奶奶焐的好吃，但是在这离家万里的地方，能吃上差不多的东西，也就不错了。

我说，你就别说什么好吃难吃的话了。我关心的是，你的病究竟好了没有？

果平说，病？什么病？

我说，你的心口疼啊。

果平一下子开心地笑起来说，你怎么和我奶奶一样好骗呢？我用这个办法，一年里不知从我奶奶手里骗来多少个苹果。真奇怪，那个麦囤就好像是个万宝囊，我怎么吃也吃不尽。但它只听我奶奶的话，有好几次我趁着她不在，自己到里面去摸，就是摸不到。这个谜，我到今天也想不通。

我气愤得大叫，好个果平，馋嘴猫！装得好像！我再也不相信你了！

我躲到一边去看书，不理果平。她在那边闹出许多声响，我看也不看。过了一会儿，我突然闻到了橘子的清香。刚开始我以为是自己想吃橘子走火入魔，鼻子作起怪来，就镇定住自己，不去想它。没想到，橘子的味道越来越强烈，简直好像有一个人在你面前不到一尺的地方，种了一大片橘林，把一个奇大无比的蜜橘，像海星一般剥开，让每一瓣挂着橘络的橘肉，花一样盛开……

真有点不可思议。我把一直遮挡在眼前的书本挪开。于是我看到果平把我们的最后一个锡兵打开了，橘瓣在金黄色的橘汁中，像一弯弯初七八的月亮，动荡着，起伏着。

我啼笑皆非，说，果平，今天已经吃得肠胃要爆炸了，你这是何苦？

果平说，你并没有吃多少罐头啊。你听我来算账，刚开始我们每人半筒香蕉罐头，不过是五百克。后来的苹果，你只喝了一些汤，又能有多少？我知道，你特别爱吃橘子罐头，今天我已经吃到了童年时最喜欢吃的东西，我想让你也开心。

　　说着，果平双手把最后一个锡兵递给我。

　　面对这样的朋友，你还能说什么？

　　尽管在后面的日子里，逢到别人吃罐头的时候，我和果平总要借故走出房间，站到冷冷的山冈上，但我们从不后悔，在发下罐头的第一天，就吃完了整个月份的定量。

一回一字形银饰

头发和女孩有着不解的缘分。

果平梳的是长辫子，她的头发可真好，在被雪山冰川反射的强烈阳光下，会发出蓝缎子似的闪光，让人以为她在头发里偷偷抹了纯蓝钢笔水，秀发才能幻化出这样美丽的色彩，羡慕死人了。

小如人长得很甜，特别是右嘴角上方生着一个深深的酒窝，在她笑的时候，里面放一颗圆圆的药片，会妥帖地跟着她的笑容旋转，一定不会掉出来。可惜她的头发不争气，又稀又黄，好像大旱之年贫瘠山坡上的三类苗。

河莲的头发和她的长相一样，居中。就是说，不怎么好也不怎么坏，发质不黑也不黄，数目不多也不少，发际不高也不低，整个是沧海一粟芸芸众生的代表。

不过，除了女孩子自己，没人知道我们的头发是什么样。这是一个大大的秘密。当兵的人不能把头发露在帽子外面，好像那是一些见不得人的东西。军规要求把每一根头发都藏在军帽里面，据说是为了打仗时行动方便。我总想不通，打仗嘛，较量的是武器和智慧，关毛茸茸、乱蓬蓬的头发什么事？

我从小剪短发，关于头发的军规，对我的影响倒是不怎么严重，甚至还有好处。不管发型如何杂草丛生，只要把像个鸭蛋壳似的帽子往脑袋上一扣，就像罩上了变魔术的黑斗篷，没人知道里面是啥货色。你尽可以瞒天过海地三天不梳头，让头发自由自在地乱成鸟窝。当然啦，你要在帽子的边缘下些功夫，尽可能地把所有不听指挥、张牙舞爪预备伺机蹿出帽圈的发丝严格围困起来，使它们不得擅自行动。这个过程说起来简单，真正做起来有一定难度。短发不易将整个帽子填满，虚虚囊囊的空帽袋，就像装泡沫塑料的盒子，一遇大风，很容易飞走。

帽子被刮跑，真是一件可怕的事情。灾难在眨眼间降临，根本没有任何先兆，仿佛空气中有一根魔杖，轻轻一挑，久存反叛之心的帽子，就像优秀的三级跳远选手，听到了比赛的口令，兴奋而轻盈地一跃，嗖地一个腾挪就蹦上了屋檐的高度。它还算讲义气，略微停留一下，转过身来看你一眼，算是和往日的主人依依不舍地告个别。接下来的动作就是跃上云端，风筝一般义无反顾地向着蓝天飞去，寻找无拘无束的自由去了。最后一个姿势简直优美绝伦，腾云驾雾地在半空中翻着跟头，飞快地旋转着，越来越远，越来越小，像哪吒的风火轮，凝成一个黑点，消失在雪山背后。

这种干脆利索的丢失，还算痛快的。最可恨是帽子和你逗着玩，并不是一开始就飞得无影无踪，好让你干脆死了心。它装作漫不经心地在地上散步，不急不缓，距离你始终只有一步之遥，诱你快步去追。每次在胜利即将到手的一瞬，它仿佛被咒语保佑，猛地往旁一闪，打一个滚，灵巧地逃开了你的手指尖。你不灰心，继续追下去，帽子就像一个小偷，躲躲藏藏又机智无比，在你就要把它追捕归案的时候，旱地拔葱一跃而起，飘悠悠迁回到一侧，成功地躲避了缉拿。你若追得狠了，它干脆耍开了无赖，专往陡峭的山壁或险恶的河面上跑，滴溜溜地好似滚动的圆盘，让你眼睁睁地看着它逍遥法外，无可奈何。

司务长，我的帽子丢了。因为每人只有单、棉帽各一顶，丢了就没有替换的了，只好马上报告，以便补发。

帽子怎么又丢了？司务长不耐烦，这已是今天上午第三个要求补发帽子的女兵了。

叫大风刮跑了。小如如实汇报。今天外面的风特别大，山都给吹得摇晃起来了。小如补充说明，以求得司务长的同情。

司务长被补发帽子的申请搅得手忙脚乱，没好气地说，风大有什么稀奇的？这里一年只刮两次风。一次是从一月一号到六月三十号。下一次是从七月一号到十二月三十一号。别人都不怕，就你们这几个女兵事多，要是打起仗来，还不得把枪都丢了？被服库又不是你们家的小皮箱，丢了手心向上就领新的，你们倒方便！照这样下去，军需仓库就要底儿朝天啦！

要依我的性子，就得和司务长吵起来。我就说，哼！仓库也不是你们家开的，帽子是被风抢走的，你有本事，找风发脾气好了。

小如比我有涵养多了，她微微一笑，酒窝就在面颊上旋起来，缓缓地说，司务长，今天的风力足有十级，我们也没长飞毛腿，也不是会翻筋斗云的孙悟空，哪能追得上风啊？

司务长的脸色好看了一点，说，你们也太笨了，怎么连自己头上三寸之地的一顶帽子也看不住?

说得我们不好意思。想想也是,都是一样的人,怎么人家的帽子就服服帖帖地粘在脑瓜上,偏我们的帽子好像是属车轱辘的,总是跑个不停。直着身子挨完司务长的训,领了新帽子回到宿舍,小如一声不吭。

我说,还难过呢?我有法子报复这个爱耷拉驴脸的司务长。人吃五谷杂粮,我就不信他不生病。等他躺在床上的时候,就是你我的天下了。别看他现在闹得欢,那会儿就再逞不了强。让我们一齐诅咒他得一场不轻不重的病吧!咱们就可以板起脸,狠狠地训他一顿了。

我沉浸在想象的报复快乐里,几乎笑出了声,小如还是闷闷不乐的样子。我说,你到底怎么了?

小如说,我在想,为什么我们的帽子总爱丢?

河莲说,可能山爷爷是个帽子爱好者,头上光秃秃的怕感冒,自己想戴又没人发给它,它的脑袋太大了,只好把我们的帽子收了去救急。

我说,不对啊。山爷爷是个老头,可我们的帽子是女式的,岂不阴阳倒错?

小如茅塞顿开说,小毕,你说得太对了!

我大叫,哪儿太对了啊?我怎么一点也听不明白!

小如兴奋地比画着给我解释,男式帽子和女式帽子是有区别的。我们的帽子又浅又大,像一只浅浅的碟子倒扣在头发上,当然不牢靠,所以,很容易被山风卷走……

我打断她的话说,就算你搞得水落石出真相大白了也丝毫没用。被服厂不会为我们这几个雪线上的女孩子,特制出带胶水的抗风帽子。最好的办法就是以后看到司务长的时候多赔几个笑脸，只求下回训我们的时候嗓门小点，就阿弥陀佛了。

小如不再理我，埋头翻自己的包袱。战士一般没箱子，连手提袋也没有，所有的家当都储存在一块白布打起的包袱里，可在十五分钟内收拾好所有的东西，出发到地球上的任何一个角落。

我突然看见小如从包袱里掏出一枚黑黑亮亮的物件，细长如针。那时谁的包袱里有什么稀罕东西，大伙都了如指掌，这玩意儿却是我从来没注意到的，不由得好奇。待定睛一看，原来是一根发卡。小如把头发和帽子用发卡别在一起，固定在头上，帽子就像土里长出的蘑菇一般牢靠，再也不怕被山风掠去。

可惜只有小如有发卡，是她从平原来的时候，偶然放在包袱里的。别人就没有这样好的运气了。想去买吧，山上的商店根本料不到女孩子们还会有这种特殊遭遇，从来没备过这货色。于是大家纷纷给内地的亲人写信，让他们十万火急地寄黑发卡到高原。家里的人倒是关怀备至，行动很快，赶紧四处采办。那一段时间，我们格外关心军邮车上高原的日子，接到家信的第一个动作，是先隔着信封摸摸捏捏，看里面掖没掖着火柴梗粗细不折不弯的硬物。有了就高兴，没有就噘嘴，埋怨遥远的亲人太不拿我们的迫切要求当回事了。有一天，果平笑得前仰后合，慷慨地说要分给我们每人一包发卡，足够把头发和帽子钢铁般地焊在一起。因为她家给她寄来了一个包裹，包内有何物一栏里，赫然填写着：发卡。想想吧，整整一包发卡，那是怎样激动人心的事！足足够我们全体用一百年！迫不及待地拆开一看，大家顿时傻了眼，果平简直要哭出来。发卡美丽而脆弱，是塑料制成的。

　　本来黑发卡也不是什么稀罕物，便宜得一毛钱买一板。可那时有一位人物讲话说，妇女用的发卡是钢丝做的，一年要消耗多少吨钢……这句话以后，全国就不造钢丝发卡了，一律用塑料制品代替。也许在平原还可凑合，高原的严寒中，塑料如纸，一碰就碎，哪能担当把帽子和头发紧紧地别在一起的重大使命！

　　大家依旧愁眉苦脸，继续沉浸在帽子随时飞上天的恐惧中。只有小鹿的日子稍微好过一些，因为她妈妈把自己以前用过的旧发卡寄了来。拆开信的时候，发卡上还挂着一根头发，可以想见老母亲是多么匆忙地把发卡从自己头上拔了下来，以满足高山上的女儿。因为两代人用的时间太久，钢丝发卡上的黑漆都磨光了，露出银亮的本色。小鹿的帽檐边，远远看去，好像斜插着一根针。

　　小如看着小鹿，突然说，我有办法了。她跑到司务长那里，说我要领一包曲别针。司务长对所有要领东西的人都抱有戒心，他警惕地问，干什么用？

　　各部门司务长都是些婆婆妈妈的小气鬼，也不知他们是因为格外小气才当上了司务长，还是当上司务长才变得格外小气？反正这个职务有危险的传染性，能让所有坐这把交椅的人，都既吝啬又爱刨根问底。

　　小如不肯正面回答他，只是说，明天你就会看到这些曲别针干什么了。

　　司务长嘟囔着，用不完，可记得给我拿回来啊！

　　第二天，在高原的蓝天和白云下，每个女兵的帽子和头发间，都别了一枚崭新的曲别针，它“回”字形的轮廓，大部分别在发丝里，小部分露在帽子外，仿佛一种美丽绝伦的银饰，在雪域的阳光中，闪闪发亮。

山风依旧肆虐地逞凶，只是它再也无法把我们的帽子掳去，只得打着呼哨，愤愤地把远山的雪雾卷起来，从空中撒向峡谷。

高山的帽子，永远是皑皑的积雪。

灵魂飞翔的地方

高原上的卫生员没有正规的课堂，几乎像小木匠学徒一样，由老医生手把手地教。医学这门学问，不太适合自学。你没法在病人身上做试验，基本上不允许反复的失败。你付出的是时间，就算辛苦点不在乎，但病人付出的是血和生命，没法一而再、再而三地让你演习。

为病人做臀部肌肉注射时，老医生总是叮嘱：小心啊，千万别把药打到坐骨神经上，万一打错了，病人就会一辈子下肢瘫痪！

想想吧，多可怕！你随意挥洒，几秒钟的一个动作，就让一个人永远站不起来了，吓不吓人？但这根绞索似的坐骨神经究竟在什么地方，谁知道？你去问老医生，他会说，书上写着呢，自己看去吧！可你翻开书一看，那张人体解剖图上，蛛网似的血管神经，画了几十上百条，好像一张军用地图。坐骨神经只是细细一根，从肌肉中央穿过。臀部——活人身体里这个每天牢牢坐在凳子上的大部位，在书上缩成了乒乓球般的一个简图，埋伏在其中的纤弱神经，头发丝一般，无法想象它的真实模样。更不用说在解剖图谱的下方，还一本正经地注释着，神经走向可有变异，本书仅供参考。

简直让你没法相信它。

老医生还形容说，万一把针戳到坐骨神经上，你会有竹扦子扎在粉条上的感觉，这时候悬崖勒马，虽说有损失，还来得及弥补。所以，每次打针的时候，都要高度警惕。

我们紧追着问，那粉条是粗的还是细的？绿豆粉还是红薯粉？竹扦子是毛衣针那样的，还是穿糖葫芦那种竹棍？

老医生拉下脸来，说你们这帮女孩子怎么这么啰唆，不知道，不知道！医生的嘴、护士的腿，这种事问老护士去！

老护士的态度倒是不错，可惜只有他一个人碰到过类似的危险情况。他说，注射的时候，碰到病人像弹簧一般跳了起来，结果针头断在肉里面，幸好针只扎进去了一半，根部还像刺一样露在屁股外面。忙过来了几个人，把病人像犯人一样按住，赶快用止血钳揪着针尾，好歹把针拔了出来。他抚着胸口说，那一回，吓得我真魂出窍。

我们很感兴趣地问，是扎在坐骨神经上了吗？

老护士说，谁知道？也许是扎在病人的脑神经上了，要不他怎么会大叫一声蹦起来？

我们锲而不舍地追问，有竹扦子扎粉条的感觉吗？

老护士心有余悸地说，忘啦！忘啦！哪儿有那么复杂精细！不过，从那以后，我看见屁股就害怕，打针的时候，尽量往臀部的上方和外方打，那里似乎离坐骨神经最远。

我们趴在图谱上对照，发现老护士说的是一条真理。坐骨神经长得再怎么变异，也不会长到臀部的上外方去。那里像马路上的安全岛，是一个保险地带。

我们照方办理，而且不断发扬光大。直到有一天，老医生对我们说，我给病人开的医嘱是臀部肌肉注射，可你们把针戳到病人的腰眼上了。

我们引经据典地说，那儿没有坐骨神经。

老医生严厉起来，说，那儿有肋间神经!

我们也气起来，说，这神经那神经，谁知道神经是个啥玩意儿? 总有一天，大家非要发神经!

老医生就愣在那儿，自己先发起神经来。

再比如说学习眼睛，老医生在墙上挂了一张彩色图，说是眼球的横剖面。就是说，用一把又薄又快的刀片，沿着眼球的横轴，向着颅骨方位切下，然后绘出图来。图倒是挺好看的，花花绿绿，最上面是一座弯弯的拱桥，好像苏州园林建筑。据说那就是虹膜。不过，拱桥下面可没有小巧的木船和长长的流水，是一团电线似的黄斑，按照图上的标志，那是视网膜最灵敏的区域。

我隔着眼皮按了按很有弹性的眼珠，对照着这张神秘莫测的图，实在想不通，滴溜溜圆的眼睛，怎么变成了一座五彩的拱桥。

我同老医生谈了自己的感想，他吹胡子瞪眼地说，你的几何一定不好，没有空间想象力。

我说，那你别让我当卫生员好了，我正不想干这个呢! 爬电线杆子不需要空间想象力，本来就在空间里。

老医生被我呛得没话说，若有所思。

有一天，老医生对我们说，你们愿不愿意上一堂人世间最真实的解剖课?

我们齐叫，当然愿意。

老医生说，那就要不怕吃苦，不怕受累，不怕爬山，不怕血……

果平说，那是上课还是打仗？怎么比拉练还艰难？

老医生说，算你猜得对。我们就是要到高高的山上去解剖。说穿了，是一种简易的天葬。

天葬是当地兄弟民族的风俗，人死了，请天葬师把尸体背上专门的天葬台，用特制的工具，把肉身分解成无数小块，飞翔的兀鹰就把分散的人体，噙向高渺的天空……

我们说，你会天葬吗？

老医生说，我不会。现在情况特殊，天葬师都找不到了，无法实施正规的天葬，我可以通过解剖，达到和天葬同样的效果。我已经和病人的家属商量好了，由我安葬他们逝去的亲人，尽量达到天葬的效果，他们同意了。

我们战战兢兢地说，什么时间？

老医生一字千钧，说，明天。你们除了可以看到坐骨神经和眼球的构造，还可以看到真正的恶性肿瘤。

那一天晚上，我们都睡得很不安宁，总像有一双铺天盖地的灰色翅膀，毛茸茸地抚摸着我们的头顶。

早上起来，小如穿上高筒毡靴，戴着口罩，佩着风镜，从头武装到脚。河莲笑她，你这是上解剖课，还是去疫区作战？

小如说，这样，我的胆子就会大一些。

死者是一个牧羊人，得的病是肝癌。病故后，家属本着对解放军的高度信任，把亲人的遗体托付给金珠玛米①，由医生安排。家中活着的人，就赶着羊群向远方走去。老医生拿出一副担架，对我们说，把尸体抬到上面去。

我们七手八脚行动起来。逝者是一个五十岁上下的汉子，瘦

---

① 藏语，解放军。

骨嶙峋。我们把他从太平间请出来，安放在担架上，再把担架抬进解放牌大卡车车厢。

司机也是第一次执行这种奇特任务，说，开哪儿去？

老医生说，很简单，开到最高的山上去。

司机说，那可办不到。咱们这里最高的地方是喜马拉雅山，爬上去的人都是登山英雄，汽车绝对上不了。

老医生说，我的意思，是把车开到附近公路能够到达的最高海拔。

司机说，明白了。反正我就一直往前开，开到汽车不能走的地方，我就停下来。

担架蒙着白单子，很圣洁的样子。解放车车厢里的地方不算小，但中央摆了一副担架，剩下的地方也就不很宽敞了。我们拼命想离担架远一些，挤到大厢四角。但甭管怎么躲，与死人的距离也超不过两尺。我昨天还给这汉子化验过血，和他说着话，此刻他却静静地躺在那里，再不会呼吸。随着车轮的每一次颠簸，他像一段木头，在白单子底下自由滚动。

汽车在蜿蜒的公路上盘旋，离山顶还有很远，路已到尽头。司机把车停下来说，四个轮子没办法了，剩下的路就靠你们的两个轮子了。我在这里等你们。

我们把担架抬下来，望着白云缭绕的山顶发愁。老医生说，两个人一组，共需四个人，你们还剩一人做替补，谁累了就换一下。我在前面做向导。好了，现在报名，你抬前架还是后架？

看着平放在地上的担架，我想想说，我抬后面吧。

这实在是利己的想法。想想吧，如果抬前架，一个死人头颅就在你身后不到半尺的地方，沉默地跟随着你，是不是有寒毛夯起的感觉？在后面虽然离死人的距离是一样的，但你的目光可以随时观察他的动作，心里毕竟安宁多了。

小如赶紧说，我和小毕在一起。

河莲勇敢，痛快地说，我抬前面。

还剩下小鹿和果平。果平说，小鹿你就当后备队吧，我和河莲并肩战斗。

分工已毕，小小的队伍开始向山头挺进。老医生走在最前面，负有重大使命，须决定哪座峰峦才是这白布下的灵魂最后的安歇之地。

在高海拔的地方，徒步行走都很吃力，更甭说抬着担架。幸好病人极瘦，我们攀登时费力稍轻。我们艰难地高擎担架，在交错的山岩上竭力保持平衡。尸体冰凉的脚趾，因了每一次的颠簸，隔着被单颤动不止。坚硬的指甲像啄木鸟的长嘴，不时敲着我和小如的面颊。小如拼命躲闪，连累得担架也歪了，病人的身体发生倾斜，她那个方向被啄得更多。倒是我这边听天由命，比较从容。

我们不敢有片刻的大意，紧盯着前面人的步伐。河莲和果平往东我也往东，她们往西我也往西。若是配合不默契，一失手，肝癌牧人就会从担架上滑下来，稳稳坐在我和小如的肩膀上。

山好高啊！河莲仰头望望说，我的天！再这样爬下去，你们干脆把我就地给天葬了算了。

果平也说，真想和担架上躺着的人换换位置哦。

小鹿说，我替换你们。

小如说，你也不是三头六臂，能把我们都换了吗？

我身为班长，在关键时刻得为民请命。抑制着喉头血的腥甜，对走在前头的老医生说，秃鹫已经在天上绕圈子了，再不把死人放下，会把我们都当成祭品的。

老医生沉着地说，你太看不起这些翱翔的喜马拉雅鹰了。鹰眼会在十公里以外，把死人和活人像白天和黑夜一般截然分开。只有到了最高的山上，才能让死者的灵魂飞翔。我们既然受人之托，切不可偷工减料。

只好继续爬啊爬……终于，到了高高的山上，一伸手就可以摸到天的眉毛。我们"嘭"的一声把担架放下，牧羊人差点从担架上跳起来。老医生把白单子掀开，把牧羊人铺在山顶的沙石上，如一块门板样周正，锋利的手术刀口流利地反射着阳光，簌然划下……他像拎土豆一般把布满肿瘤的肝脏提出腹腔，仔细地用皮尺量它的周径，用刀柄敲着肿物，倾听它核心处混沌的声响，一边惋惜地叹道，忘了把炊事班的秤拿来，这么大的癌块，罕见啊……

喜马拉雅鹰在我们头顶上愤怒地盘旋着，巨大的翅膀呼啸而过，扇起阳光的温热、峡谷的阴冷。牧人安然的面庞上，耳垂还留着我昨日化验时打下的针眼，粘着我贴上去的棉丝。因为病的折磨，他干枯得像一张纸。记得当时我把刺血针调到最轻薄的一挡，还是几乎将他的耳朵打穿。他的凝血机制已彻底崩溃，稀薄的血液像红线一般无休止地流淌……我使劲用棉球堵也无用，枕巾成了湿淋淋的红布。牧羊人看出我的无措，安宁地说，我身上红水很多，你尽管用小玻璃瓶灌去好了，我已用不着它……

注视着生命的短暂与无常，我在这一瞬，痛下决心，从此一生努力，珍爱生命。大家神情肃穆，也都和我一样，在惨烈的真实面前，感到生命的偶然与可贵。

好了，现在，我把坐骨神经解剖出来给你们看。老医生说着，将牧羊人翻转，把一根粗大的白色神经纤维从肉体里剔了出来。

看清楚了吗？他问。

看清楚了。我们连连点头。

还要看什么？老医生像一个服务态度很好的售货员，殷勤地招呼着顾客。

不，我们什么都不看了。我们异口同声地说。

好像我还记得，你们之中有谁说过，她不明白眼球的解剖？我现在可以演示给你们看。老医生说着，又把牧羊人翻过来。

我大叫道，是我说的。可是我现在已经明白了，非常清楚，我不需要您演示了。我们想回家。

是的。现在最想干的一件事，就是回家。我们迫不及待地说。

老医生狐疑地看着我们说，这个机会可是千载难逢。不过，既然你们全都懂了，我就不给你们详细讲了。现在，请你们慢慢往山下走吧。

我们说，你呢？

他说，我要留在这里，把牧羊人分成许多部分，让喜马拉雅鹰把他带到云中去。那是他们信仰的灵魂居住的地方。

我们说，你害怕吗？

老医生很沉着地说，为什么要害怕呢？我这是在做善事啊。包括让你们看这些解剖的场面，你们一定觉得很残酷，其实，一个好的医生，必须精确地了解人体的构造，这才是对生命的爱护。不然，你看起来好像很仁慈，因为稀里糊涂一知半解，就会给人看错了病，耽误了病情，那才是最大的残忍呢。

我们除了点头，再说不出别的话。

我下决心问道，人的眼睛和别的动物的眼睛，是一样的吗？

老医生说，从理论上讲，哺乳动物的眼睛结构都是一样的。这话什么意思？

我说，哦，没什么意思。随便问问。

听了老医生的话，我虽然从道理上明白了，在尸体上学习解剖，是正义、正当的事业，但我还是无法在牧羊人的眼球上，进行学习研究。他曾经那么信任地注视过我，用的就是这双眼睛，我不忍心看到它破碎。还是以后找机会，在一只牛眼上学习吧。

我们走了。不敢往身后看。巨大的鹰群从我们头顶俯冲而下，好像巨型轰炸机。

小鹿对我说，你知道我今天最大的感想是什么？

我说，你看着我们累得不行，自己却躲了清闲，一定在暗中偷偷乐吧？

小鹿说，班长，别开玩笑。也许因为你们一直是在负重行军，所以就来不及想更多的事情。我空着手走路，想得就格外多些。

小鹿附在我的耳边悄声说，我想的是，生命真好，活着真好，年轻真好。

八月里穿棉衣

阿里的军人照相，只有等待一个机会，就是高原服务队上山的日子。山下的人们会在高原最温和的季节，临时组织起一支慰问的队伍。十几个人，文武都有。文的指的是文工团员带来几个小节目，边防哨卡巡回演出。武的是一部浑身散发热气的洗澡车，它呼哧呼哧开到哪儿，汲水烧锅，那里的人就可以洗上一次热水澡。但是，看节目的时候虽然开心，节目看完，也就忘了。洗澡当时舒服，过一段时间，身上又脏起来。最受人欢迎的，还要数服务队的摄影师。

摄影师通常是两个男人，一个老一个年轻。不知人员配备时出于何种考虑，大概是想老摄影师有经验，但是身体可能顶不住，年轻人可以扛机器，多干点力气活，有取长补短、前赴后继的意思。

一天，果平对我说，高原工作队上山来了，里头有一位老资格的摄影师，助手是个机灵的小伙子。

我说，情报这么准，是不是已经偷着去照了一张？

果平大叫冤枉，说摄影师一天只能照五十个人，每人只限两

106

张。大家得排着队来，轮到谁会通知，别的人一律原地待命。

我说，那我们这拨儿排在何时？

果平丧气地说，据我所知，大约是三个月后。

我灰心丧气地说，那么久！我都成老太太了。

可是有什么法子呢！等着吧。在那以后的日子里，你要是看到哪个人一边走，一边偷着看什么，不时地捂着嘴乐，一见别人注意他，马上若无其事一本正经起来，飞快地把什么东西藏进兜里……不用猜，他一定是刚从摄影师那里，取回了自己的照片。

我们掐着手指头，计算着轮到我们留影的日子。不料传来的都是坏消息，先是摄影师每天拍摄的人数不断减少，好像一支行动迟缓、作风稀拉的队伍，在玩"增兵减灶"的游戏。摄影师刚开始解释，说是为了保障每人的形象都笑容可掬，照得不好的，比如愁眉苦脸、眨了眼成了瞎子的等等，都要返工，所以耽误了时间。大家刚开始还谅解他们，但后来进度越来越慢，简直像磨洋工，每天只能照十几个人，有些人照得很丑，也并不返工。人们开始愤愤不已，但又敢怒不敢言。生怕谁打了小报告，把说坏话的你告诉了摄影师，他们怀恨在心，轮到你照相的时候，随便一个动作，就把你照成丑八怪。这样的照片，你不要吧，过了这个村，就没这个店。要吧，万里迢迢地寄回家，你妈一看你这么不成嘴脸，准得吓一大跳，心里不好受，多不划算啊。出于这种考虑，人们暗地里埋怨，当面见了摄影师，又是主动打招呼，问寒问暖，再亲切不过了。

最坏的消息传来了，摄影师无法适应山上的恶劣气候，得了很重的高原病，改变计划，再过两天就要下山返回平原了。

简直是晴天霹雳。（注意啊，这只是一个形容词，因为高原只下雪，不下雨，所以，是没有霹雳这种雷电现象的。）

怎么办？果平问我。

还能有什么办法？等着服务队明年重来吧。我无可奈何地说。

再想想嘛！果平不屈不挠。

我说，除非你绑架摄影师，用手枪逼着他给你单独摄影。

你这个办法好极了！果平一蹦老高，然后又赶紧蹲在地上抚着胸口喘气。要知道，高原上任何突如其来的动作，都相当于百米赛跑和徒手格斗。

我说，什么办法？绑架还是手枪？

果平说，不是绑架，是单独拜访。我们为什么不可以登门找找摄影师，哀求他坚持站好最后一班岗，为我们留个影？

我说，好啊，不妨一试。咱们快叫上大伙儿，一起去。

果平说，不可。你以为这是打狼啊？一窝蜂，那么多人，还不得把摄影师的心脏病吓成心力衰竭？要是一两个人要照，还能咬咬牙，这么大一群，除了断然拒绝，把你们赶走，谁也没法发慈悲。

我说，咱俩吃独食，总有点于心不忍。

果平一打我的手说，看你还当了真！谁知成不成事？没准儿白跑一趟，落个话把儿，还不够大伙笑话咱的。单独行动，到时见机行事。行则成，不成也不丢人。

于是，我们背着大伙儿，开始了秘密行动。第一步是打听到摄影师的住址。这不难办，他们也不是什么国家首脑，住所不保密。我就把写着招待所门牌号码的字条，交到果平手里。

事不宜迟，咱们明天早上就去。果平说。

为什么一定要早上？晚上不是更从容些？我不解。

晚上人一般比较累，心情不好。大清早精神饱满，是求人的好时机。你看见过一大早就气哼哼的人吗？果平解释。

我说，早上心情好？那可不一定。要是正巧做了噩梦呢？

果平说，不跟你抬杠。记住了，明早行动。

第二天，我们黎明即起，赶往招待所。开门的是个小伙子，想必是那个较为年富力强的摄影师了。原以为我们会看到一张经过睡眠容光焕发的脸，没想到，他的眼圈像扣了两个蓝墨水瓶盖，眼白像一张满布飞机航线的地图，都是红丝。至于有经验的摄影师，根本就没露面，不知躲在哪里。

干什么？年富力强堵着门口问。

我们……想请你……一看他怒气冲冲的模样，我不知该怎样开口。

我们是卫生员，听说你们身体不好，特地来看望。果平伶牙俐齿地接过话头说。

年富力强脸色好看些了，说，既是看望，那就感谢了。只是屋里有些不方便，我们还好，放心就是。说完露出送客的模样。

我想摄影师们一定是刚起床，没叠被子，怕别人看到狼狈样。心想要是不让进屋，其他的话就不好提。就说，我们也不是检查卫生的，请别紧张。

年富力强有气无力地说，我要是能紧张起来就好了，现在是疲惫不堪。

果平说，大早刚起来就疲惫，是不是太娇气了？

年富力强反问，谁刚起来？

果平更正道，难道说你们半夜就起来了吗？

年富力强说，我还没有睡呢！

我们说，不信。你一夜不睡觉，干什么啦？

年富力强说，既然你们不相信人，我就请你们参观参观。说着，侧着身子，请我们进屋。

屋里的混乱程度，超出了我们最大胆的想象。到处都是水盆，里面泡着一张张白色的相纸，纸上不同的风景和人物，在药水里起伏着、重叠着。色泽深浅不同的人脸，好像扁扁的黑蝌蚪，懒洋洋地仰着脸，好像在晒太阳。

我俩齐声问，这是怎么回事？

年富力强没好气地说，这就是在干你们想干的事啊。

我们说，不懂不懂。我们想干什么事呢？

年富力强说，照相啊。你们以为相片就是那么"咔嗒"一捏，就出来人影了？后面的事麻烦着呢！我们白天照相，晚上冲洗，连轴转，这么干活，平原上都受不了，别说是在连鹰都飞不上来的高原。要是不得高原病，那才叫天理不容呢！所以啊，病了是好事，我们就可以名正言顺地下山了。现在我们手里就剩下这点活儿了，抓紧冲洗出来，就能回到山下把氧气吃个饱了！

他这番话虽是气哼哼地说出来，细想想，也有理。看来我们的计策没等实施，就破产了。得，打道回府吧。我向果平使眼色——撤吧。

果平假装看不见，对年富力强说，我真同情你们，可惜你这顿牢骚话，应该对他们说。

他们是谁？年富力强问。

果平随手一指水盆里的人脸说，罪魁祸首在那儿。是他们害得你们这么辛苦。

年富力强又不乐意了，说，你这个小姑娘嘴这么损。大家都有父母，家里都惦记着，想看看照片也是人之常情。

果平一乐说，接受你的批评。问你一个问题，你说，家里人是更惦记男孩还是女孩？

年富力强不假思索地说，当然是女孩了。女孩麻烦事多，男孩总归要好些。

果平说，对啊，所以，你该优待我们才是。

年富力强明白自己陷入了果平的伏击圈，半晌没作声。正在这时，门开了，一个胡子拉碴的半老头走进来，从他一眼扫过药水盆子的犀利目光，我们明白，经验丰富的老摄影师来了。

还顺利吗？老摄影师咳嗽着问。

还好。只是去海拔最高的边防站照的相片，因为气候实在太差，风雪来临前抢拍的那些张，曝光量明显不足，底片经过处理，还是不行，人影模糊……年富力强汇报。

这可如何是好？老摄影师非常不安。

把钱退给他们。算我们白辛苦了。年富力强说。

老摄影师说，是我们失职，太对不起他们。这样吧，让没照好的人从边防站下来，我们补照。

年富力强说，恐怕不成。照坏了的不是少数，要是都从边防站撤下来，国境线上就没人站岗了。

老摄影师说，既是这样，只有一个办法，我们再上一次最高的哨所。

年富力强说，您的身体已经这样虚弱了，再上去，危险太大。

果平立即插嘴说，我们可以给你们保健，你的心脏要是跳不动，我们给你按摩。呼吸要是困难了，立刻给你吸氧。

老摄影师这才发现我们，说，你们是谁？

果平说，是两个没照上相的女卫生员。

年富力强说，你是想用这种方式感动我们，好给你照相吧？

果平说，是你们感动了我们。为了给高原战士照相，自己差点要被照了遗像。

我刚想说，果平你这个乌鸦嘴，没想到老摄影师笑起来，牙齿在黑胡子楂儿里闪烁，说，你这姑娘说得不对，摄影师要是以身殉职了，还真没人给他摄遗像，如同理发师不会给自己理发。

果平想想也是，不好意思地笑起来。

老摄影师对我们说，走吧。又对年富力强说，把摄影包给我。

我们只好走出屋门，老摄影师跟在后面。我说，您身体不好别客气，不必送了。

老摄影师说，我不是送你们，是去工作。

我们就一齐默默地往外走。这是高原上一个很晴朗的上午，无遮无拦的紫外线像巨大的光伞，从高远的天际倾泻下来，晒在脸上，感觉不到暖和，但是很刺痛。远处的冰山像正在休息的白骆驼，不规则地趴着，白云在它的脚下浮动，好像脱落下的片片驼绒。

好。停。就这儿。老摄影师命令说。

我和果平继续往前走。跟着老摄影师的年富力强说，你们这两个女兵，怎么不听招呼？

我们愣了，说，谁知说谁呢？

年富力强说，谁想照相就是说谁呢。

我们大喜过望，说，真想不到，摄影师带病坚持工作。

年富力强说，你没看老师傅要亲自给你们照相？他的技术比我高明多了。要是男兵，我就动手。因为你们是女娃子，刚才不说了吗，女孩比男孩重要。

我们很感激，又不知如何表达，只有乖乖地听老摄影师调遣。

果平本想以险峻的雪山为背景，照一张雄赳赳气昂昂的照片。老摄影师说，不可。你们的父母听说孩子到了高山上，一定担心不已。如果看到背景这么荒凉寒冷，心里一定不是滋味。你寄照片回家，原本是想让家长放心，这么着，他们就更不放心了。

果平不知所措地说，那以什么为背景呢？在阿里高原，要找一处没有雪山的背景，几乎是不可能的。

但我们可以让荒凉的感觉尽量淡薄一些啊。老摄影师领着我们往前走。在狮泉河旁像眉毛一般短的道路上找了半天，停在一块标语牌前。这地方怎么样？老摄影师的语气很有点沾沾自喜，好像发现了一个宝石矿。

不怎么样。像人民公社的大队部。果平撇撇嘴。

在这穷乡僻壤，能有个像大队部的风景，就很不错了。别的地方照出来，简直像在土星上。年富力强说。

虽然我也很讨厌毫无情趣的标语牌子，可是想到妈妈假如看到我站在崇山峻岭中的留影，显得那么渺小孤单，一定忧心忡忡，便同意了老摄影师的选择。

摄影师选好角度，支稳机器，指挥着我们摆好姿势。刚要照，果平突然说，慢着，等我一会儿好吗？说完不等别人表态，撒腿就跑。

干什么去？大家问。

我得换身衣服。果平回答。

我用挑剔的目光审查了果平一番，没什么不妥的地方啊，衣服干干净净，脸上也没污点。就说，你像刚消毒完的注射器，清洁极了。

果平说，建议你也换换衣服。现在是几月？八月。我们身上穿的是什么？全套的棉袄棉裤，窝囊得像北极熊。这种相片寄回家，我妈掐指一算，什么鬼地方，夏天还会下雪啊？我在信里给我妈描述得这好那好，都会露了馅。所以，我得换套单衣，显得精干些。

果平的理由很有说服力，我也想去换衣服了。可老摄影师说，你们是要脸还是要命？这么冷的天，穿着棉衣脚都冻得慌，换单衣，亏你们想得出。只怕照片还没洗出来，你们就躺在床上发烧了。你们并不知道老人的心，以为编一套瞎话，他们就信了？才不是呢！他们会拿着你们的信，反复揣摩，从信瓤看到信封，从邮票看到邮戳，从时间推算路程，心会提到嗓子眼。再说，我选景就是再小心，也避不开远处的雪山，总得进到镜头里一星半点，老人是一定会发现的。要是看到你在雪山下面还穿着单衣，认定你不会安顿自己，照顾自己，心就缩成一个硬疙瘩。你寄回照片本来是为了让他安心，结果他更担心。倒还不如穿着棉袄，家里人会想，噢，那里可真冷。不过，孩子知道自己心疼自己……心里反倒安宁些。

我和果平再无话可说，按照部署，各照了一张全身、一张半身的照片。

谢谢。我们向年轻和年老的两位摄影师表示衷心的谢意。

不必言谢，并不一定成功。万一照坏了，我会通知你们补照的。老摄影师虚弱地说。看来，刚才这一番折腾，耗尽了他的力气。

果平说，如果成功了，我们什么时候能看到照片呢？

那就不一定了。我们还要到边防站去，还有许多照片要洗印。不过，请放心，我们会尽快把相片给你们，让你们的爸爸妈妈看到你们的新样子。年富力强说。

我和果平，在以后的日子里，怀揣着最美好的想象等待着。我们不敢到招待所去，怕摄影师以为我们催他。他们实在太忙了，我们不忍心再添麻烦。

有一天，别人带给我们一个纸包，打开一看，正是我和果平的照片。在那块标语牌作背景的照片上，我和果平穿着鼓鼓囊囊的棉衣棉裤，笑得都很开心。

他们呢？我们问。

你们说的是谁？带给我们纸包的人问。

就是一老一少的摄影师啊。

他们后来又到最高的边防站给战士们照相。加上以前照了没洗出来的活儿，工作量很大。他们连轴转，把所有的照片洗出来，装到袋子里，都写好了名字……后来，他们累得晕倒了，被紧急送回山下。现在，我们按照他们留下的记录，把纸袋里的照片一一分送给大家。来人说。

我和果平什么也说不出来，只是朝山下的方向望着。但愿一老一少的摄影师，在充足的氧气里恢复健康。

胖
听

每月发罐头的日子，是高原的节日。大家聚在司务长的房间里，好像是赶集，七嘴八舌，议论纷纷。人们挑三拣四，乱哄哄的。军用品，质量没得说，主要是选择什么品种水果的问题。

有一个人专门要橘子的，一月是橘子，七月还是橘子。据说他领的罐头从来不吃，都堆在床底下精心保管着。用木板垫起一个架子，罐头像商店陈列的货物，摆得整整齐齐。罐头上还罩着报纸，防着扫地泼水的时候，水珠溅到罐头，铁皮就锈了。大家私下笑话他：这人已经把一棵橘子树的收成，都藏到自己铺板底下啦！后来听说他是准备探家的时候，把橘子罐头都装在麻袋里背回家，让从来没吃过橘子的父母，尝尝南国水果的滋味，人们就不好意思再议论他了。

罐头后来有了一市斤和一公斤两种包装，就是一种小筒一种大筒。一般的人都喜欢要大筒的，因为吃起来痛快淋漓，解馋顶饿。再说开罐头的时候方便些，一次解决。要是弄个小筒的，得多费一倍的力气。有个叫小叶的人，偏偏反其道而行之，每次专要小筒。世上的事就是奇怪，大家都不要小筒的时候，司务长巴不得把小筒罐头早点推出去。小叶指名道姓地要小筒，司务长又烦了，说小叶你事真多，大筒小筒还不都是一样吃，到了肚子里一样都化成屎，你不嫌烦我还嫌乱呢！

小叶一点也不着急，笑嘻嘻地回敬道，那可不一样。吃豆子拉的是臭的；吃菜拉的是绿的；吃了司务长发的水果罐头，打的嗝都又甜又香。

司务长就笑了，说小叶你是属救火队的，叫人发不起火。你可知道，这次来的小筒罐头箱都压在大箱底下，搬动一场，肺里有进的气没出的气，累得真魂出窍，我不给你当搬运工。真想要小筒，自己动手，丰衣足食吧。

小叶说，我是真想要。可你这儿是"仓库重地，闲人免进"，就不怕我顺手牵羊，多拿了几筒走？

司务长说，你不是闲人，是苦力的干活。不过，你这么一说，倒是提醒了我，你等大家都领完了罐头，再来忙活你的这点私事吧。一来你可避嫌，二来我也好给你搭把手。

正好我也在一旁，就说，到时候我来帮忙。

大家就说有人愿意义务劳动，好啊好啊。其实，我心里想的是，库房是个神秘的地方，我倒要看看里头藏着什么宝贝。

大家领完罐头，已是傍晚时分。吃了晚饭，天就黑透了。小叶叫我去帮忙，库房里黑黢黢的，好像一个阴森的山洞。我嘟囔着说，库房为什么不安个电灯呢？现在我每一个寒毛孔，都充满做贼的感觉。

也不是打仗需要弹药，谁没事半夜三更时分到库房瞎翻腾？都是小叶这个倒霉鬼，搅得我们不得安宁。司务长手擎一根蜡烛，在一摞罐头箱子后面闪出来，愤愤地说。跳跃的烛光从他的右下颌向左上眉弓闪去，使他那张在白天看来还挺中看的脸庞，顿生凶狠之色。

小叶说，谢谢你啦，我代表家乡的父老乡亲们谢谢你啦。

司务长说，小叶你别扯得那么远，你老家的人认得我是谁？闲话少说，开始干活吧。

所谓干活，就是把顶端的罐头箱子搬下来，垛在一旁，慢慢地寻找不知隐藏在哪里的小筒罐头箱。箱子的外表都是一样的，只是标签不同。我们搬了一箱，用烛光一照，不是，只得把它摆在旁边。又搬了一箱，拿烛光来照，还不是，只好又摆在一边。本来搬几个箱子，对司务长和小叶这样年纪的男子汉来说，不是什么了不起的活儿，但高原这个阴险的魔术师，在人们不知不觉当中，把大家的力气溶解在空气中了。过了没一会儿，他俩就像八十岁的老翁，喘个不停。

司务长鼻孔喷着白汽说，小叶，这是何苦？想体验码头扛大个儿的滋味？

小叶说，不好意思，小筒罐头，显得筒子多一些，分的时候好办些。

我听不懂他的话，说，小叶，你到底什么意思？解释解释。

小叶说，我的罐头要带回老家，亲戚朋友多，姑姑舅舅大姨大妈表婶叔伯哥哥……全村人都沾亲。咱从这么远的地方回去，大伙都来看我，拿什么招待呢？罐头是个新鲜物，我就每户送上一筒。僧多粥少。也许不该把亲戚叫"僧"，反正就那个意思，嘴多罐头少，要是大筒的就分不过来了，所以……

司务长打断小叶的话说，你就甭"所以"了，我明白啦。休息过来了没有？开始干活吧。

我也开始给他们打下手，终于像挖煤工人一样，在层层叠叠的罐头箱子下面，掘到了一箱标有"每听500克装"的罐头。大家那个高兴啊，就像盗墓贼发现了皇帝的玉玺。司务长用钳子扭开绑箱子的铁丝铁钉，"嘭"地将木板打开，一筒筒雪亮的罐头暴露在烛光下，圆圆的锡铁盖子好像大号勋章，朦胧地反射着一朵朵浅红色的烛火。

司务长用调兵遣将的口气说，拿你的吧。

小叶欣喜地打量着整箱的罐头，好像那都是他的财产。要知道平常的日子里，你该领几筒，司务长就给你拿出几筒，从未让人如此一饱眼福。现在虽然明知这许多罐头并不是都属于自己，看着也高兴。瞅了半天，小叶指着一筒胖胖的罐头说，我就要那筒了。

司务长脸上显出很怪异的神情，说，满满一箱罐头任你挑，你为什么偏要那筒？

小叶费力地把那筒胖罐头从挤得紧紧的箱子里取出，说，满满一箱罐头，我为什么偏偏不能要这筒呢？

我也觉得很纳闷，特别认真地听他们对话。

司务长说，你哪筒都能拿，就是不能拿这筒。

小叶的犟脾气上来了，说，我哪筒都不要，就是要拿这筒。

司务长说，我是管发放军用物资的，没有我的批准，你想拿也拿不走。

小叶一看司务长用职务来压他，正着说是说不过了，反唇相讥道，莫非是司务长看着这筒罐头格外饱满，要利用职权，专门留给自己吃啦？

我想司务长一定会反驳的，没想到，他笑着说，你说得对。我就是要利用一次职权，把这筒罐头留给自己。而且还特地邀请你和我一道品尝这筒罐头。

我们都不知司务长的确切意思，只见他抽出一把开罐头的专用刀，刚要戳进胖罐头亮闪闪的鼓肚子，突然又停了手，对小叶说，你把它放在自己耳朵边，摇一摇，它就有话对你说。

罐头会说话？我和小叶吃了一惊。小叶按着司务长说的，把罐头凑在耳边晃了晃。我也赶过去凑热闹，小叶就把罐头递给我。我用力把胖罐头颠来倒去，侧耳细听。它咕嘟着，好像一个不会游泳的胖子，被人开玩笑扔进深潭，套着救生圈，竭力挣扎。

小叶说，这罐头要是一个人，会被你折腾出脑震荡。

司务长问，听到罐头对你说的话了吗?

我叹了口气说，没听到。

司务长不急也不恼地说，没听到不要紧，你还可以敲敲它的肚皮，它很诚实，会把刚才对你说过的话，再重复一遍。

这一次，我抢在小叶前面，用手指猛力弹胖罐头。它气愤地发出空空洞洞的回音，好像一个老爷爷被打断了午睡，气得直咳嗽。

我做了一个鬼脸。小叶不理睬，面带思索之色，好像胖罐头真把什么绝密的情报透露给他了。

司务长对着不开窍的我说，看你这样子，只有让胖罐头自己坦白交代，你才会明白啊。

他说着，果断地用罐头刀扎了下去……只听"噗"的一声响，那动静不像是刺一个没有生命的物体，倒像是宰了一头肥猪。随之一股恶臭从胖罐头的裂口处喷涌而出，蜡烛光都被呛了一个跟头，险些熄灭。那股黑色的气体在仓库内久久盘旋，好像放了一颗催泪弹，我们的眼睛都被熏得眯起来。

我说，哎呀，罐头里面藏着一个妖怪?

司务长说，你过来一看，就明白啦!

我躲得远远的，说，不看不看。瞧这味儿，像进了公共厕所。再到跟前看，胃就得来一个反向运动了。

那时候，我们的卫生课刚刚讲到消化器官，正向运动是从口腔到肠胃，反向运动就可想而知了。

小叶比我坚强得多，一声不响地走过去，头俯在那筒胖罐头跟前。正确地讲，那筒罐头现在已经不胖了，垂头丧气地蹲在那里，好像一个饿瘪了的囚徒。我听到小叶喃喃地说……果肉都变成黑色的了……有气体……黄色马口铁的镀膜也脱落了……

司务长连连夸奖说，小叶你观察得很仔细，对，就是这几个特征。

我还不明白，愣愣地问，我听这些话，好像是在描绘一个病人。

司务长说，正是啊！这种胖罐头，按我们军需的行话就叫"胖听"，是罐头中的次品，也就相当于病人了。因为制作或运输中的问题，密封的罐头里面发生了污染，无所不在的细菌大肆繁殖。罐头腐败了，细菌产气，就把罐头的铁皮顶得膨胀起来，变成大胖子。它完全丧失了食用的价值，吃了拉肚子是轻的，碰上肉毒菌，小命就呜呼了。平时我发罐头之前，都要仔细检查，像查特务一般把它们严格挑出来，怕坏了大家的健康。今个儿咱们是到库房里直接取货，你们好眼福啊，看到了平常无缘一见的胖听……

小叶不好意思地说，多谢司务长，今天长了见识。本来，我以为胖听比别的罐头更鼓，以为里面装的货色特别多，想让家乡的人多尝尝。司务长，顶撞了，多包涵。

司务长说，甭客气啦，快领了你的小罐头走吧。

说着，司务长亲自动手，把一堆身材苗条的罐头，推到小叶手里。小叶数了一下，说，司务长，你给我发多了。

司务长说，这不是骂我吗？我做了多少年的军需，连数都不认？不会多的。快拿着走吧。

小叶说，司务长，你再数一遍。我可不愿多吃多占。

司务长说，小叶，我把我这个月的那份也给你了。谁叫你有那么多倒霉亲戚呢！

拉练

　　"拉练"这个词，顾名思义，是"拉到外面去训练"的意思。这个"外面"指的又是哪儿呢？它说的是"屋子外面"。

　　有人又得说了，屋外有什么了不起的？我们不是常常到屋外活动吗？

　　我说的这个屋外，有几点特殊的地方。第一是时间。它不是春暖花开的三月，也不是赤日炎炎的夏天，还不是金风送爽的秋天……对了，现在只剩下最后一个季节，就是白雪皑皑的冬天了。第二是地点。不是江南，不是塞北，不是平原，是海拔五千米雪线以上的高原永冻地带。

　　什么叫雪线呢？刚听到这个词的人，脑海里会不由自主地出现一条又白又亮的银线，好像是一根由千万根蚕丝拧成的粗绳子，悬挂在险峻的高山半腰。其实，雪线可没那么浪漫，它只是地图上一条假想的线，表示在这个高度以上，积雪和冰川永不融化，寿命与天地同存。在雪线以上的高山行走，随手拣起一块透明的冰块，它的历史都可能超过了一千年，比你爷爷的爷爷还要古老得多。拉练就是让大家到雪线之上露营和自己起火做饭，当然，最主要的节目是行军和真枪实弹的演习。听了动员令后，大家都摩拳擦掌，做着拉练前的诸项准备。

第一要紧的是每人要有一口锅。平常日子都是吃炊事班的大锅饭，自己不用发愁。这回不行了，要野炊，首先得自己备好锅勺。不由得想起一句古话——巧妇难为无米之炊，心想，它说得也不怎么确切，就算有了米，没有锅，巧妇也得抓瞎。

河莲先到炊事班求援。班长说，甭瞎忙活。你们不用备炊具，到时候有我呢。

有人自告奋勇帮忙自然好，但不知这忙如何帮法。河莲说，让我先看看你准备的锅。

班长说，我的锅，没什么新鲜的，你天天看见，喏，就在那儿。

河莲一看，原来炊事班长根本没做特殊准备，打算把每天给大伙烧开水的大铁锅，背出去煮饭就是。

河莲说，那怎么行？到时候一安营扎寨，传下号令，就地生火做饭，你做得了，队伍也该开拔了，我会饿肚子。

班长晃着大方脑壳说，我是那样的人吗？要是万一来不及，怎么也得让其他同志先吃，我是享乐在后的。

河莲说，那也不成。你的锅那么大，得多少柴草才能把水烧开？伺候不起。

河莲是我们派出的侦察兵，本以为她会带回好消息，不想无功而返。全班人唉声叹气之时，新情报传回来了，说是经过摸索，有人发明了用罐头盒子做成很漂亮、实用的小行军锅。

高原海拔高，气压低，饭很不容易做熟。避免夹生的办法，就是尽量提高锅的密闭性，保持住锅里的温度和压力。当然要是有小的高压锅，那是最方便了，可拉练的宗旨就是让大家在冰天雪地里锻炼，哪儿会给大家配锅？不知是谁的创造，用锉刀把罐头盒顶端的焊锡锉掉，使罐头盒盖完整地脱落下来，用的时候再盖上去，一个因陋就简的小锅就成功了。

我们每人拿出一个水果罐头，开始像手工作坊一般干起来。锉刀吱吱，银屑飘飘。不一会儿，河莲就兴奋地大叫起来，我的小锅出厂啦！

大家凑过去一看，河莲把罐头盖子平平整整地卸了下来，盖上去的时候严丝合缝，简直像是原装的锅盖。河莲又操起锤子，用小钉在罐头盒——也就是锅的主体部分，钻了两个洞。

我们吃惊地问，这是什么？

河莲说，这都不明白？拴上铁丝，做个锅耳朵。不然，锅那么烫，谁敢用手提？再说，如何捆到背包上？都是问题。我这是一箭双雕。

我们衷心佩服河莲的深谋远虑，锅的制造已进入精加工阶段。低头看看自己手下的活，还是粗坯，就赶快提高速度。

真是见了鬼，我拼命挥舞锉刀，像一个地道的老工人。可我的罐头盒子好像变成一发炮弹，其壳坚硬无比。我累得一脑门热汗，它还是岿然不动。

我去找河莲，她成了我们之中的总工程师。真是高人啊，只看了一眼，她就说出了症结所在。你真傻，为什么专门挑了橘子罐头来锉？要知道，它的铁皮质量最好，简直像是不锈钢制成的，难怪你锉不开。像我，选一筒菠萝罐头，又小巧铁皮又软，自然马到成功了。

面对先天的失误，除了改换门庭，没别的选择。我立刻加入了"菠萝一族"，其他的操作也和河莲一模一样。经过手忙脚乱的一阵努力，小锅也宣布竣工，同河莲的产品摆在一起，简直是双胞胎。

锅的问题之后，就是领粮食。规定每个单兵要携带足够三天食用的口粮。按照士兵最低热量标准，共需粮食四斤半。

干粮袋是草绿色的，细细长长，瘪的时候好像一段蛇蜕。领导用秤给大家分粮，四斤半大米装进去，粮袋撑得圆圆滚滚，像一条苏醒过来的大蟒。

我生平最讨厌吃米饭了，总觉得那些软绵绵的小白粒子，吃多少也填不饱肚子。平日也就罢了，饿了可随时补充零食。可这次是模拟实战，总不能一边坚守阵地，一边嘴巴嚼个不停吧。我对领导说，给我发白面，成吗？

不行。领导很干脆地拒绝。

为什么？米面都是碳水化合物，提供的热量卡路里是一样的。我用刚学到的医学知识，为自己做论据。

在高原上，米可以煮熟。面呢？泡在罐头盒子里，成了糊糊，你怎么吃法？领导不理我的卡路里学说，一针见血地指出面的弊病。

我宁愿吃那种糨糊样的东西，也不吃米饭。再说红军过雪山草地的时候，吃的也是面粉，不过就是炒熟了而已。我小声反驳。

领导没想到我引经据典，一时竟想不出如何批评我，停了一会儿，终于发现了更强大的理由，说，干粮袋就那么长，米能够装进三天的量，面就不行了。

我说，不信。

领导说，你这个女孩，怎不见棺材不落泪。来，我装给你看！

领导说着，称出四斤半面粉，倒进干粮袋。面比米要难收拾，不少面粉洒在外面，领导就像颗粒归仓的老农，不厌其烦地把每一撮儿面粉都收拾起来，愣往干粮袋里塞。

干粮袋鼓如圆柱，秤里还遗有面粉。在铁的事实面前，我不得不低头服输。同等重量的面，要比米占的地方大。比如说一麻袋可装大米两百斤，装面粉就放不下了。领导告诫道。

但我仍不死心，说，具体情况要具体分析。对我的胃来说，三斤面就抵得过四斤半米。

领导说，这不是抵不抵的问题，也不是你的胃说了算的事。你刚才不是说什么卡路里吗？关键是热量，在冰雪高原，你要是没有热量，就得变成白雪公主。

我一声不吭地跑出去，过了一会儿，抱着一堆糖进来，对领导说，我不带大米，带水果糖行不行？它提供的卡路里比大米可多多啦。

领导这次把脸沉下来，斩钉截铁地说，不成！一个战士不可能在冲锋的时候，往嘴里不停地塞糖！

最后一线希望破灭。虽然他的话也很无理，冲锋的战士不能往嘴里塞糖，难道就可以往嘴里塞米饭团子吗？但人家是领导，咱当小兵的，就只有服从了。

衣食住行这句话，我以为很科学。在解决了吃饭问题以后，考虑的就是拉练中的穿了。皮大衣当然是必备的了，要不然，会在酷寒的夜晚冻成冰雕。狼皮褥子也是要带的，在万古不化的寒冰上露宿，没有它，地心的寒气会把我们的五脏六腑凝成一坨。狗毛皮鞋也是要带的，不然会把脚趾冻得指甲脱落。皮帽子当然更得带了，要不，回家的时候会丢了耳朵……我们贴身穿了衬衣衬裤，外面罩了绒衣绒裤，再外面裹着棉衣棉裤，然后披上皮大衣，每个人的体积都比平日增大百分之七十以上，走路的时候像一座毛皮小山在移动。

相比之下，住的问题反倒比较简单。每人带一件塑胶雨衣，它的边上有一排纽扣，我以前一直不知是干什么用的，此次经人指教，才知道可以和另外一件雨衣结成一块巨大的篷布，搭一座简易帐篷。每人还要带一把行军锹，到了宿营地，在冰上挖洞，然后把锹把儿埋在里面，就成了帐篷的支柱。

没想到在这个简单的环节上出了问题，因为是两个人合住帐篷，睡觉的时候为了保暖，必须头脚颠倒，打通腿。小鹿是个汗脚，谁都不愿意与她合伙，怕熏着自己。最后还是我高风亮节（谁让我是班长呢），自动表示愿和小鹿同甘苦共患难。大家私下里夸我侠肝义胆，因为小鹿的脚臭让人惨不忍闻。我解释说，其实，我也不是担子拣重的挑，只是想雪地里那么冷，我就不信小鹿的脚还敢出汗？

最后是行。果平穿戴整齐，缓缓地吃力地移出房门，过了一会儿，又像一艘航空母舰似的挪了回来，哭丧着脸道，你们猜，把咱们的全套行头穿起来，负重多少斤？

河莲说，还不得有三十斤？

果平冷笑道，想得美！改成公斤还差不多！

我们花容失色道，你的意思是我们要背着六十斤重的物品，跋涉在冰雪高原？

果平说，那还是少说了，都武装起来，只怕七十斤也打不住。

大家半信半疑说，有那么恐怖吗？

果平说，听我给你们算个细账。

她就掰着手指头，一五一十地算起来。干粮、红十字包、手枪、狼皮褥子、背包、子弹带、行军锹、备用解放鞋、雨衣……我们听到一半，就说别算了，我们信了。

　　听说行军的平均路程是每日九十华里，个别日子会在一百华里以上，最多的一天将达到一百二十华里。这个数字，对平原来说也许不算什么，但在高原，足以让人胆战心惊。

　　我们能行吗？所有的人心里都在打鼓，可是没有人说出来。谁也不愿被人当作胆小鬼。

　　行军开始了。女兵和男兵一样背负着行囊，像绿色的骆驼在雪原上缓缓移动。为了预防雪盲，临出发时每人又配发了一副墨镜，透过茶色镜片，平日熟悉的风景，变成另外的嘴脸，煞是好玩。冰峰成了咖啡色，远远看去，好像巨大的巧克力冰激凌。白雪成了淡红豆沙色，使人忍不住想舔一口。至于大家的脸色，都成了非洲人的模样，嘴唇成了浓重的黑褐色，好像刚刚吃了炸酱面还没把嘴巴抹干净……

　　面对种种奇怪的景色，我们只有自己偷偷地笑，没法彼此交换感想。因为在高原上行军，需要全力以赴，要是你开玩笑的时候，正好一个雪坑没看见，脚下一滑，一个大马趴，大家笑的就不是你的笑话，而是你本人了。笑完了，还得千辛万苦地帮你爬起来。再说那近七十斤重的包袱，稳稳地坐在背上，把肺都压成了薄饼，膨胀不起来，使我们根本没法开怀大笑，只好把笑的念头储存起来，留着晚上空闲的时候再交流吧。

　　第一天是适应性行军，有一百华里路程，只翻一座雪山。老兵们说，这简直和玩一样。可女兵们确实没玩过这种严酷的游戏，刚走了不到一半的路程，我们就筋疲力尽。原来为了保护女兵，把我们安排在队伍的中间部分，现在眼看着别人一步步超过我们，越走越远。最后大队人马整体越过疲惫的女兵远去，成了天边的一个黑豆样的斑点。

　　我们你看看我，我看看你，明白了以前从书本上看到的一个可怕的词——掉队。那就是你像一粒纽扣，从大衣上掉下来，滚到人所不知的犄角旮旯里。要是没人找到你，你就得在那个黑暗的角落待到海枯石烂。

这可怎么办？小鹿几乎要哭起来。

现在最重要的事，是赶上队伍。小如很坚决地说。

这话当然是不错了。可是，我们赶得上吗？我们为什么会掉队，不就是因为我们追不上大家的脚步吗？赶上队伍谈何容易？不但要赶上部队此刻的行军速度，还要把我们以前落下的补上。恕我悲观，我看是梦想。河莲有根有据地说。因为话太长而且很严肃，说完之后她喘个不停。

果平用手揪起背包带子，胸膛能比较自由地吸进更多氧气，说话的时候就可以带出微笑的口吻。她说，你们知道现在最重要的事是什么吗？

对于她的重复设问，我们都不理睬。太累了，你打算说什么，快说吧，别啰唆啦！

果平只好自问自答，说，现在最重要的事，是休息啊。

乌拉！我们立刻用俄语欢呼起来，倒不是对这种语言情有独钟，主要是电影里苏联红军打胜仗的时候，都是这样表达兴奋心情的。

不管三七二十一，大家立刻倒在雪地上，大口地喘气，先把氧气吸个饱。背上的负重也不敢卸掉，因为再背妥帖很费时间。我们像蜗牛一般，脊梁枕在背包上，头仰得高高，摘下墨镜，看着蔚蓝色的天空。

黄昏已悄然来临，天空急遽地转换着颜色，从海一般清澈的蓝，逐渐加深，好像一缸靛青的染料被打碎了，没有波纹地扩散开来，整个天幕被无声无息地染成蓝宝石的颜色，透明中闪着银光。雪山反射着夕阳的余晖，勾勒出一圈虾红色的轮廓，像是华贵的绸缎织成的剪影。有一只喜马拉雅鹰凝然不动地贴在天际，使你相信在它铁一般的鹰爪下，有一股神秘的高空风，像巨掌一样轻轻托住它的翅膀。

我们要是喜马拉雅鹰就好了。大家齐声说。

可惜我们不但不是鹰，连一只最普通的麻雀也不是。我们就这样静静地躺着，感觉万古寒冰的森然阴气，像泉水一般从地心漫上来，渐渐地俘虏了我们的脚，弥漫在我们的关节，浸满了骨髓，笼罩在血液中……一种酷寒而舒适的陌生幻觉，像雾一样包裹了我们的大脑，使它变得像玻璃一般脆而晶莹。我模模糊糊地想到，为什么卖火柴的小女孩，在被冻死以前，会看到那么多美妙的景象，寒冷真是美丽而凄清的神仙世界啊！

我们躺着，手拉着手，刚开始很紧很紧，透过皮手套，可以感觉到对方的力量。但是这力量渐渐地涣散下去，骨骼松弛了，血的温度下降了，手套变得像海带一般黏滑，很快就抓不住了，只好彼此松开。我的手刚一接触到雪地，就被它吸了过去，牢牢地粘在冰上。好像手是一块生铁，地是巨大的磁石。我觉得这事有点怪，很想挣脱冰雪的引力。但是没办法，手指根本就不听指挥，它们不再属于我，已经成了绵延万里的冰山的一部分。

思维变得迟钝而漂浮，苍白无力地混乱运行着，好在一点都不痛苦，也不恐惧，有一种近乎飞翔的感觉……

你们都给我起来！

一声断喝，从天而降。我们就是再麻木，也被惊得半坐了起来。只见一彪形大汉，天神般地矗立在面前。

你是谁？我们说不出话，只是用眼光问他。

我是后勤部收容队的队长。大队人马已经到达宿营地了，到处找不到你们这几位女兵，我们就沿着来路向回找，没想到，你们在这里睡大觉！收容队长怒气冲冲地说。

我们懒洋洋地看着他，眼珠也不愿转一下。什么后勤部，什么宿营地，听不懂啦！好像是古代故事里的名词。

收容队长很有经验，知道我们已经进入冻伤的意识淡漠期，如果不马上振作起来，就会在这种迟钝的幻觉当中进入昏迷。他指挥带来的收容队员们，把我们拉起来。可是刚把这个从雪地上拉起来，那个又躺下了。把那个扶起来，这个又坐下去。雪地好像一张巨大的软垫子，极力诱惑着我们沉睡在它的怀抱。

你们还是不是兵了？简直是逃兵！要是指着你们保卫祖国，敌人都得打到家门口！人都说女兵不行，我原来还不信，今天一看，果然不错。应该把你们都开除出去，回家守着父母的热炕头……收容队长怒骂我们，滔滔不绝。

这一骂，把我们骂醒了，自尊心生长起来，神经也变得灵敏了。我们咬着牙，摇摇晃晃地站起来，好像一批女醉鬼。

快，把她们的背包卸下来！队长命令他的士兵。

几个男兵把我们的背包放到自己身上。要是平日，我们是一定不会同意的，但在夜色沉沉的雪山上，我们已没有任何反对的力量。

背包一摘走，被压扁的气管立刻膨胀起来，恢复了弹性，我们的精神得了充足气体的灌溉，立刻清醒多了。我们试着走了两步，哎呀，感觉奇妙极了，好像遍地都是弹簧，脚下生风，似乎在飞，无比轻松。

因为我们整天都是在负重七十斤以上的状态中行走，那个附加的重量已经成了身体的组成部分。现在一旦卸下，简直若腾云一般轻盈。巨大的喜悦与轻松，使我们恢复了青春的活力。

小如说，你们把我们的背包拿走了，多辛苦啊。

她是一个好心肠的女孩，无论在多么困难的情况下，首先想到别人，总觉得自己对不起别人。

收容队长不耐烦地说，快走吧。我们是男人，比你们的耐力要好多了。再说我们还有马。

我这才在黑暗中看到了几匹马。它们美丽的大眼睛闪烁着星星的光芒。

果平说，还是把红十字包和手枪还给我吧。一个是我的工作工具，一个是战士必备的武器。

听果平这么一讲，我们也纷纷要求他们归还这两样卫生兵最基本的标志。好吧，还给你们。可是你们再不许躺下。夜已经越来越深，你们若不能在午夜以前赶到宿营地，就会在雪山上冻死。收容队长严厉地说。

我们不再说什么，跟着队长快步向苍茫的远方奔去。也许是长时间的休息，的确让我们恢复了体力；也许是队长的破口大骂，使我们生出雪耻的决心；也许是甩掉背包真的使我们身轻如燕；也许是死亡近在咫尺的威胁，让我们深切地体会到生命的可贵……反正在后面的行军路程中，我们不再说三道四，而是钳闭着嘴唇，机械地迈动双脚，向前向前。

赶到宿营地的时候，已经是下半夜了。当我们看到朦胧的灯火时，几乎流出眼泪。好了，总算把你们活着带回来了。收容队长说完，“扑通”一声，差点跪在地上。要知道，为了接应我们，他几乎走了双倍的路啊。

有外号的打火机

炊事班有一老一小两个炊事员。老和小，并不是因为年龄。大家一起来当兵，年龄都差不多。个子高的，我们就叫他老炊，个子小的，我们就叫他小炊。小炊刚开始不愿意，说又不是山芋，凭什么按个头大小定孬好？大家就说，老和小并不是分优劣的意思，不过是爱称。他俩也不懂爱称是什么，反正知道不是恶意，喊他们的时候也就开始答应。

炊事班的人平日很牛气，掌握着勺子权，和你处得和睦，就多给你舀点好吃的。要是不喜欢，吃肉时就专给你盛汤。他们和女兵关系不太好，觉得我们吃东西挑肥拣瘦，不朴实。可这能怪我们吗？高原上的胃口本来就和人作对，他们切的肥肉片，每块都像书签一般大，而且厚得超过三十页书，哪里咽得下？我们就说，得了，老炊，劳驾您把这肉盛给别人吧，反正分到我碗里，也是扔的货。节约是咱们的老传统啊。老炊就跟聋子似的，根本不理睬你，照旧把一块巴掌大的肉片铺在你的米饭上头，说，想想从前吧，只有地主老财，才能吃上这种五指膘的白肉。

拉练的时候，剥夺了炊事班做饭的权利，只让他们每晚给大家烧烧洗脚水。人们脚上都打了血泡，要用热水烫了后把泡挑破，才能继续行军。肚子的问题，下放到个人手里，自己起火，安排食谱。

我们高兴极了，从此再不用受老炊和小炊的歧视与迫害，自己想吃什么就做什么，天下还有什么比自由更可贵的啊!

事情不像想的那样简单，首先要解决柴草问题。为什么古代兵法中要说"兵马未动，粮草先行"呢? 经过实践，我们明白了，粮草是又大又笨的易消耗品，要不事先预备好，到时候上天无路入地无门，只有兵败一路。

粮的来源就是装在干粮袋里的大米，别无选择。吃完了，路上会有接应部队给我们补充，暂时不用自己操心。柴火的种类，主要是干牦牛粪和毛刺团。

干牦牛粪，是牦牛的排泄物，经过大自然的风干，成为一种大而薄的螺旋状物。如果风干的过程比较平稳，就是说没有什么其他的野兽足迹在牦牛粪上蹚过，没有大风将它吹散，没有暴雨将它稀释，高原的太阳正好又明亮多情，牦牛粪就会成为一种千层饼的模样，带着螺丝般的花纹，好像一种车床制造出的精致产品。

毛刺的样子就很猥琐了，是一种暗淡无光的高原植物，贴着地皮生长，不知用了多少年的工夫，才繁衍成脸盆大小的灰绿色毛团。拔出后因为脱水干燥，又褪成枯萎的灰白色。其实，它是很勇敢的生物，敢于向高原恶劣的自然环境挑战。我们在它战死后，把它的尸体烧了煮饭，真是于心不忍。

早在拉练开始前许久，炊事班就接到了为大家准备燃料的通知。老炊和小炊每天像拾荒的老农，到处转悠，背回一袋袋牦牛粪和毛刺团。

到了拉练出发的前一天，开始给大家分柴草。据说牦牛粪燃烧起来，火焰绵长而持久，大家都抢着要牦牛粪。最后只好定量供应，按比例配发，牦牛粪和毛刺团三七开。不过，对女兵还是比较照顾的，大约可达一半对一半的样子。

小如高风亮节，主动提出她不要牦牛粪，全部要毛刺团。

负责分发牦牛粪的老炊很不满，好像这意味着他的牦牛粪质量不过关。他说，哪里去找我这样特等甲级的牦牛粪？每一块都像压缩饼干一般瓷实。

我们就笑他，说牦牛粪都是野生的，谁来给你评等级？

老炊说，我说这话有根据。方圆几十里的山，我都爬遍了，最好的牦牛粪都到我这儿集合了。

我们只好承认他的牦牛粪天下第一。但小如毫不为之所动，坚持不要这世界上最高等级的牦牛粪。

为什么？老炊虎视眈眈。看来，小如若不说出光明正大的理由，就得冒老炊把牦牛粪塞到她嘴里的危险。

小如淡淡地说，没什么别的，我只是不喜欢用粪便做饭。

老炊不乐意地吼起来，它是干的！一点粪味也没有！

小如说，干的稀的都一样。是我心里作怪。

小如是有洁癖的人，大家只好由她。河莲脑子灵，马上说，小如你还是把牦牛粪领回来，我用毛刺跟你换。

她俩以物易物，别人就很羡慕河莲的手疾眼快。想再找小如这样的傻人，可惜没了。

第一次自己起火做饭，是在一处河滩地，到处是鹅蛋或恐龙蛋那么大的圆石头，每一个都好像是用圆规画出来的，让你不得不佩服大自然的手艺和工作态度。后来听说这是尖兵特意挑选的安营地点，鹅卵石用以支灶，靠着河便于取水。

只是河里哪有水啊？满河床是一冻到底的冰。高原上的水极清冽，丈多深的冰里没有一点杂质，简直像无边的淡蓝色水晶。

水晶没有用，钻石也没有用，我们此刻最需要的是普通的水。搞水有两个办法，一是破冰化水，一是取雪融水。前者工程浩大，但有群众观点，你计算再精巧，也不会只砸下核桃大的一小块冰，别人就可跟着沾光。融雪的法子比较自私，用多少化多少，有点自扫门前雪的味道。

女兵们都选了化雪这招，就近取雪，棉帽壳脱下来当面盆，盛回雪来填进罐头盒做的小锅。然后在河滩上拣大小高矮差不多的石头，成三足鼎立之势，把小锅架上，锅底下塞入牦牛粪或是毛刺，野炊的准备工作宣告完成。

正式起火。没想到，噗……噗……噗地划了一地的火柴梗，每次都是还没等凑近鹅卵石灶膛，火苗就好像被一个看不见的妖怪，鼓着胖腮帮子一口吹熄了。

果平指责我说，你不该把火柴梗从下往上划，应该是从上往下划。

从下从上划，有什么不同？真是吹毛求疵！我气得把只剩几根火柴的空盒交给她，说，看你的吧！

可能是火柴盒的磷片已被我磨光了，果平的战绩更惨，干脆连火星都不见一粒。向别人借火柴，大家的遭遇全差不多，于是同仇敌忾地声讨火柴质量太差，专门和边防军人作对。

什么都不怪，只怪这山上的氧气太少，连火柴也得了高原病。小炊阴阳怪气地走过来说。平常日子，火头军忙得恨不能生出三头六臂，分头起伏大赦了他们。小炊抱着两肘，像是诸葛再世，悠闲地说着风凉话。

我们都顾不得理他，还是小如心细，请教他，你们平日做饭的时候，怎样才能点着火？

小炊就等着问他这一句呢，马上掏出一个打火机说，在山上，火柴根本不行，那都是为平地造的，除了拉萨出的特制高原防风火柴，休想点着火。关键时刻，得靠这个！

他手里的打火机，椭圆银亮，被手摩挲得像只大瓢虫，看来很有些历史了。我们立刻欢呼着恳求他，为我们引来火种。小炊很神气地蹲在地上，把头凑近干牦牛粪，手心窝成一个小棚子，然后憋着气，像引爆原子弹一样，啪地揿下打火机。

我们以为眼前必得蹿起殷红的火花，没想到除了涩涩一声响，打火机什么反应也没有。大家很宽容地想，好马也有失蹄的时候。一定是小炊太紧张了，就不作声地等他操作第二次。

谁知第二次，竟也是同样下场。那打火机好像不乐意为我们服务，阴沉着个脸，除了被迫发出沉闷的声响，仍旧纹丝不动。我们怕小炊灰心，希望他再接再厉。小炊嘻嘻一笑说，这结果，早在我的意料之中。

我们大惊道，你这打火机，原本是个坏的？

小炊说，坏是不坏。但它有个外号，叫作"半个世纪"。

我们一下闹不懂这文绉绉的外号是什么意思。小炊诲人不倦地解释说，半个世纪合多少年？

我们不耐烦地说，一个世纪是一百年，半个世纪就是五十年。

小炊说，懂了吧？

我们说，还不懂。

小炊撇撇嘴说，亏了还是文化人。这外号的意思就是说，平均要打五十次以上，打火机才有可能冒出火苗。说着，小炊就像按电钮似的，打火机噼里啪啦一通乱响。我们在一旁起哄地数着：三……十……三十……四十八……四十九……

到了整五十次的那一瞬，打火机突然腾起了半尺高的火苗，差点把小炊的眉毛燎了。

我们惊道，小炊，是不是你对打火机施了魔法？

小炊忙举着打火机，把一个个灶膛点燃。他说，我有什么魔法？不过是因为高原上太寒冷，靠着摩擦生热，一般要打到五十次，打火机才能暖和过来，冒出火星。现在是中午，还算顺利了。有一个早上特别冷，我直打了一百多次，整整一个世纪，打火机才着起来。

小炊高举着"半个世纪"，像擎着一把火炬，跑去给别处点不着柴草的人帮忙，我们各自投入烹调。

牦牛粪真是好东西，温柔地冒着淡绿色的火苗，很有分寸地舔着罐头盒子的四周，盒里的积雪发出小老鼠般的吱吱叫声，原本是满满一盒雪花，在火焰的辐射下，渐渐地塌陷下去，无声地融化了，变成浅浅的积水。

雪真是华而不实的东西，看着那么大一捧，化成水只有那么一丁点，哪里够做米饭的？看来只能吃爆米花了。小鹿首先告急。

你就不能再捧些雪来化水？小如慢声细语地劝她。

好吧。小鹿又去取雪。

小如的毛刺，燃起来一副拼命三郎的脾气，呼地烧起半人高的火苗，黑烟像雪山魔女愤怒的头发，随着山风甩打着，原本锃亮的罐头盒，在第一缕毛刺火掠过之后，就成了包公嘴脸，镀上一层漆黑的草灰。

毛刺是个没有恒心的家伙，片刻的兴奋之后，就是懒洋洋地消极怠工，残存的草茎上气不接下气地变成暗红的灰烬，余温就没有多少了。这可苦了小如，当我们的牦牛粪将雪水熬出白练也似的气流时，她的锅才发出轻微的积雪融化声。

我和河莲又遇到了新困难。由于造锅过程中，过于注重美观，忽视了实用性，锅耳朵的位置定得太低。这在普通锅，当然没什么了不起，没准儿还成了新品种。但我们的锅耳朵，是用钉子把罐头盒凿了洞，绕上铁丝拧成的。锅的半中腰藏着两个漏水的小眼，盛雪的时候看不出来，雪化成水后就显出致命的缺陷。费了千辛万苦煮出的那点温水，不知不觉渗去一半。

怎么办？我理直气壮地质问河莲。既然她是这锅的总设计师，发生问题的时候，当然应该保修。

河莲一本正经地说，只有一个办法，用胶布把锅耳的小洞粘起来。

我说，骗鬼啊。胶布被牛粪火一熏，就煳了，除了发出臭橡胶味，什么用也不顶。

河莲说，哈，你知道得比我还清楚，那还问什么？事到如今，什么法子也没有，只有半锅半锅地做饭了。

无可奈何，只好打开干粮袋，把米倒进罐头盒。因为气温极低，米粒像小冰雹砸下来，刚才还白雾缭绕的小锅，又恢复了一片死寂。

我说，河莲，下一步该干什么了？

河莲说，等着呗。

我把牦牛粪撕成一片片棉絮样，铺在渐渐枯萎的火苗上，它就像重病人喝了人参汤，又挺直了身躯。

这时老炊走过来，说，怎么样，我说得不错吧，我的牦牛粪是名牌产品。

我说，可惜不经烧。我用了那么一大堆，饭还没做熟。

老炊很生气地说，你以为牦牛粪是什么？凝固汽油弹吗？比起毛刺，它经久耐用得多啦!

老炊又走到小如跟前说，小姐，还那么讲究吗？牦牛粪有什么脏的？牦牛吃的是草，拉的就是干草。喏，给你。说着，就把一大摞牦牛粪干递给小如。

小如不好意思，说，我不要。牦牛粪那么宝贵，还是你留着用吧。

老炊说，这本来就是你那份，我不过替你背着。你领回去用，我身上的分量还轻点。

想不到平日看起来粗粗拉拉的老炊，还挺会给人台阶下。小如就收了牦牛粪。

小锅终于又一次冒出白汽。我觉得它不是被牦牛粪烧开的，是被我焦灼的眼光催热的。我说，熟了吧？

河莲说，心急吃不了热米饭。

我说，要不，揭开来看看？

河莲说，一看三不熟。

由于我锉锅盖的时候，用力太猛，有一条边锉得狠了，合不严缝，气就冒得格外汹涌。我凑过去看，热的白汽遇到冰冷的眼睫毛，就结成细细一线水珠，好像我痛哭了一场。

不管你们吃不吃，反正我是要开饭了。我毅然决然地揭开了锅盖。想象中是一锅松软的米饭，不料因为锅里水少米多，加上海拔高气压低，锅盖到处跑风撒气，饭粒像小鱼的眼睛，既硬又夹生。吃起来，每粒米当中有一个结实的小白核，树种一般。

在我的带动下，大家都开始吃烧得半生不熟的饭，因为饿以及是自己的劳动成果，觉得香甜无比。

小如因为燃料的问题，至今还没揭锅。我招呼她，来尝尝咱的手艺。

她微笑着说，夹生饭有什么好吃的？等会儿还是请你们来尝我的吧，保证香得你舌头伸出来就缩不回去。

小如的水，终于开了。她不是像我们那样，从干粮袋往锅里倒米，而是像魔术师一样掏出了一块面。

我们惊呼，小如，你怎么单独行动？

小如说，三天的干粮，我两天领的是米，一天领的是面。你们看，我的干粮袋中间扎了一根细细的小绳，吃面就从这端倒，吃米就从那端倒。

我们看着小如像腊肠似的分成两节的干粮袋，都很佩服她的足智多谋。

可是，你的面是什么时候和好的呢？我们都没看见啊。小鹿追问。

昨晚上听说今天第一次野炊，我就提前把面和好了。小如介绍。

我们除了感叹她的机警，再没什么好说的，静静地看她下一步如何操持。小如不慌不忙地把面揉成长条，然后猛地向空中一抖，那面条见风就长，长度立时增加了三倍有余。还没等我们看清楚．小如把面条像毛线似的缠绕在手指上，如同弹揉琴弦一般，依次拨去，那面就像瀑布似的变化成几十根，细如发丝……

啊！拉面！我们赞叹不已。

小如谦虚地笑笑说，面醒得时间太长了，拉得不够好。说着，就把拉面下到滚开的罐头盒里。

一会儿就好。大家都喝口热面汤吧。小如好像一个开饭馆的老板娘，热情相邀。我们望眼欲穿，心想，这种世界海拔最高的拉面，一定味道独特吧。

老炊走过来，今天他是做饭总指挥，一脸重权在握的神气。怎么还没吃上饭，一会儿就要出发了。他说。

马上就好。小如说着，在大家的渴盼中，揭开了锅盖。

我们看到了一个圆筒状的面坨，毫无生气地戳在罐头底部，那些美丽的面条，死死地粘在一起，好像凝固了的火山岩。

老炊只一眼，就判断出了事情的原委。他说，哈，敢想敢干哪，吃拉面！没有高压锅，面条哪里能煮熟？再说，罐头盒里才有多少水？面条一定要水宽！这火也不行，煮面一定要猛火快攻……

小鹿打断他的话说，老炊，你以为这是请你介绍炊事经验呢？快想个法子吧，小如还没吃饭。

老炊胸有成竹地说，好办。我用大锅特意多做了些饭，专门救济由于种种原因没饭吃的人。

小如说，我不吃你的饭。我就吃我自己做的饭。

老炊急了，说，你怎么不听命令？

小如说，今天的命令，就是每一个士兵都自己单独起火。

果平叹道，好样的，有骨气。小如不吃嗟来之食。

老炊没听懂，说，什么之食？

果平说，就是她一定要吃她亲手做的饭。

老炊想了一下，指挥小如说，你把罐头盒里的面抠出来。

小如不知他什么意思，照办了。那些精致的面条，此刻变成半熟不熟的面浆。

把它揉成饺子皮大小的圆片。老炊继续吩咐。小如遵照指示，把面片摊在手里。我们像看戏法一般围观，不知后面如何动作。

好了，现在你把面片贴在石头上。就是你刚才用来支锅的那几块热石头。老炊念念有词。

小如依法办理。她支灶的石头，先被毛刺燎过，继又遭牛粪熏陶，虽在皑皑冰雪之中，内芯也已烧得热透。半熟的薄饼一贴上去，就发出了粮食特有的麦香气。小如手疾眼快地把熟了的面片取下来，把新的敷上去。要知道，严寒中的石头热量有限，每一分钟都很宝贵。

小如一边揭饼，一边邀请大家尝尝。这是她的午饭，我们都不好意思吃，但那饼的香气实在诱人，我们就几人分吃一个饼，每人一小口，更觉美味无比。

小如把最后一张饼请老炊吃。老炊说，你快吃吧。我看号兵已经在擦军号了。

小如说，你的主意真好。这道饭叫什么名字？

老炊腼腆起来，说庄户人的饭，没有什么名字。家里没油，烙饼容易煳，就先把河滩里的石头炒热，再用石头把饼炕熟。你一定要问名字，就叫"石头饼"吧。

小如刚把最后一块石头饼填进嘴里，行军的号声就响了。

下午行军的时候，小鹿凑到我的耳朵根说，小如的饼虽然很香，可她还是亏了。

我说，此话怎讲？

小鹿说，你想，小如是一个多么爱讲卫生的人，今天的石头饼，是在支灶的石头上烙熟的，那上头沾了不少牦牛粪，小如是一定把她最害怕的东西，吃到肚里去了。

　　我说，嘘，小声点。她也许没想到，千万可别提醒她。

在雪原与星空之间

拉练的夜晚，我们在雪原与星空之间露营。

两顶雨布搭的帐篷很窄小，像田野中看秋的农人用玉米秸支的小窝棚。我和小鹿头脚相对，用体温暖和着对方。刚躺下的时候，根本睡不着。平日柔软的被子，此刻变得铁板一样冷硬，被头像锐利的铁锹头，直砍我们的脖子。棉絮好像变成了冰屑，又沉又冷地压在身上。

这是怎么回事？被子被施了妖法！小鹿在对面瓮声瓮气地说。

我本想看看她，但沉重的负担使我没法抬起头来。为了保暖，我们把所有的物品，比如十字包、干粮袋、皮大衣，包括毛皮鞋，都堆在被子上面，像一座拱起的绿色坟堆。此刻，要是有一双眼睛从帐篷外窥视我们，一定以为这是军需品仓库。

我说，被子又不是暖气，自己不会产生热度。它像个水银瓶胆，装进开水它就热，放根冰棍它就凉。我们在零下几十摄氏度的气候里行军，被子的温度当然也是零下了。不能着急，得靠自己身体的暖气，把被子焐热，才会觉得暖和。

小鹿说，只怕到了明天早上，我们还像两条冻带鱼一样，舒展不开手脚。

我说，反正也睡不着，咱们就说说在高原露营的好处吧。

小鹿说，有什么好处？硬要说，第一个好处就是让你不但不困，而且精神抖擞。

此话千真万确。不管你行军多么疲劳，在越来越深的午夜中，寒冷的空气好像不是吸入肺里，而是进了胃，化作无数薄荷糖，让你从里往外透出绿色的清醒，神志警觉无比。

我说，可惜这是以第二天的疲倦为代价，要不然，真该推荐所有的科学家都到高原来工作，人类的伟大发明一定会成倍增加。

小鹿说，第二个好处是空气新鲜。城里的空气被人的鼻子滤过千百遍了。这里的空气从没有人呼吸过，就像从没污染过的泉水。你说是不是世界一绝？

我说，空气倒是很新鲜，只是它里面的氧气含量很少。这就像一种外表很美丽的果子，里面的果仁却又瘦又小。营养太少，中看不中用。

小鹿说，这话可不对。你敢说这里的空气不中用？那你把头钻进被子里，再捏住鼻子。要是你能支撑三分钟以上，明天我帮你背手枪。

我说，我当然不敢把头埋进被子，你的脚太臭了。至于手枪，你别卖假人情。你知道规定是人不离枪、枪不离人的。

小鹿说，谁的脚要是在这种滴水成冰的时候，还能出汗，一定是赤脚大仙托生的。不信你试试！百见不如一闻。

我不想扫小鹿的兴，就把头缩进被子，但根本不喘气，然后很快地探出头来，说，喔，真的没什么味了。

小鹿很高兴，说露营的第三个好处是，可以增长你的天文学知识。你看，天上的星星亮得像猫眼!

我们的雨布虽然薄，但没破洞。只有从两侧的缝隙中，观察星空。铁锹做的帐篷杆和雨布的边缘构成的间隙，很不规则，像是一幅抽象图案。

我说，根本看不到天空的全貌。从我这个角度，北斗七星只能看到一个勺子把儿，牛郎只挑了一个孩子，那个丢了。

小鹿说，你以为我这儿完整吗? 银河基本断流，蟹状星云变成了对虾的模样。

我说，哎哟，真了不起，还知道星云。

小鹿说，我妈妈最喜欢天文了，从小就教我。

于是，我们半天都不说话。最后还是小鹿打破了沉默，说我们别说妈妈，那样说一会儿就会流泪的。还是说星星吧。

我赶快拥护，说，就形容自己看到的天和星星的模样吧。

小鹿赶快说，好。

想念亲人就像大海中危险的台风眼，我们思维的小船要赶快掉转航向，飞速离开。

我摇头晃脑端详了半天说，从我这个角度看天空，它的轮廓像一棵宝蓝色的树冠，树上结着许多银色的榛子。

小鹿说，从我这边看哪，天空的形状像一件天蓝色的礼服，那几颗最明亮的星星，就是礼服上的银扣子。

我调整了一下姿势，又说，从我的铁锹把儿侧面看过去，天像一扇敞开的钢蓝色大门，星星就是门上凸起的门钉。

小鹿也扭了身子说，我有一个比喻，你可不要笑我。你答应了，我就说。

我说，只要风和雪不笑你，我才不管呢。

小鹿说，从我这儿看上去，天空像极了一头蓝色的奶牛。那些凸起的星星，就像奶牛的乳头，它们离我们这么近，好像一伸手就可以摸着。用嘴吸一吸，就会有蓝色的乳汁流出来。

我笑起来，说，小鹿，你是不是饿了或是渴了?

小鹿说，你一提醒，我才想起雪原上露营的最大好处，那就是你随时都有冰激凌吃。

小鹿说着，伸手到褥子下面去抓，我听到类似野兽爪子搔扒的声音，再以后是积雪被挤压的声音，最后是小鹿咯吱咯吱的嚼雪声和牙帮骨大肆打架的声音。

我们的身下，枕着一尺厚的白雪。领导宣布在这里露营以后，我埋头用铁锹拼命挖雪，一会儿就在身边堆起一座小雪山。领导走过来说，你这是干什么?

我说，把雪挖走，才能把铁锹埋进土里当支柱，把帐篷支起来。

领导说，你这个傻女子。雪下面是冰，睡在冰地上，明天你的关节就像多年的螺丝钉淋了水，非得锈死不可。

我说，冰和雪还不一样吗?

领导说，当然不一样了。雪是新下的，并不算冷。你没听俗话说过，下雪不冷化雪冷吗?雪底下的永冻冰层，那才是最可怕的。睡在雪地上，就像睡在棉花包里，很暖和的。

我半信半疑，但实在没有力气把所有的冰雪都挖走，清理出足够大面积安营扎寨，只好睡在雪上。这会儿看小鹿吃得很香，不由得也从身下掏一把雪吃。为了预防小鹿汗脚的污染，特地选了我脑袋这侧的积雪。

海拔绝高地带纯正无瑕的积雪，有一种蜂蜜的味道。刚入口的时候，粗大的颗粒贴在舌头上，冰糖一般坚硬。要过好半天，才一丝丝融化，变成微甜的温水，让人吃了没够。

一时间我们不作声，吭哧吭哧地吃雪，好像一种南极嗜雪的小野兽。我说，小鹿，你把床腿咽进去半截了。

小鹿说，你还说我，你把床头整个装进胃里了。

我们互相开着玩笑，没想到才一会儿，我和小鹿的身体都像钟摆一样哆嗦起来，好像有一双巨手在疯狂地摇撼着我们，这才感到雪的力量。

小鹿……我们……不能再……吃下去了，会……冻死。我抖着嘴唇说。

小鹿回答我，好……我不吃了……我发现，雪是越吃越渴……

我们把自己缩成小小的一团，借以保存最后的热量。许久，许久，才慢慢缓过劲来，被雪凝结的内脏有了一点暖气。

我有点困了。小鹿说。

困了就睡呗。我说，觉得自己的睫毛也往一起粘。

可是我很害怕。小鹿说。

怕什么？我们的枕头下面有手枪。真要遭到袭击，无论是鬼还是野兽，先给它一枪再说。周围都是帐篷，会有人帮助我们的。我睡意蒙眬地说。

小鹿说，我不是怕那些，是怕明早我们起来，会漂浮在水上。

我说，怎么会？难道会发山洪？

小鹿说，你是不是感到现在比刚才暖和了？

我说，是啊。刚才我就觉得暖和些了，所以才敢吃雪。吃了雪，就又凉了半天。现在好像又缓过劲来了。

小鹿说，这样不停地暖和下去，还不得把我们身下的雪都焐化了？明天我们会在汪洋中醒来。

我说，别管那些了，反正我会游泳。

小鹿说，我不会。

我说，我会救你的。你知道在水中救人的第一个步骤是什么？

小鹿说，让我浮出水面，先喘一口气。

我说，不对。是一拳把你砸晕，叫你软得像面条鱼。你这样的胆小鬼，肯定会把救你的人死死缠住，结果是大家同归于尽。把你打昏后，才可以从容救你。

小鹿说，求求你，高抬贵手，还是不要把我砸晕。我这个人本来脑子就笨，要是你的手劲掌握不准，一下过了头，还不得把我打成脑震荡，那岂不是更傻了？我保证在你救我的时候，不会下毒手玉石俱焚。

我说，哼，现在说得好听，到时候就保不齐了……

小鹿说，我们是同吃一床雪的朋友，哪儿会呢……

我们各自抱着对方的脚，昏昏睡去。

起床号把我们唤醒的时候，已是高原上另一个风雪弥漫的黎明。我们赶忙跳起，收拾行装。待到我们把被褥收起，把帐篷捆好，才来得及打量一眼昨晚上送我们一夜安眠的雪床。

咳！伤心极了，我们太高估了人体微薄的热量。雪地上不但没有任何发洪水的迹象，就连我们躺卧的痕迹也非常浅淡，只有一个轻轻的压痕，好像不是两个全副武装的活人曾在此一眠，而是两片大树叶落在这里，又被风卷走了。只是在人形痕迹的两端，有几个不规则的凹陷，好像某种动物遗下的爪痕。

那是我们半夜吃雪的遗址。

冰川上有毒蛇咝咝声

在高原上，爬山是家常便饭。就像你住在六楼，怎么能不爬楼梯呢？在拉练的日子，攀登更是必备的功课，几乎每天都要爬山。

爬山的实质，是人和地心引力做不懈的斗争。你用自身的体力，挣脱大地对你的控制，使自己向着太阳升去。如果你背的东西比较多，或者比较胖，那就更倒霉了，你不但得付出和别人一样的努力，还得加倍拼搏。因为那些东西和你多长出来的分量，都像秤砣一般拖着你的腿，逼你后退，你必须像扶老携幼的壮士，带着这些重量一道攀上高峰。

爬山的时候，喉咙会一阵阵地发出腥甜的味道，好像有一条流着血的小鱼卡在那里。按说，这很没道理，因为爬山时最辛苦的是手和脚。手要紧紧地扒住裸露的山岩，无论多么尖锐的石缝，为了有稳固的支点，你都必须把手指搿进去，好像在坚硬的墙壁上钉入十根铁条。脚像螃蟹的爪子，要么尽量向两侧伸展，以扩大身体和山石接触的面积，一旦发生下滑，可以最大限度地增加摩擦力；要么利用脚骨的斜面，把它变成没有知觉的木橛子，深深搜入岩缝，就像在巨幅画像下钉两根巨钉，才能保证悬挂着的身体突然坠下时可挽救危局。至于躯干，恨不能生出壁虎似的吸盘，牢牢粘在悬崖上。爬山使人体的各部分紧急动员，所有功能都充分调动起来，肌肉高度紧张，神经分外敏感。此刻的每一瞬间，都执掌着人的生生死死。

说起来，喉咙也很要紧，因为它是气道。爬山需要消耗大量的空气，就像前方在打仗，公路上运输的弹药物品就格外多。要是供不上气，手脚必得瘫痪。偏偏高原上稀少的就是空气，喉咙就得拼命工作，那种甜腥的感觉，一定是喉咙的某条微血管崩裂了，沁出鲜血。

一天，行军路上遇到一座险峻的高峰。尖兵报告说，曲折的冰崖阻住通路，攀登极为困难。领导给我们每人发了一条登山绳，让死死系在腰上。

干什么用的？这绳子看起来还挺结实。小鹿说。

这是结组绳。你们三个人把它系好，就成了一个结绳组。领导指指小鹿、我和河莲。

什么叫结绳组？小鹿还问。

小鹿，你怎么这么笨？结绳组顾名思义，就是用绳子把咱们三个结成了一组。从今后登山时生死与共。要活大家一块儿笑，要死一起成烈士。河莲快人快语。

领导点头不语，看来河莲解释得不错。

那咱们就成了刘关张桃园三结义，恨不同日同时生、但求同日同时死啦！小鹿兴奋得两眼放光。

领导不爱听，说，这只是万一时候的紧急处置措施，不要动不动就说死的事，你们还年轻。

河莲思忖着说，要是小鹿掉下去了，还比较好救。她反正分量轻，一把就拽住了。要是小毕嘛，就有点危险，那么重。她要是万一失脚，只怕一个人会把我们两个都拖入深渊，同归于尽。

我说，不就是因为我的吨位比较大，你们就这么害怕吗？好啦，我好汉做事好汉当，要是出现了可怕的事情，一定不会连累你们。我会自动把结组绳解开，和你们脱钩，一个人滑下去好了。

领导说，不许乱讲。真到了那种时候，更要同心协力，两个人的力量怎么也比一个人强。团结就是力量嘛！

河莲说，我和小鹿这就在腰里装些石头，提高自重，救小毕的时候把握大些。

我说，不定谁救谁呢！

大家说笑了一会儿，一根绳子让我们格外地亲近起来。

拉练已经进行了许久，我们对爬山也司空见惯。因为第一天行军就出现险情，领导调整了女兵背负的重量，让军马代我们驮一些装备。在后面的行军里，我们基本上可以保证不掉队了。我们自觉已是老兵，对山也有些满不在乎起来。

等到那座陡峭的冰峰矗立眼前，我们才知道，自己又一次低估了山的庄严和伟大。

它横空出世，好像盘古开天辟地时丢下的一根冰棍，高耸入云，经过亿万年冰雪的滋润，长得庞大无比，晶莹剔透。人踏在上面，像一只甲虫爬过，不留一丝痕迹。

队伍拉开距离，开始攀登。小鹿在最前面，我居中，河莲殿后。结组绳松弛地连接着我们，像一根保险索。在通常的时候，它并不影响我们的动作，只是无声地跟随着我们，好像听话的小狗。

爬山这件事，在没有出现险情的时候，基本上是你一个人单独挑战大自然。你和大山徒手格斗，每向上前进一尺，都是一个新的回合。你一步一步升高，山就一步一步退却。但山可不是好惹的，嫌你惊扰了它绵延千万年的安静，抽冷子就会给你一点颜色，让你措手不及。要是处置不力，也许就会在瞬息间，以生命作为疏忽的代价。

我仰望山顶，上面有松软的冰雪，看起来离我们很近。我想，顶峰上的雪和别处的雪，一定有很大不同。要不然，它们为什么会落在山顶，而不是在山腰呢？就像深海和浅海的鱼是不一样的，高山上的雪更神秘。我一定要尝尝山顶上的雪。

我们爬啊爬，谁也不说话。不是不想说，是不能说。因为一说话，分散注意力，容易发生意外。还有一个原因，雪像音乐厅里特制的墙壁一样，有很好的吸音效果，让你的声音像蒙在棉絮里呻吟一样，传不远，说起来很吃力。但是冰多的地方，又当别论。平滑的冰是音响良好的反射体，相当于大理石板，会使你的声音发出清澈的回音。我们此刻能发出的最大声音，是不停的喘息声。

爬啊爬，距离山顶好像只有五十米的距离了。我们费尽千辛万苦爬过这段距离，发现山顶还骄傲地耸立在五十米之外，漠然地俯视着我们。高原上稀薄的空气发生折射，使距离感变得虚无缥缈，引人错觉。我们并不懊丧，只是坚忍地向前，向上……爬山很能锻炼人的耐力，在攀登的队伍中，你像一支射出的箭，只能一往无前地努力挺进，绝无后退的可能。

我看见有一些鲜红色的小珠子，从我的嘴边滚落。我知道那是我把嘴唇咬破了，鲜血流了出来，马上又被严寒冻成固体。我一直不由自主地咬着嘴唇，好像那样就可以使自己积聚力量，保持高度的警觉，提高对付突然危险的能力。

在攀登中，人的思想变得很单一，就是抓牢山岩，不要被山甩下来。这样爬得久了，容易想别的事情。我想，祖先创造"爬"这个字，真是英明。它原本一定是预备形容野兽用的，爪和巴，表示所有的爪子，都紧紧地巴在地上，才能完成这个动作。我想，我的二十根脚趾和手指，都是大功臣。假如没有它们劳苦功高地揪住山的毫毛，我一定像块圆圆的鹅卵石，叽里咕噜地滚到山涧里去了……

在我们就要到达山顶之前，我突然听到一种奇怪已极的"咝咝"声，好像毒蛇的舌头在搅拌空气。当然，这是绝不可能的，阿里高原因为酷寒，是没有蛇的。就算有蛇，也绝不可能在冰天雪地里生存。恐怖的声音到底来自何方？没容我思索，腰间仿佛挨了致命的一击，猛地抽紧，勒得我喘不过气，一股螺旋般的下坠力量，像龙卷风一样吸住了我，裹着我迅猛地向山底滑去。

我在极端的恐惧中明白了——那毒蛇般的声音，是结组绳快速收紧、摩擦冰面的响声。河莲遇到了巨大的危险，正在滑向深渊。随即我看到小鹿在我的上方，也被绳揪动，开始了危险的下滑。

这就是结组绳的力量。它把我们三个联成一个统一的生死与共的集体。要么共赴深渊，要么同挽狂澜。

稳住！一定要稳住！我听见河莲在喊，小鹿在喊，我也在喊……其实，那一瞬什么声音也没有，只是我们生命的本能在发出共鸣。我们被惯性拖着向下滑，就像坐滑梯，越到后面力量越大。当务之急是拦住我们的身体，阻止致命的下滑。

我们每个人都像八脚章鱼一般，拼命扩大自己与山体接触的面积，以增加摩擦力。见到任何一条岩缝，都毫不犹豫地把手脚插进去，鲜血直流却毫无知觉。脚蹬掉一块又一块石头和冰块，听它们发出震耳欲聋的轰鸣声。七手八脚飞快地做着霹雳舞中类似擦窗户的动作，由于极度奋力，动作扭曲得可怕。我们甚至把脸也紧紧地贴在冰面上，利用凸起的鼻子和眉毛，使身体滑动的速度减慢……

终于，恐怖悲惨的下滑停止了。河莲被一块冰凌阻挡在半山，我们从死神手里赢回了关键的一局。

我们彼此看了看，脸色都像铁一般，冰冷坚硬。擦破的地方并没有鲜血流出，它们被冻住了，成了淡红色的冰。哈！我们还活着！这是多么值得庆贺的事情啊！我们揉揉脸上冻僵的肌肉，彼此做个鬼脸。我抖了一下结组绳，沾满冰凌的绳子发出嘣嘣的声响，好像一根巨大的琴弦，也在为我们高兴地叹息。

剩下的事，就是继续攀登。经历了一次生与死的模拟演习，我们更小心地珍惜生的权利。

爬啊爬……我几乎已经不去想顶峰的事了，只是机械地爬……突然，眼前一亮。整整几个小时，我的眼帘里除了冰雪还是冰雪，我们已经忘记了世界上还有其他的颜色。一片极大的蔚蓝色，像大鸟的羽毛，无声地将我覆盖。阳光温暖地抚摸着我的额头，把一种让人流泪的关怀，从九天之上无边无际地倾倒下来。

啊，顶峰到了！

顶峰是很小的一块地方，眼前一片凄凉的空寂，什么也没有。不，不对，这里有太阳和风。太阳在比你更高的地方，孤单地悬挂着，等着你来做伴。风几乎是和你一般高矮，掠着你的肩膀和头发飞过，好像要把你征服山的消息带到远方。我捏了一小撮儿雪，没敢取太多。我想山顶上的雪，必有一种神圣的魔力，我应该给其他登上山顶的人留一些。伸出舌头舔了一下，遗憾得很，山顶的雪和别的地方的雪，味道是一样的。如果一定要找出它有什么不同，那就是有一点咸、有一点甜，那是我咽喉的血混到里面了。

我站在山顶的时候，小鹿在下山的路上，河莲在上山的路上，结组绳像金字塔的两条边长，山顶暂时成为它的制高点。我轻轻抽了抽绳子，她们都感觉到了，给了我一个回应。

我感觉到这是我们的生命之绳。山是不能征服的，我们爬上了山，我们又迅速地离开了山。我们只是山的匆匆过客。当我们还不曾来到这个世界的时候，山就存在了。在我们已经不存在的将来，山依然存在。和山相比，我们是那样渺小，可人也是很伟大的，以我们渺小的身躯，由于努力和团结，我们终于也有一瞬，站得比山更高，群山匍匐在我们脚下。

我又向四周张望了一下，然后下山。不知为什么，登上山以后，人很容易感到心里空荡荡的，好像把一种很宝贵的东西安放在雪山之巅了。

我们默默地下着山，不断地对付着险情。俗话说，上山容易下山难。上山的时候，容易避开危险。下山则不然，脚心也没长眼睛，一不小心就出问题，有几次我失足下滑，要不是结组绳帮助，也许就会像在幼儿园滑滑梯一样，一直滑到雪山的肚子里，再也不见天日。

下了山，重新回到坚实的土地上，我们把结组绳解开，回头仰望高山，几乎不相信我们用自己的双脚，把它一尺尺量过。但结组绳上的冰雪可以作证，我们以集体的力量，曾经到达过怎样的高度。

在印度河上游

第一眼看到狮泉河，瞬间即被震撼。

它的河床不很宽，闲散地躺在布满红柳的沙砾滩上，好似大战后失去血色有几分苍白的蟒蛇。它的河水也不很急，泛着细碎的粼花，仿佛那受伤的蟒，正在呻吟着休养生息，以图再战。

使我惊讶的是它的纯净，水的一种至高无上的状态。当你看到一小管蒸馏水的时候，会惊讶它的透彻和洁净；当你看到一瓶蒸馏水的时候，会叹息它的清爽和工艺；当你注视着一条滚滚而来的大河，在傍晚和黎明探视它，排除阳光闪烁的金斑干扰的时候，你如同与一条通体透明的恐龙对视。洞穿它每一个漩涡的脏腑，分辨出每一块卵石的纹路，那一刻，你会感到水的至清无瑕是一种巨大的压迫与净化。

狮泉河水是由高峰上万古不化的寒冰融化而成，那时候，还没有矿泉水、太空水这样雅而商业化的称呼，我们直呼它为冰川水。

在寒冷而不结冰的日子，狮泉河是温顺而峻峭的，如同一把银光闪闪的藏刀，锋利地切割着高原峡谷，蜿蜒向远。我查了地图，知道它流经国界之后，就成了大名鼎鼎的印度河，最终汇入印度洋。

我不知道它为什么叫狮泉河？问过很多人，都说，顾名思义呗，可能是狮子像泉水一样地跑过来，或者是河水像狮子一样地跑过去吧？

不论谁像谁，那狮子一定有着雪白的长长的鬃毛，跑动起来，好似雪雾掠过山巅；它愤怒的时候，吼声会引发连绵的雪崩。

在高原上阳光最充沛的日子，我们接到赴狮泉河畔抗洪的通知。我看看天，天是那种雪域特有的毛蓝色，如同"五四"后革命女生新做的旗袍，干爽平整，没有一丝乌云。太阳把亿万根金针，肆无忌惮地从高空镖射而下。我感到光芒从军装罩衣的缝隙刺进棉袄深处，使僵硬的老棉花里蕴藏的冷气，渐渐发酵酥胀。

"这样的天，怎么会发洪水呢？瞎指挥吧？"新兵的我，不知天高地厚地说。

老兵拎着铁锹，一路小跑说："你那是平原的皇历；在高原，越是有太阳，越是发洪水。水是阳光的孩子！快走吧！"

我这才恍然大悟。在阿里，有一条特殊规律——如果连续出现几个晴空万里的日子，你就要到狮泉河防洪。

当兵的人，洗被子是个大工程，除了费力，主要是缺乏工具。每个人只有一个小脸盆，洗一件军衣就爆满，泡沫横飞；若把被子塞进去，活似大象进了茶壶，涌得皂水四溢，泛滥成灾。我提议，单是洗，就在脸盆里凑合了；透水的时候，到狮泉河去。让河水这个天大的盆，把我们的军被冲刷一净。

我们的营地距狮泉河不过百余米，不一会儿就到了。当我们兴高采烈地把军被放到狮泉河里时，立即发现失算了。狮泉河绝不是一个温顺的女仆，它躁动着，在表面上虚怀若谷的水波下，掩藏着湍烈的暗流。军被一入水中，瞬间就被水流展开，好像一堵绿色堤坝，斜着立在水里，堵住了狂放不羁的冰川之水舒展的手臂。

我们用手攥着军被，手指上感到有巨大的冲击力，好像拽着一只大风筝，随时都会凌空而起。河水愤怒地冲撞着巨帘，军被膨胀成可怕的弧形，好像风暴中就要崩裂的船帆；河水幸灾乐祸地激起漩涡，戏耍地兜着我们的军被绕圈子，好像那是它抽打的一只只翠绿陀螺。我们感到了越来越大的吸引力，狮泉河在粗暴地邀请军被和它的主人，一道共赴水中央。

"姑娘们，快松手！否则会被卷进狮泉河的！"远处有人看到了我们的危险，大声叫道。

我们置之不理。真是开玩笑！一松手，被子就被龙王爷借走了，今晚盖什么？此刻已完全不幻想狮泉河免费帮我们漂洗被子了，最要紧的是在激流中把军事财产抢救回来。于是，拼命捏住仅剩在手中的被子角儿，好似那是网绳。被子像大鱼，不安分地甩动着。手泡得发白，指甲因为用力和寒冷，已变得青紫，渐渐地失去知觉；骨节因为负重和要命的扭转，已肿胀如镯。

眼看单凭手的力量，无法和内力深厚的河水抗衡。随着时间的推移，手指渐酥，气力越来越小，眼看就攥不住了，被角一丝丝地从指缝拔出，马上就会漂逸而去。不知是谁喊了一句："看我的！"眼瞧着她的被子就像被施了魔法，"嗖"地就脱离了险境，朝岸上卷去。我赶忙一眼瞟去，学习先进经验。原来那女孩儿跳进了岸边的浅水里，把军被缠在了腰上，下半身水淋淋的，终于控制住了局势，狮泉河再猖獗，一时也卷不动百八十斤重的人，被子就虎口脱险了。

我们都忙不迭地照此办理，不一会儿，一一化险为夷。站在岸边，抱着被子，一任狮泉河水从被角和裤脚流淌不息。

赶来援救的老兵们说："我们这些汉子都不敢让狮泉河帮着洗衣服，知道它暴烈无比。你们这些女娃啊，怎么比男人还懒！"

我们把被子放进脸盆，嘻嘻哈哈地往回走。刚开始所有的脚印都是湿的，且淋漓模糊巨大无比。走过红柳滩，沙包舔走了一些水分，脚印就只剩下半截，好像一种奇怪的小兽在奔逃。大家都说，今天的被子洗得真干净！仔细端详，军被的绿色，已被激流抽打出一缕缕白痕。

狮泉河结冰，如梦如幻。

那是一日清晨，我们按照惯例，到狮泉河边出操。走着走着，就觉得异样。狮泉河寂静无声，好像已经不复存在。平日的狮泉河大智若愚，也不好喧哗，但仍有一种男低音似的轻啸，在山谷中贴着巨石回荡。我们熟悉它，就像倾听高原的呼吸，此刻，怎么一夜间就无端地沉寂了呢？！

走到河边，大惊失色。狮泉河在骤然而至的严寒中，瞬间凝固。高高的水浪腾在空中，卷起优美的弧度，僵硬如铁；周围簇拥着迸溅的水珠，若即若离，与主浪以极细的冰丝相连，好像逃婚的孤女最后回眸家园。狮泉河被酷寒在午夜杀死，然而，它英勇地保持了奔腾的身姿，一如坚守到最后一分钟的勇士；它坚守了一条大河无往而不胜的气概，只是已粉身碎骨、了无声息。

我们被骇住了！无论从黄河长江还是更冷的东北来的兵，都说从未见过这种奔腾中凝固的奇观。我怯怯地走过去，轻轻地抚摩着波浪。它冷硬尖锐、千姿百态的曲线，流畅无比，滑润若骨；浪尖绝非平日所见那般柔软，简直可以说是很锋利的，如短剑一般直指前方，切割着严寒，触之铿然有声。不一会儿，手指就像五根空中钢管，把脏腑的热气偷漏给了冰浪。那朵吸走了我体温的浪花，姿容不改，只是花心沁了一点点雾气，显出晶莹的朦胧。

是的，平原上的人，难得有机会抚摩到如此坚实的浪花，它钢筋铁骨，铮铮作响。平日我们在海边探着手指，沾了一手水，自以为抚摩浪花的时候，浪花其实早已冷漠地却步抽身了。我们摸到它蜕下的壳，至多只能算是它的背影甚至残骸了。

狮泉河的支流，是一条条自雪山而下的小溪。在温暖的季节，它们匍匐在石缝里，并没有一定的河道，肆意流窜着，好像撒欢的野鼠。下乡巡回医疗的救护车，常常会陷在这样的水流里，前进不得，后退不得，引擎徒劳地轰鸣着，在山谷中发出空旷的回声。

"姑娘们，你们到远处的岸上歇着吧。"同行的老医生边挽着袖子，边向我们挥手说。看来得下水推车了。

"我们不走，为什么要赶我们走呢？多一个人不是多一份力量吗？"我们不走，也跟着挽袖子。

"狮泉河是不喜欢女人的，所以，你们必须得走。"老医生不容置疑地命令。

没办法啊，当兵就是这个样子，每个老兵都好像你的再生父母，你必须服从。

我们几个女孩子，愤愤地向远处走去。脚都酸了，认为走得够远了（高原是很容易疲乏的），刚要停下来，一直用眼光监视着我们的老医生，大声地喊道："不行，太近了，还得走。走得越远越好！"

我们只好沿着小溪向上游走去，走几步，停一停，直到老医生不再用声音的鞭子驱赶我们。这时回过头去，只见人已小得像苍穹下的一颗绿豆。

你们怎么推车呢？我们呆呆地看着流动的河水，天渐渐地黑下来，河水变得更加冷蓝了。

喔，原来男人们都把衣服脱下，下河推车了……我们几个女孩子，谁也不再说话，只是把手伸进黄昏的河水，感受到手指的麻木，一寸寸地从指甲向胳膊根儿处蔓延，用这种愚蠢的行为，和战友同甘共苦。也许，我们的体温会使冰冷的狮泉河水提高一点温度，当它流到下方的时候，会使推车的人，少受些寒冷？

我在西藏阿里军分区工作了十一年，狮泉河流经我的整个青年时代，它清澈澄净，洗涤着我的灵魂。

在这个物欲喧嚣的世界上，我怀念那种纯净的水。纯净而有力量，是很高的境界。复杂常常使人望而生畏，很多种因素混合在一起，叫人摸不着底细，以混浊佯作高深。我不知道狮泉河是不是世界上海拔最高的河，但我想它的透明和清澈，该是在地球上名列前茅的。当我默默地站在它的一侧，凝视着它的时候，我会感到一种伟大的包容和冲决一切的勇气。

人的精神是从哪里来的？我以为很大一部分，甚至关键性的启示，是从大自然而来。人在年轻的时候，能够和自然如此贴近，远离城市，孤独地走进大自然的怀抱，你会在一个大的恐怖之后，感到大的欣慰；你会感到一种力量，从你脚下的大地和你头上的天空，从你身边的每一棵草和每一滴水，涌进你的头发、睫毛、关节和口唇……你就强壮和智慧起来。

读书也会使我们接触到这些道理，但是，我们记不住它。大自然是温和而权威的老师，它羚羊挂角、不露声色地把伟大的关于生命和宇宙的真理，灌输给我们。

你在城市里，有形形色色的传媒，有四通八达的因特网，有权威的红头文件和名不见经传的小道消息，摩肩接踵；你几乎以为你无所不能，你了解了整个世界。但是，且慢！在人群中，你可能了解地球，但你永远无法真正逼近——什么是宇宙——这样终极的拷问。

你必得一个人和日月星辰对话，和江河湖海晤谈，和每一棵树握手，和每一株草耳鬓厮磨，你才会顿悟宇宙之大、生命之微、时间之贵、死亡之近。我以为在很年轻的时候，有机缘迫近这番道理，是一大幸运。你可以比较地眼界高远，比较地心胸阔大，比较地不拘一格，比较地宠辱不惊。

人是自然之子，无论上山下乡在历史上做如何评价，它把无数城市青年驱赶放逐到自然与社会的最原始状态，使这些人在饱尝痛苦的同时，深刻地感受到了自然的博大与森严。

昆仑之吃

谈吃的文章，多半是讲某时某地有某种特殊的吃食或吃法，但我要写的昆仑山之吃，却是普通的东西、普通的吃法，只因了海拔高的缘故，那留在记忆中的味道，便永生永世找不到伴侣。

二十多年前[①]，我在喀喇昆仑山、喜马拉雅山、冈底斯山交会的藏北高原当兵。如果把高原比作世界屋脊，我们所在的地方就要算屋顶上鸱吻所处的位置，奇异而险峻。从山底下运来的蔬菜，被冰雪冻得像翡翠雕成的艺术品，用手指一碰，发出玻璃一样清脆的声响。给养部门在进行了若干次不成功的尝试之后，终于放弃了给我们运输鲜菜的打算，从此我们天长日久地与脱水菜为友，别无选择。

脱水菜无以辩驳地证明了一个真理：有些东西失去了便永远不能挽回。脱水菜失去的是普普通通的水，但你无论再给它多么充足的水，它都不能再恢复到原来的性状，依旧像柴火一样干涩难咽。

---

① 指距作者写作这篇文章的时间。

最常用的食谱是脱水菜炒肉。平心而论，20世纪60年代末70年代初时期，全国副食供应匮乏，但昆仑山上的肉食始终很充足。雪白的猪皮上扣着紫蓝色的徽章，标明产地。记得一次炊事班长一菜勺把一块紫色肉皮盛到我碗里，那戳子是紫药水打上的，可以食用，虽然煎炒，仍鲜艳夺目。我仔细端详了一下，认出"郑州"两个字，一张嘴，就把河南的省会咽到肚子里去了。以后记得还吃过几座城市，比如四川的绵阳、河北的石家庄。

　　山上也养猪。刚开始是从山下运上来的仔猪。猪娃的高原反应比人还严重，它们又不懂事，身上难受，不像人似的知道安静卧床，反倒乱蹦乱跳，很快就口吐血沫，患高山肺水肿死去了。炊事班长每天看着泔水白白扔掉，心疼得不行，立志要在高原上养猪成功。后来，他托人从国境线那边换回来小猪崽，据说是印度种，山地适应性极好。小猪刚断奶，不爱吃食，他就冲了奶粉喂猪。顺便说一句，山上那时奶粉很多，从农村入伍的战士都不爱喝，说没有苞米面糊糊好喝，便眼睁睁地看着奶粉过期。印度猪很适应高原气候，很快长成一只大猪。山上气候恶劣，人们食欲很差，剩饭菜多，印度猪最后肥得肚皮耷拉下来擦着地，皮都磨破了。炊事班长便把它赶到卫生科的外科治疗室，叫护士给猪包扎一下伤口。猪便拖着粘着白纱布的肚子，在营区内悠闲地散步。

　　炊事班长对印度猪这么有感情，我们猜他一定舍不得杀它。"八一"的前一天，炊事班长却手起刀落，飞快地把印度猪给宰了。大家都问炊事班长怎么舍得，炊事班长奇怪地反问大家：养猪不就是为了吃肉吗！大家都说可惜了可惜了，昆仑山上见个活物不容易，有一口猪每天在外面走一走，也能叫人生出许多感想，怎么就杀了呢！过了"八一"，大家又都说印度猪的肉不好吃，说从小喝牛奶的猪没有农村里吃糠长大的猪味道好。这只普通的来自印度的黑猪，无论它活着还是死后，都使许多年轻的中国士兵想起平原，想起遥远的家乡。

营区附近有一条河，河深丈许，清澈见底。它是著名的印度河的上游，有一个美丽的名字——狮泉河，不知是指狮子像泉水一样地跑过来，还是泉水像狮子一样跑过来。总之这两种意境都美丽而雄奇，让人联想到洁白奔涌的景色。狮泉河使我怀疑一句古老的哲语——水至清则无鱼。狮泉河是高原万古寒冰所融的积水汇合而成，清冽得如同水晶，鱼群繁茂得如同秋天树叶飘落在马路上，有时一片河水被鱼背映得发黑。据老同志说，以前鱼群还要兴盛。汽车沿着河水浅的地方开过去，车轮碾过，便有两道宽宽的鱼带浮起，车辙由碾死的鱼标出。轮到我们戍边的时候，鱼已经没有那么多了，但依然稠密而愚笨。用曲别针弯个鱼钩，用一块生牛肉条挂在曲别针上，甩进河里，不消片刻，鱼就上钩了。

藏北的鱼不知归于哪一属哪一科目，色黑亮如柏油，肉雪白若膏脂。但不知是高原上人的胃口差，还是这鱼本身的问题，大家都不爱吃鱼。星期天的早晨，常有人披了军大衣在狮泉河畔垂钓。钓到了，便把那挣扎着的鱼从曲别针上摘下来，重新丢入沸沸扬扬滚动着的河水中。许多年后，听一位去过西方的朋友讲，那里的文明人类活得多么潇洒，常常把钓到的鱼再甩回湖里，钓鱼不是为了吃，而是为了消遣。我想早在很多年前，因为寂寞，我们也曾达到过这种境界，原来也曾潇洒过一回。

但是在高原上必须吃。吃了才有体力，才能在高原上生存下去。我们的国家很穷，我们不是凭着强大的国力威慑住想更改国界的邻国，而是凭着人——敢在难以生存的险恶之中生存，以证明我们捍卫这块领土的决心。这便有了几分悲壮、几分苍凉。我们这些边防军，是活的界碑，把身体养得强壮，便有了非同寻常的意义。

总后勤部给我们发了"六合维生素"，就是把六种维生素混淆在一起压成片剂，每一粒都光滑得像子弹。每天我们都一大把一大把地吞药，仿佛病入膏肓的老人。维生素到底有多大的效力，我不敢妄下结论。只知道在吃着维生素的同时，我们指甲凹陷、齿龈出血、口腔溃疡、头发脱落……对于人，最重要的是空气。因为氧气不足而出现的这一系列麻烦，只有用一分钱都不值的空气才能治疗。可惜，空气在高原是定量的。

为了保证大家吃好，挑选炊事班长的严格不亚于挑选一位军事指挥员。要能吃苦，会动脑筋，还需手巧。

我们的炊事班长是甘肃人。方头，两只眼睛的距离很远，身材高大。当我后来看到挖掘出来的秦始皇兵马俑时，自觉得为班长找到了祖先。

班长扛大米，嗨哟哟，一次能扛两麻袋。一袋一百斤，在高原上扛两袋，简直是找死，可他脸不变色心不跳。班长摇压面机，别人两个人握着摇柄，慢慢悠着劲转，高原偷走了小伙子们的力气，把他们变成了举止迟缓的老翁。班长把机器摇得像一架飞速旋转的风车，面页子便像瀑布似的涌垂下来。

班长也很会动脑筋。用高压锅蒸馒头，要先在屉上刷一层油，这样才不粘锅。班长会把蒸锅内的水添得恰到好处，会把四个眼的汽油灶烧得恰到好处，两个恰到好处凑在一处，馒头熟了，水熬干了，高压锅残存的余热，将馒头底子煎得焦黄油润，仿佛北京"都一处"的锅贴。

这项操作是班长的专利。有不服气的炊事员想试一试，结果是差点使高压锅像颗鱼雷似的爆炸。

但班长也有很失算的时候。有一次，早上喝藕粉。昆仑山太阳出得晚，做饭时还得点上煤油灯。班长一手持灯，一手掌勺，灯火将他的半边身子映得锈红，另半边还隐没在黑暗之中。他一俯一仰地围着锅台忙碌，将表层的藕粉汤舀出来，撇进泔水桶里。我看到班长奇怪的举动，问他这是在做什么。他长叹一口气，说藕粉的成色是越来越不行了，看，这里混进了多少草梗！我凑近那灯光，看清漂浮在藕粉中的一小朵一小朵金黄的桂花。原来这是新运上来的桂花藕粉，生在黄土高坡的班长从没见过这种精致的花朵，便以为是异物。

高原上气压低，水不到八十度就开，火候很难掌握。即使是班长挂帅，也常有误饭的事情发生。所以开不开饭，并不是以号声为准，而是看班长的眼色行事。每天到了开饭时间，大家便排着队走到饭厅前，立定，开始唱歌。唱毛主席语录歌、唱"我是一个兵"，等等。通常是三五支歌后，系着白围裙的班长从灶房里钻出来，梧桐叶子一般大的手掌一挥，就解散开饭，大家作鸟兽散。有一回，不知是出了什么纰漏，我们整整齐齐地列队唱歌，唱了一首又一首，大约过了半个多小时，还不见炊事班长出来挥舞他梧桐叶子一样的大手，大伙都饿得有气无力了。

负责起歌的是一个四川籍小个子兵，他终于卡了壳，再也想不起有什么歌可唱了，说没有歌了，咱们就这么干站着等吃饭吧！大家说，你就随便起个歌吧，不是有那么多革命样板戏唱段吗，你起个头儿，我们一准儿跟你唱就是。小个子兵抖抖嗓子，大声领唱了一句："想当初，老子的队伍才开张……"

革命样板戏的反复灌输，使我们对每一段唱词都倒背如流。大家一听到这熟悉的曲调，不假思索地异口同声地随他引吭高歌起来。于是，样板戏的唱段就在冰峰雪岭之间回荡缭绕。

炊事班长像失火一样从灶房里跑出来，大手刀劈斧剁地往下砍，大吼了一声：唱什么唱！开饭啦！

直到这时，许多人还没意识到大家齐声合唱了一段反面人物的唱词。饥饿终究是世界上最有权威的君王，大家一哄而散了。

后来，听说领导要追查小个子兵的责任。炊事班长晃着眼睛间距很宽的方脑袋说，那天的责任全在他。因为饭开晚了，小个子兵饿糊涂了，完全是昏唱。

因为班长很有人缘，事情就不了了之了。

每天吃中午饭的时候，"解散"的口令一下，最先冲进饭厅的一定是河南兵，像杀敌一样英勇。

河南人大概是最爱吃面食的人。一百斤面粉比一百斤大米要更占地方，运输部队便运来大量的米和少量的面。只有每天早餐恒定是吃馒头，晚上有时吃面条，其余的空白便均由大米所充填。班长在农村是挨过饿的人，最怕做的饭不够大家吃，早上的馒头便总有富余，剩下的中午热了再吃。河南兵就是冲这几个剩馒头去的。班长是个很讲"不患寡而患不均"的人，他觉得馒头总让这几个河南兵抢走了，就是对别人的不公。他没有办法阻止河南兵抢馒头，但他有权力使点小计策让河南兵们的努力失败。米饭是一屉一屉蒸的，他把那几个馒头神出鬼没地分散在各屉里，这样晚到的人也可以在最后一屉的角落里突然发现一个馒头。有一次，真不巧，河南兵因为找不到馒头，只得悻悻地填饱了米饭离开饭厅，而当馒头突然出现时，在场的人又恰好都是爱吃米饭的。宝贵的馒头反而像大海中的岛屿一样，孤零零地剩在空屉里了。大家埋怨班长，班长胸有成竹地将剩馒头收起来。晚饭的时候，他把馒头端正地摆在最高一屉。河南兵对馒头的热爱是经得住考验的，他们热烈地欢呼，把剩了两顿的馒头狼吞虎咽地吃光了。

记忆的冰川在岁月的侵蚀下，渐渐崩塌消融。保持着最初的晶莹的往事，已经越来越稀少。班长、四川兵、河南兵们的名字，被我在遥远的人生旅途中遗失，也许永远找不到了。但这些与昆仑之吃有关的片断，像狮泉河底的卵石，圆润可爱，常常带着高原凛冽的寒气，走入我的月夜。

我已经近二十年没有吃到脱水菜了，有时候还真想再吃一回。

昆仑之喝

"喝"这个字好像被酒给垄断了。只要说到喝，后面就拖着长长的酒尾巴。

其实凡是液体入喉，都算作喝。人一生最大量最平凡的是喝水（听说澳大利亚那地方宽裕地把牛奶当水喝，不在此列）。因为太普通，喝水就成了不值一提的俗事。

但若到了奇特的地方，简单的事变得棘手复杂，就又可以写一写了。

二十年前我在藏北高原工作。那里是喀喇昆仑山、冈底斯山、喜马拉雅山三头银色公牛抵犄角的角斗场，海拔平均在五六千米以上。人们常把青藏高原比作世界屋脊，那我所待的地方就要算屋檐上系风铃的地方了。

我们一年到头穿着厚厚的棉衣，像一群松软的面包。缺氧使大伙干什么都无精打采，高原像小偷盗走了青春的力气。更古怪的是锅里的水不到一百度就沸腾，没有切身体会的人，不知道它的玄妙。

我第一次明了它的确切含义，是看到一个女孩把滚开的水往脚上浇，她在洗脚。我想她的皮还不得跟褪鸡毛似的，脱下一块来？没想到，她惬意地甩着水，连说舒服舒服，你也来试试。那水其实只有六十多度，虽说开得哗哗叫，但并无平原上沸水的杀伤力。盛名之下，其实难副。

我们每天喝的就是这种六十度的开水。为了节省焦炭（运到山上的焦炭比上好的白面还贵得多呢），由食堂统一烧。吃罢晚饭，大师傅用炊帚把刚炒过菜的大铁锅胡乱刷刷，哗哗倒进几大桶雪水，煮开水的漫长过程就开始了。他总不乐意把锅刷干净，因为小时候家穷，有油星的锅是富足的表现，留着下顿饭接着滋润。

人们提着暖壶，拎着水舀子，麇集灶边。袅袅的水汽从裂了缝的木锅盖升起，好像有一大炷香在锅内燃烧。

需要耐心地等，这个过程大约四十分钟。你不可走远，因为水不多。抢不到水，你就会成为一晚上的撒哈拉大沙漠。水舀子也很重要，像古时做官的印玺，要牢牢掌握在自己人手里。假如水开了，你有壶没有舀水的家伙，岂不急煞人。又不兴随便拿个茶缸就能伸进锅里舀水（你就是把杯子洗了又洗也不成，这就是昆仑山的规矩）。水舀子就那么一两个，有数的，这人用完了给下个人用，好像火炬传递。你要是灌满了自己的暖壶，不把水舀子给紧靠在自己身后排队的人，而是遥相呼应，给了远处自家亲近的人，叫他先打上了水，大家嘴上不说什么，心里很鄙视你。就跟今日的以权谋私裙带风任人唯亲似的。

水好像不是被灶下的火焰而是被人们焦灼的目光烧开了。那情形像有一条小鱼翔在锅底，渐渐长大。先是搅起轻轻的涟漪，迅即膨胀，直到用尾巴搅出大朵浪花，这时，高原上的开水煮熟了。

这个历程不能撩起盖子看。一看三不开。常有性急的人说，怎么还不开？不待别人阻拦，嘭地把大木头锅盖揪开了。汪着油花的水面像巨大的眸子，凝然不动。他叹口气，重把锅盖像被子似的给水捂严。要等片刻，才会有柔弱的水汽再度溢出。水叫人看了这么一回，就给你推迟两分钟开。要是哪个晚上多碰上几个这样的弟兄，开水就会怠工许久。

其实先舀到开水的人不上算，表面的浮油都被灌进暖瓶里了。这种水在瓶胆里一捂，会泛出熬萝卜般的熏臭，于沏茶极不相宜。

于是要喝茶就自己煮。高原上的人都有硕大的搪瓷缸子，其规模相当于五磅暖瓶的下半截。抓把茶叶扔进缸子里，炖在火炉上，像熬中药似的焖着。高原上的火因为缺氧，永无热情奔放的时候，总是阴险地沉默着，一副紫蓝色忧郁的脸膛。

高原上爱饮浓浓的砖茶。从医学的角度看，老茶叶里茶碱含量高，对人的心脏和呼吸系统有良好的兴奋作用，可以帮助适应缺氧，这当是人们喜爱它的主要原因。倘若换了鲜鲜嫩嫩的龙井毛尖，只怕在如此的煎熬下顿失颜色。

高原人也喝酒。到藏族老乡家串门，主人总要敬上青稞酒。青稞酒基本上是无色透明的，并不是想象中的淡绿色。初入口时微甜，像醪糟，但不可小看。据行家们说，这酒后劲大，上头。藏胞淳朴，斟满的银碗高举过头，目光炯炯地注视着你，由不得你不喝。于是一仰脖，很豪爽地把一杯饮净，自觉尽到了心意，再把银碗端端正正地放下。

没想到主人以迅雷不及掩耳之势斟满第二杯青稞酒，依样画葫芦，又敬了上来。记着行家们的嘱托，不敢再饮。但主人执意要敬，推推拉拉，大家像在练太极功夫，好不热闹。

后来听翻译说，倒是我错了。若不打算喝了，就在碗底留点酒，主人知道你已尽兴，就随你的意了。像你这样一饮而尽，把酒碗舔了个精光，就是好汉一条准备豪饮一番的表示了……原来是这样！

工作部门里也喝酒。都是年轻人，逢年过节时，每十人算一席。每席一瓶白酒，多为西凤酒；一瓶果酒，多为樱桃。多少年来，这两个品牌永不变换。我想，一定是某年某月商店里盲目购货，压在库里，于是年复一年、节复一节地总用老面孔犒劳我们。

女孩子们一桌，望着这两瓶液体不知如何是好。西凤为中国十大名酒之一，想来性烈，是断乎不敢喝的。樱桃酒呢？儿时唱过：樱桃好吃树难栽。心想，由那么难成活的树长出的美丽果子酿造出的酒，准是好喝的。于是我们每人斟了一茶缸底子，黑乎乎的，像咳嗽糖浆。我至今不知那酒是个什么度数，喝到肚里的也只有一墨水瓶那么多（你想啊，十个人分一瓶酒，一个人会有多少？太多了不是多吃多占了吗？）。但十分钟后，我就觉得面前的桌子和人都奇怪地漂浮起来，好像脚下是一片水……

我不知道这叫不叫醉酒。只是我从此后再也不敢去试任何一种含有酒精的饮料了。我的家族是不善饮的。我父亲曾说过我弟弟，喝一口酒连脚指甲都会红。弟弟在场面上练了多年还毫无长进，我就死了这条心吧。

剩下一瓶西凤，怎么办呢？

找他们男孩换一盘菜吃！不知谁提议的，众人皆赞成。于是公推一伶牙俐齿的姐妹到邻桌去交涉，大家就眼巴巴地等着吃。

片刻之后，使节归来，手里仍是拎着满满的酒瓶。吓！他们还不换？一瓶西凤多少钱？一个菜才多少钱？再说平常喝得上酒吗？他们不换可是太傻了。没想到，男子汉还这么抠门！女孩子们大叫。

使节忙说，不是的！不是的！他们看见酒，眼睛都瞪得像瓶底一样圆。只是我看他们的菜都快吃光了，换了咱就不值了，所以完璧归赵。

原来，小气的是我们不是他们！只是这原封未动的一瓶烈酒，女孩儿留着又有何用？随着时间一分分流逝，邻桌碟子里的货色越来越少，假如贸易，我们的逆差就越来越大。

我们气愤地盯着男子汉风卷残云般地吃菜，心痛得厉害，觉得他们是把原属于我们的东西给霸占了。

我看见他们桌上的香蕉罐头还没有动。你们看合不合算？使节的大眼睛除了水灵灵地好看，还真侦察到情况。

男兵们多是西北一带人氏，对香蕉这类亚热带水果，抱半信半疑的敷衍态度。况且，剥了皮的蕉体泡在浑黄的液体里，形象也不雅。

不值不值！我们说。

可惜时不我待，女孩们用眼睛的余光瞟着，各桌上的残羹剩饮越来越单薄。

换啦！我们悲壮地说。于是，我们每人分吃了半截香蕉（没多少，不够一人一条），又喝了浑黄色的罐头汤，觉得还不错，起码比辣乎乎呛人的白酒好多了。

下一个节日又像候鸟似的降临。

嘿！女娃子们！我们用香蕉罐头换你们的酒！刚开席，就有男子汉找上门来，商讨以物易物。

好嘞！换啦！我们快活地答应，为早早打发掉透明液体而庆幸。

喂！我们来换你们的酒……又有几个小伙子摇着罐头瓶造访。

晚啦晚啦！谁叫你们现在才来！女孩们幸灾乐祸地指责后来者，自己也有点后悔，想不到贸易形势这样好，刚才应该要个高价，一瓶酒换两瓶香蕉罐头的。

亏了亏了。下次要沉着点，待价而沽。我们互相眨着眼睛。

真糟糕！小伙子们懊丧地搔着后脑勺，只好打道回府。

哎！把你们的香蕉罐头拿走啊！我们指着他们遗留下的罐头瓶子，大声叫喊。

罐头嘛，既然你们爱吃，我们就不要了！他们头也不回地说。

男孩子和女孩子就是不一样啊！

从此，每一次会餐，我们总是随随便便把西凤酒送给任何一个邻桌的小伙子们。从此，每一次会餐，我们女孩子的桌上都有许多瓶香蕉罐头。

记得有一次，居然我们每个人都平均到了一瓶香蕉罐头。那一天的会餐，好像成了会香蕉。

我们举着浑黄的罐头汤，豪爽地干杯，把罐头瓶碰得叮当乱响，喝了个一醉方休。

昆仑之眠

上昆仑山的时候，我们坐的是大卡车。齐着大厢板垛满麻袋，每袋两百斤大米。坐在上面，透过棉裤，感觉到蚂蚁般的米粒随着颠簸的山路蠕动，好像一摊活物。

一路上，老兵不断地问：有了吗？

我们说：没有没有呢。

老兵说：到晚上睡着就有了。每个兵站后面都有一大片烈士陵园，有好些就是先在床上睡着了，后来就睡到那儿去了。

昆仑山上的睡眠是头妖怪。

我们这些初次上高原的小女兵，就坐在大米麻袋上，恐惧地等待昆仑山上的第一个夜晚。

老兵们说"有"的那种东西，叫作"高原反应"。会让你的口鼻像螃蟹似的冒出粉红色的泡沫，皮肤泛出紫蓝的网纹。最后，你丢掉所有的体温，成为冰山的一部分。

我们那时只有十六七岁，虽说也感到轻微的不适，却都像否认有偷窃行为一样否认高原反应。那还是一个以为否认就能挽救一切的年纪。

到了兵站睡觉的时候，老兵说，高原反应是一定会来的，别看你们年轻。夜里头疼得实在受不了，可以用背包带子在额头上勒两圈，越紧越好。偏方治大病。

我躺在坚硬如铁的兵站枕头上，焦急地等待头疼。当它真的像春雨一般润物无声地降临时，我欣喜地发现它并没有想象中神奇。高原反应是一种像铅色绸缎般柔软而黏稠的东西，裹住你的大脑，使它晦涩地滚动。勒住太阳穴的确管用，好像在脑汁里滴了明矾，清凉多了。

当我的昆仑第一眠醒来后，发现兵站久未洗过的枕巾依旧在我的头颅下发着男人的汗味，高兴极了。我原本以为自己再也看不到枕巾上花里胡哨的图案了。

以后我在昆仑山度过了无数个夜晚。这话有些不准确，其实是可以算得清的。区区十年有什么算不清！但我不愿去算。睡眠和死亡曾经在我脑海中不断淤积，直到达到了感觉上的极限。

我们的营区海拔近五千米。这还是在正常的日子。碰巧赶上拉练，就要再高许多。高寒高寒，它俩是双胞胎，高了就必然寒。高处不胜寒。

分配给我们睡的是铁床，类似城市居民几代同堂时买的那种折叠床，是用铁片做的。一代又一代士兵的碾压，很多铁片断裂了。我们没有铁丝，就用麻绳把破损处连缀起来。躺着的时候，可感到一处处的凹陷，好像趴在打断了肋骨的母亲身上。

褥子很薄，透过床单可以看到铁条嶙峋的形状。上级动了恻隐之心，给每人发了一条草垫子。稻草的，黄黄的，软软的，叫人想起一个好收成。大家乐得吸了不少冰雪浸透的凉气。只是草垫子比我们的铁床要长，需铡去一段。那些日子，军营里像是喂牲口的料场，到处飘散着针尖似的草芒。

拉练露营的时候，当然不能带上草垫子。我们先把雨布铺在雪地上，再打开被子睡觉。我第一次这么睡的时候，心想第二天爬起来还不得满身泥浆？没想到干干爽爽地起床，掀开雨布一看，雪絮洁白松软，仿佛刚刚自九天坠下。微薄的体温就像一杯水倒进太平洋，早已溶进酷寒。

　　听说，地方政府派来的慰问团看了战士们的艰窘，调拨来了一批狼皮褥子。但数量有限，平均十个人才能分一条。

　　我急切地盼望着狼皮褥子的到来。不是巴望着能分我一条，而是想看看真正的狼皮是个什么样子。

　　终于来了。分到我们班里的那条狼皮褥子是黑色的，裁制得方方正正，同单人床一般大。皮毛上可以看出很明显的接缝，但颜色非常接近。远远看去，完全可以认为它来自一匹孤独的巨狼。毛绺儿很长很硬，纷披而下，发出苍蓝的闪光。我伸手摸摸它们，光滑而润泽。我突然忆起小时被父亲高高举起，抚摸父亲头发时的感觉。

　　大伙一致决定把狼皮褥子分给一个瘦弱的农村来的女孩。因为她的铁片床塌得最不成样子，她又靠门。她恰好不在，我们七手八脚地给她铺好了，每个人都躺到她的床上试了试。大家都说，狼皮真暖和。

　　她回来后一眼看到床边垂的狼毛，就哭了。

　　大伙忙说，别在意。我们都已经享受过了。

　　她说，你们这不是咒我死吗！我是属猪的，我妈自小就叮嘱我，一定得避狼！

　　我们重新决定狼皮褥子的归属，决定轮流铺，一人若干天。

　　昆仑山上的夜极其黑，但是很不安宁。三百六十五夜，大概三百五十天有风。风像排着队的疯婆子，用干枯的手，把旷野上的一切孤立之物，都变成弹拨的乐器。它让石屋发出呜咽的共鸣，它让电线空竹般鸣叫。它把士兵偶尔丢弃的空罐头盒，从地面嘘上屋顶。在飞翔的过程中，随意拨弄着它们，罐头盒就像硕大的口哨，吹出空袭警报的锐音。甚至石头也会发出怪兽般的抽泣。那一定是石头内的缝隙被风挤压了，痛苦地呻吟。

我们因此练就在喧嚣中酣睡的本领。当我离开高原回到城市，突然发现城市的夜晚是那样寂静。汽车喇叭和锅碗瓢勺的交响，实在是隔靴搔痒的皮毛。和昆仑山真正的钢鼓乐队相比，城市只是一支短笛。

昆仑之眠是充满陷阱的黑洞，许多人在梦中永不复返。盖因睡眠时人的抵抗力减弱，犹如不设防的城市，死亡的偷袭格外容易成功。时时听到某人睡着睡着就过去了的传闻。我们每天早上起来见大家都还活着，心中充满重新诞生的快乐。

有一次，女兵在半夜里突然接到电话，要为一个突然死亡的战士扎个花圈（顺便说一句，昆仑山上所有的花圈都由我们来扎，因为女孩与花有缘）。我们说，什么时候死的？电话说，刚刚。我们说，打仗死的？电话说，不是。我们说，睡死的？电话说，也不是。我们说，那还有什么死法呢？是真的死了么？电话说，死得叮叮当，再没有救的。睡着睡着紧急集合，哨子一响，这小伙子一个箭步蹿起，但立即就扑倒在地，死了。

我们为他扎了一个大大的花圈。从此，高原上有了一条不成文的规定：只要没有战争，夜里不搞突袭式的训练。

想在昆仑山上安眠，有一个高枕头是十分必要的。当时战士的囊中羞涩，只有几件换洗衣服裹在白包袱皮里当枕头，垫不到无忧的程度。特别是洗澡之后，干净的穿在身上了，脏的泡在盆里了。空包袱像个扒净了五脏六腑的咸鱼干，晒在床单上，很寂寮的样子。

一天，我对卫生科长说，我想借您那本《实用内科学》看。

科长说，你有这个志气很好。只是你现在最该看的是《卫生员手册》。巴甫洛夫教导我们说，科学应该循序渐进。

我说，敢想敢干。试试吧。

在很长的一段时间里，我枕着实用内科学醅眠。我后来成为一名相当不错的内科医生，肯定同这有关。

战士的被子在露天看电影的时候，是要用背包带捆起来，当小凳子坐的，特别易脏。当我决定要洗被子的时候，同屋的战友都佩服我的悲壮。因为我没有大盆，也没有搓板。在小小的脸盆里凭手搓那么大一堆没头没脑的布，时至今日，连我也赞叹那时的英勇。

星期天起了个绝早，先看看太阳，是不是好天。因必得当天洗，当天缝起来，要不夜里就没东西盖了。

我把被套拆下来之后，发现一个大秘密——草绿色的被罩要比白花花的棉絮长出半尺有余，窝着掖在里面。

属猪的女友说，多好的一块布。这不是浪费吗？

我点头，觉她说的极是。

你把它铰下来，补个衣领后屁股蛋什么的，岂不是上好的补丁？她说。

我想想有理，操起家伙就剪。

她说，你不等洗完了晾干再剪？

我说，那么大一坨，怎么洗！剪开了分两段，不是好洗吗？

她一边说着那也不差这一点，一边帮着我把被头连里带面裁下一圈。待到晚上，我把干了的被罩拿回来缝时，才发现大事不好。原来那富余出来的一截布并非无用，是预备被套缩水的。现在被套像件童年的衣服，遮不住棉絮丰满发育的身躯，恰短半尺。

怎么办？我和属猪的女孩面面相觑。

把裁下的那块布再缝上去。有人说。

那还行？我连连摇头。那工程简直能绕地球一圈，对于拙于针线的我，真是可怕的命题。

还有一个办法。属猪的女孩说。

什么办法？我迫不及待地问。

把棉絮也铰下来一块。她说。

在以后漫长的岁月里，我一直盖着比别人短一截的被子，它使我在严寒的冬天（昆仑山其实也没有别的季节）吃尽苦头。但是我从来不说，我怕那个属猪的女孩以为我在埋怨她。

因为被子格外地不御寒，我就特别爱晒被子。公平地说，高原的太阳虽然不暖和，但含有丰富的紫外线，有春天的气味。晚上蜷在里面，像扎在麦秸垛里一般惬意。

不过班长不让我老晒被子。她说，你的被子本来就比别人的短，叠起来就不好看。刚晒完的被子，囊得像个面包，哪儿还拍得出横平竖直的线，影响军容风纪。

于是晒被子的日子就成为我奢侈的节日。我会早早地钻进被子，让那个夜晚抻得很长。我会看到阳光毛茸茸地刷着我，白色的蒲公英粘在睫毛上，一只金色的蜜蜂在我耳边飞……

昆仑山那里出核桃

因为没有鲜菜鲜果，昆仑山上就多干菜干果。干菜实在是一种对菜的亵渎，犹如少女和老妪的区别。吃干菜的时候，有一种嚼线装书页的感觉。

干果包括花生、核桃、葡萄干之类。司务长拆开一个麻袋，用手指捻着说："这拨花生米好，山东的，大，油多。"其实大而油多的花生并不好吃，倒是四川花生，虽小却更有嚼头。司务长用空罐头盒子做容器给大家发花生米，官兵平等。葡萄干要算比较珍贵的吃食了，司务长就换个小号搪瓷缸子给大伙分。轮到分核桃的时候，就比较粗放了。司务长两手合围，一挖一捧，有多少算多少，倒你脸盆里算完事。

当兵的没家伙装，领东西时都拎脸盆。这样五花八门的吃食拌在一起，一副丰衣足食的样子。喜颠颠地往宿舍走，由于大小不等，到家时，个大的便被簸到脸盆浮头，猛一看，好像发了满满一脸盆核桃似的。

核桃听说是山西出的，个大，皮也厚。我们没有锤子砸核桃，因为山下从没给我们运来过锤子。女兵们劲小，只好用门来

186

挤核桃，咔喇喇……核桃仁碾出来了。

核桃太像人的脑子，中间有隔，恰似人的大脑两半球。完整的核桃仁也像人的脑叶似的，有许多智慧的沟回。

"姑娘们，莫用门扇挤核桃了，门框快散了，夜里狼就进来了。"司务长说。

我们不再用门挤核桃，不是因为怕狼。昆仑山太冷了，狼都不在这里安家。是因为生核桃不好吃。也许是因为缺氧，生核桃吃多了，头便发晕，眼前便发蓝。

"要是能炒熟吃就好了。"十八岁见多识广的女兵说。

没有锅，我们就把整个的核桃扔到炉膛里烧。高原上烧的是焦炭，柿红色的火焰像红缨枪似的抖动着。核桃丢进去，在极短的时间内还保持着自己黑黢黢的本色，不一会便冒起青烟，噗地裂出一道金黄的火苗。火苗迅速蔓延，核桃就像一只充满了油脂的小刺猬，在炉膛的红炭上滚动。待核桃像一颗小太阳，通体成为亮红色时，就要手疾眼快地将它铲出，晚了就煳大了。丢在地上的核桃还会继续燃烧，要迅速吹灭它身上的明火。这时就有撩人胃口的香气在屋内弥漫开来。

我们屋里的地是泥巴垫的，同屋外的亘古冰雪荒原相连。色泽逐渐黯淡下去的核桃被地气一激，犹如迎头泼了一瓢冷水，噼里啪啦地爆裂起来，焦黄的核桃仁就像棉桃似的绽了出来。趁热将略带烟火色的核桃仁放进口里，听见它们将口水炙得吱吱作响，有滚滚的蒸汽在口中蒸腾……不一会，我们便个个吃得口角发黑。

烧核桃吃得多了，有人提议要吃炒核桃仁。这就需要砸壳取仁。这回不必破坏公物了，炊事员张大个，手掌大得像锅盖，手心捏两个核桃，上下唇一抿，咔吧吧——核桃壳就像玻璃似的碎了。他把桃仁很仔细地摆在一张净纸上，递给我们。

我们快活地围向炉火，紧接着的实际问题是没有炒锅。十八岁的女兵又显神通了，她把铲焦炭的铁锨头卸下来，用雪水拭净了，翘在炉火上。这个简易炒锅像个畚箕，一端敞，一端凹，核桃仁便不安分地在低洼处扎堆，我们便用筷子赶紧拨拉。核桃仁还没熟，筷子尖儿已经黑了。

垂涎已久的炒核桃仁出锅了，正确地讲，是出铲了。费了这么大劲，味道却并不见得怎么好，煳的煳，生的生，烟熏火燎地大家叨了几嘴。正不知如何处理这堆黑不溜秋的货色呢，突然有人砰砰敲门。张大个局促地走进来，手里捧着一些核桃仁碎屑送给我们，说是刚才匆忙之中没剔干净，这是又用针细细挑出来的。

哎呀呀！费那个事呢，又不是值钱的东西！这一大堆核桃仁还不知怎么吃呢，怎么又送来了！你愿吃就都拿走，不愿吃就都扔了吧！我们七嘴八舌地说。

张大个很金贵地把生熟两份核桃拢在一处，说：多么好的东西，怎么能扔了呢！我们老家那个地方不出核桃，都没见过这玩意儿呢！

那我们以后发了核桃都给你，你探家时带回去吧！十八岁的女兵说，我们都赞同地点点头。

张大个探家的时候，拎了一个大帆布提包。往长途车上一搂，包里哗啦啦发出类似鹅卵石撞击的声音。

后来，张大个回来了。女兵们问他："你老家的人说核桃好吃吗？"

"说好吃。"张大个拍着锅盖大的巴掌说，"俺爹说，闹了半天，昆仑山那里出核桃哇！真是个好地方。"

穿上白生生的羊绒衣

那时候我十六岁，在西藏当兵。

牧场上，常常可以看到牧民在纺羊毛。左手拿着一个枣核形的线槌，上面别着一个发卡样的小工具，右手从羊毛堆里拈出一个头，缠在工具上一旋转，羊毛就像被施了魔法，乖乖地把原本藏在自己身躯里的毛线吐了出来。

纺羊毛的姿势很美，甚至可以一边走一边纺。于是牧民背上的羊毛堆渐渐缩小，最后终于消失在高原透明的蓝色空气里了。而手中的线槌则像一个贪吃的胖子，肚子膨胀起来，绕满了均匀细密的毛线。

一天，女兵里年长又最心灵手巧的小如说："我们自己来捻毛线，再染上颜色，再亲手织成毛衣，自己穿或送人，是不是都很别致？"

大家都乐意一试。

第一步是筹措羊毛。几天以后，每人都搜集了一麻袋。

小如找来的都是雪白的山羊毛，又轻又软，好像一朵朵轻柔的云彩。她说，这些羊毛不是用剪子剪下来的，是请牧民用手，从羊肚子下面最暖和的地方抓下来的。许多年之后，我才在书上看到，这种山羊身上最细软的小毛，叫"羊绒"，被人视为"软黄金"。我敢肯定，小如当时并不懂这些，她只是凭自己的聪慧和直觉，做出了这样的选择。

我的麻袋里黑毛也有、白毛也有，像一盘鏖战中的围棋。粗糙的硬毛夹杂其中，松针般挺立。小如说，这种毛织出衣服会很扎人。我满不在乎地说，我早打算好了，织毛袜子，不怕扎。

我们跃跃欲试地预备捻线。小如说："别忙。羊毛还得洗呢。你们愿意穿着自己织的毛衣走过去，人家耸着鼻子说，怎么这么膻？"

我们就到狮泉河边去洗羊毛。

狮泉河浪花飞卷，好像无数狮子抖擞雪白的鬃毛，逶迤而来。

羊毛真的很脏，夹杂着粪球和草棍，还有纠结成缕的团块。雪水浸得我们十指冰凉，腰酸背疼。稍不小心，裹着水的羊毛就像一座浮岛，驾着波涛漂向下游的印度洋。

我看着渐渐远去的羊毛说："完了！我的羊毛袜子要少织一个脚指头了。"大家就笑我说，袜子又不是手套，不分指头的。

小如奋勇地抢救她漂走的羊毛，几次险些跌进河里，裤腿全打湿了。往回走的路上，棉裤结了冰，咔嚓嚓发出玻璃纸的声音。我们笑她舍命不舍财，她说要织的毛衣很大很大，只怕这些羊毛还不够呢。

洗净的羊毛要晾干。羊毛湿的时候还挺乖，熨帖地伏在地上。但阳光使它们蓬松起来，轻盈起来。假如这时候刮来一阵风，它们就会像团团柳絮，飘飘然飞上冰峰。

我们只好像八脚蜘蛛一样，手舞足蹈地护卫着自己的羊毛，样子很狼狈。

总算可以开始纺线了。那活儿看起来不难，真干的时候，才发现很不容易。顾了捻线就忘了续羊毛，线就越来越细，像旱天的溪流，无声无息地断了。我捻的毛线又粗又硬，还疙里疙瘩地有许多接头，被大家称为"等外品"。

小如纺出的可是优质品。又白又细又匀，好像有一只银亮的巨蚕潜伏在她的羊毛堆里，忠实而勤勉地为她吐出美丽柔韧的长丝。

不管怎么说，我们每人都有了几大团毛线。

下一个步骤就是染线了。

先用脸盆盛水把颜料煮开，再把线桃浸在染液中炖。听着世界屋脊摇撼天地的罡风，看着炉子上一大盆冒着血红或翠绿气泡的沸水，真有身在魔鬼作坊之感。

为自己亲手捻的毛线挑选颜色，是一件很惬意的事情。

"我打算把毛线染成玫瑰红。你们想啊，在藏北的雪原上，我踩着一双玫瑰红的羊毛袜子，是多美丽的图画啊，简直有童话的味道……要不我就染成迎春花的明黄色……要不我干脆要大海的碧蓝色吧……"我神往地说。

小如毫不留情地泼凉水："你把黑羊和白羊的毛捻在一起，颜色已经混浊不堪。你说的那些娇美颜色都染不成，只有老紫或深墨绿还可凑合。染成黑色最保险。"

我只好自我解嘲："嘿！反正是袜子，踩在脚底下，谁也看不到。什么颜色无所谓。"

大家都很关心小如的毛线染成什么颜色。没料到她沉思良久说："我什么颜色也不染了，就要这种白羊毛的本色。染的颜色再好看，天长日久终会褪色。唯有天生的颜色，永不会改变。"

虽说小如讲的很有道理，大家还是把毛线染成了各种颜色。主要是我们第一道工序没做好，毛线已不能保持洁白，只有靠染色来遮丑了。

我把线染成黑色，油亮亮的，像乌鸦的翅膀，也很好看。

织毛线活儿了。大家不再彼此商量集体行动，开始单干。这个给妈妈织条围巾，那个给爸爸织条毛裤。在漫漫长夜里，无声地围着高原的炉火，独自抱着线团，遥想着亲人的面庞，飞针走线。

我不会织，就向小如请教。她埋着头结自己的伟大工程，匆匆忙忙给我写了一张织毛袜的要领，依旧嘟囔自己的针法："一针上两针下，两针并一针……"

她织的毛衣很大，图案复杂。难怪要不停地念念有词，生怕织错了花样。

我打趣地说："这么认真，是给谁织的呀？"

小如说："给一个人呗。"

我刨根问底："给一个什么人呢？"

"给一个你不认识的人啊。"她搪塞我。

"他在哪里呢？"我穷追不舍。

"他在一个很远的地方。"小如看着天边的雪山，雪山像银亮亮的锡箔铰成的图案，山上有我们的边防站。

"我现在不认识他，以后会不会认识呢？"

小如想了一下说："我要是向你介绍他，你就会认识他。我要是不说，你就永远不会认识他。"

我胸有成竹地笑道："小如姐，你错了。你就是不告诉我，日后在茫茫人海中，只要我遇见了，就会一眼认出他来。"

小如停下手里的毛衣针，温柔地露出白牙，说："看把你能的。我才不信你能认出他来！凭什么呢？"

我说："就凭这件白生生的羊绒衣啊。在当今这个世界上，可有一件羊绒衣，是这样自采自捻自洗自织自编花样造出来的吗？你设计的这个图案，天底下再没有第二份了。"

小如不语，只是嘻嘻地笑。

那件原白色的羊绒衣上，镂空地织着两颗套在一起的心，还有许多山和雪花。

信
使

　　我十七岁的生日，是在藏北高原过的。那天，正好是军邮车上山的日子，这个生日便像美丽的项圈，久久地悬挂在我胸前。

　　喜马拉雅山、冈底斯山、喀喇昆仑山，像三柄巨大的棱锥，将我所在的部队，托举到了离海平面五千多米的高度。我的生日在十月，这正是平原上麦秸垛金黄而干燥的时光，昆仑山却已万里雪飘。就要封山了，封山是冰雪发出的禁令，我们将与世隔绝到春天。

　　战友们把水果罐头汁倾倒在茶褐色的刷牙缸里，彼此碰得山响，向我祝贺。对于每月只有一筒半罐头的我们来说，这是一场盛大的庆典。

　　但心中总有淡淡的悲愁——我想家。

　　一位白发苍苍的老医生对我说：也许军邮车今天会来的。

　　你骗人！我大叫。有时候猛烈地指责别人说谎，其实是太渴望那消息真实。

　　军邮车大约每月从新疆喀什开上昆仑山一次，日子并不准，仿佛一只来去无踪的青鸟。老医生戍边多年，他的话有时像符咒一样灵验。"每年封山前上山的最后一辆车,总是军邮车。山下的人都知道我们的心。"他晃着满头的白发,像一丛银针。

那天夜里,军邮车像破冰船一样,跋涉五天,英勇地到了,整个军营为之沸腾。我们真想欢呼,但军人只有打了胜仗才允许欢呼,于是我们屏住气盯着一处房舍。房舍门口站着两个威武的士兵。因为曾有一次,迫不及待的边防军人们跑去抢信,从此在军邮车到来的日子,分拣信件的房间便加站双岗。

各单位取信的人站在房外,一取到信就像古代的驿马接到加急文书,拔腿就跑,去把信件送给望眼欲穿的人们。

在高原上奔跑,不是一件轻松的事。这活儿一般都分给腰细腿长的年轻人,但白发苍苍的老医生执拗地要做这件事。知情的人私下里说,他家中有很老的双亲、很弱的妻子、很小的孩儿,想信比别人更甚。

老医生说,有一年封山的时间格外长。半年后军邮车首次上山,信件一直摞到分拣人的胸前。他们在信海中游走,呼吸都很困难。

老医生抱着一大摞信,我们扑上去抢。那时候干部去干校,知青接受再教育,妻离子散的多,信件也格外多。每个人都像蜘蛛一样,吐出思念思索的长丝,织一张自己的情感信息之网。

霎时老医生手中就空了,接下来是唰唰地撕信,信皮的断屑萧萧而下。

我最先看的是父母的信。仿佛有一只温暖而柔软的手,从洁白的笺纸中探出来,抚摸着我额前飘动的乌发,心便不再凄然。

再看同学和朋友的信。我的同桌此刻在遥远的西双版纳,信中夹了一朵花的标本。她说这是景洪最美丽的花,有沁人肺腑的香气。夹花的那页信纸留有大片紫色的痕液,想象得出花盛开时的娇嫩。我低头嗅那被花汁浸泡过的地方，哪儿有什么香气，有的只是纯正而凛冽的冰雪气息缭绕其中。

我连夜回信。平常日子，营区是柴油发电机供电，每晚只亮两个小时，然后就像木偶人似的眨几下眼睛，熄灭了。军邮车一来，首长便传令延长发电时间，以利于拣信和回信。首长其实也很盼信到来。

同屋的女兵嘤嘤地哭了起来。她的小侄子病了。我们都放下笔去劝她。然而，女孩子常常是这样：越劝哭得越欢畅。

老医生悠长地叹了一口气："告诉离得这么远的一个小姑娘，孩子的病就能好了吗？我家里人是从不这样的。"

不一会儿，女兵停止了哭泣，因为从老医生送来的第二批信中，她得知小侄子的病已经好了。

"要有经验，"老医生说，"把信全拆开，码饼干似的排好，从最后面的看起，前面的只能做参考。"

这自然是至理名言。这么办，时间长了，我们也发现了弱点。好比一本荡气回肠的小说，快刀斩乱麻先看了结尾，再回过头去细细咀嚼，便少了许多悬念和曲折。

那一次军邮车上山，老医生没有收到一封信。按照他们家的逻辑，没有信来也许就是出事了。他的忧郁持续了整个冬天。

在这海拔五千米的高原营地，每逢有人下山，就会挨门挨户地问："我要走了，要不要带信？"哪怕是平日最自私的人，在这件事上也绝对平和而周到，这是高原的风俗。

有时候突然写好一封信，又不知谁能带走，就在吃饭人多时喊："谁能下山，告我一声。"一次，一个素不相识的人对我说："我知道你父亲的名字。""你看过我的档案？"我问。"不是。几年前我为你代发过家信。"我已经完全记不得是托什么人又转到他手中的，于是赶忙表示迟到的谢意。

在我十七岁生日过去半年的时候，收到了西双版纳同学的回信："那朵花怎么是紫色的呢？它是雪白的呀！而且，绝不可能没有香气！"

信是老医生送来的。这是开山后的第一次通邮，他也很快乐，他的家里寄来了平安信。有时候他又突然疑惑，说他家会不会有什么事瞒了不肯告诉他。我们都说不会不会，你是家里的顶梁柱，他们离了你，根本就办不了事，怎么会瞒你！他也觉得很有道理，心宽许多。

终于，轮到他探家了。很早就告诉我们：他下山时专门预备一个提包，为大家装信。我便对着昆仑山皑皑的冰雪，咬着笔杆，从从容容地写了大约三十封信，每一封都竭尽我的才能。

我双手捧着这摞信，郑重地交给老医生。他的白发在雪峰的映衬下，晃动得像一盆水中的粉丝："你放心好了！我到了山下第一件事就是为大家发信。假如回信快的话，下次军邮车上来，你们也许就能收到回信了。"

他走了。军邮车像候鸟，飞来一次又一次，但那三十封信一封也不见回音。原来他下山乘坐的车翻了，这在高原是很平常的事。熊熊烈火吞噬了他银发苍苍的头颅，那个装满信件的旅行包，顷刻间化为青烟。

那三十封信，只有给父母的那封，我重写了托人发出。给其他人的，便再也提不起兴致重写。只要抓起笔，老医生的白发就在眼前灼目地闪动，眼珠便发酸。大团大团的冰雪，在我胸中凝结。

后来，在老医生的追悼会上，我才知道他的生辰，远没有我想象的那样老。满头灿然的白发，是昆仑山馈赠他的不能拒绝的礼物。

　　他死了以后，军邮车还带来过他的家信。我第一次注意了一下地址：是广西一个很偏远的小城。又在地图上仔细寻找，那地方在北回归线以南，属于热带，该是非常炎热的。老医生的家乡，距离昆仑山大约有一万五千里。

　　那封迟到的信，边缘已经磨损，好像烙熟又蒸了几遭的馅饼，几处裂口的地方，被薄而坚韧的透明纸粘贴过，上面打着蓝色的印章："邮件已破，军邮代封"。

　　不知这是否是封报平安的家信？

葵花之最

二十年前的那个春天，我是在昆仑山上度过的。

昆仑山其实只有一个季节——冬天，春节过后那段漫长而寒冷的日子被称为春天，这是我们这帮小女兵从平原家中带来的习惯。

快到"五一"了，冰封的道路渐渐开通，春节慰问品运到了。五颜六色来自五湖四海的慰问袋最受欢迎。小伙子们希望从绣着花的漂亮布袋里，摸出一双精致的鞋垫，做一个浪漫的梦。姑娘们没有这份心思，只想找点稀罕的吃食，打打牙祭。整整一个冬天，除了脱水菜和军用罐头，没有见过绿色。可惜，关山重重，山路迢迢，花生走了油，瓜子变哈喇，沙枣颠成粉末，面粉烙的小馃子像出土文物……

突然闻到一股奇异的清香。

那是一个绣着黄色"八一"和红色五星的小白口袋。针脚毛茸茸的，绣活手艺不高，想必出自一个笨手笨脚的胖姑娘。

打开一看，是一袋葵花子。颗颗像小炮弹一样结实，饱满得可爱。我们每人抢了一把，一尝，竟是生的。葵花子中埋着一封信。

"敬爱的解放军叔叔们……"

信是从广东省湛江市第二小学发出的。

我们趴在地图上找。唔,湛江,好远!那里是亚热带,一个很热的地方。

孩子们请求解放军叔叔们,把他们精心挑选出的葵花种子,种在祖国的边防线上。

我们把手中的葵花子放回布袋。那清香,是阳光、土地和绿色植物的芬芳。

昆仑山咆哮的暴风雪,伴随我们进行讨论。

为什么只写给解放军叔叔?边防线上也有解放军阿姨呀。

在国境线上种葵花,多美妙的想法!每当葵花开放的时候,我们将有一条金色的国境线。

这根本不可能!昆仑山是世界第三极,雪线上连草都不长,还能开葵花?!

我们都默不作声了,只听见屋外风在嘶鸣。

大家决定由我给孩子们回一封信,就说葵花子是解放军阿姨们收到的,只是这里很冷很冷……

昆仑山的"夏天"到了。

信早已写好,却终于没有发出。我们大着胆子,把葵花子种在院子里。

人们都说活不了,却天天跑来看,松土施肥。

葵花发芽了。先探出两片嫩黄的叶子,像试探风向的小手掌,肥厚而天真。然后舒展腰肢,前仰后合生机盎然地长大起来。

昆仑山默默地认可了这些来自亚热带的绿色幼苗,就像它认可了我们一样。

然而，我们高兴得太早了。不知道该算是上个冬天最迟还是下个冬天最早的一股冷风，冻死了绝大部分葵花。

奇迹般地保存下一棵幼苗。它并不是最强壮的，也许因为近旁有一块大石头。受到启发，我们用石头为葵花围起一圈不透风的篱笆。

现在，我们每天趴在石头围墙上看葵花，不知道的人，会以为里面养着活蹦乱跳的小生灵。

这棵幸运的葵花，一往情深地看着太阳，勇敢地展开桃形的枝叶，茎上纤巧的绒毛，像蜜蜂翅膀一样，在寒风中抖个不停。也许它感到了昆仑山喜怒无常的威严，急匆匆地压缩自己生命的历程，才长到一尺高，就萌出了纽扣大的花蕾，压得最高处的茎叶微微下垂，好像惭愧自己为什么不长得更高一些。

那一年没有秋天。寒凝一切的风雪，毫无先兆地骤然降临。早上起来，天地一片苍茫，我们几乎是跌跌撞撞地扑向葵花。

石围墙也被飓风吹得四散飘去，向日葵却凝然不动地站立在那里，在冰雕玉琢的莹白之中，保持着凄清的翠绿。叶片傲然舒展，像一面面玻璃做的旗，发出环佩般的叮当之声。最不可思议的是，在它生命的最后一刻，居然绽开了一朵明艳的花。那花盘只有五分硬币那么大，薄而平整，冰雪凝冻其上，像一块光滑的表蒙子，刚分裂出的葵花子还未成熟，像丝丝柳絮一样优雅地弯曲着，沁出极轻淡的紫色。最令人警醒的是花盘四周弹射出密集的黄色花瓣，箭头一般怒放着，像一颗永不泯灭的星。

向日葵身上的冰花越结越厚，最后凝固成一方柱形的冰晶。

广东省湛江市第二小学当年的孩子们，但愿不要看到我这篇小文。愿他们心中永存一条盛开葵花的金色国境。

假如有一天，我能重回昆仑山。在两座最高的山峰中间，有一块只有我们才知道的地方。在深深的永冻土层之下，有一方冰清玉洁的水晶，水晶中有一朵美丽绝伦的花，宛若雏菊半仰着脸，灿然微笑着……

我不知道它是不是世界上最小的葵花，但我知道它是世界上最高的葵花。

西藏猪

　　高原上的生物很少。像平原常见的飞鸟，比如麻雀、喜鹊，一种也没有。只有像乌云一般的秃鹫偶然飞过。大概鸟儿也因缺氧憋得喘不过气来吧？

　　人有一种爱养小动物的天性，我们就从山底下抱上来一只公鸡。一路上，随着海拔的不断升高，鸡冠子越来越紫，最后简直变成黑的了。好不容易熬到了目的地，我们赶紧把公鸡放在雪地上，心想让它换点新鲜空气，也许它会舒服一些。没想到，它的爪子刚一着地，立即就飞跑起来。跑了没多远，就一个跟头栽在地上，扑棱着翅膀死了。大家非常伤心。初到高原的生灵，是不能做剧烈运动的，要给身体一个慢慢适应的过程，可惜公鸡不懂得这个道理，就丧了命。

　　以后又从山下带上来一头小猪。这回大家有经验了，刚开始半个月，人们紧紧抱着小猪. 不叫它活动，可小猪后来还是死了。医生说，小猪得了一种叫作高原肺水肿的重病。

　　过了些日子，有人从国界那边的印度进口了一只小黑猪。听说它老家的地势也很高，这样就不存在水土不服的问题了。

果然，这只来自异国的小黑猪平安地活下来了。大伙给它起名叫黑黑。

　　黑黑每天在我们的住处悠闲地漫步，把它的小尾巴得意地卷成一个"8"字。一到开饭的时间，它就从野外赶回来，等在饭厅门口，用长着双眼皮的大眼睛，眼巴巴地瞅着大家，嘴角还会滴下一串口水。

　　我们宁可自己先不吃饭，也要喂黑黑。这个给它撕一块馒头，那个给它舀一勺米饭。黑黑也很聪明，吃完了这个人的一口饭，就会走开，绝不会老围着你。人们抢着喂黑黑，有时就把黑黑搞得很狼狈，鼻梁上贴了一块豆腐，耳朵上挂着一缕粉丝。它很绅士，一点也不着急。等人们散开了，就自己跑到大石头旁边，把它蹭下来，再慢慢吃掉。

　　黑黑最爱喝甜牛奶了。刚开始是因为许多人是从农村来的，喝不惯牛奶。轮到喝牛奶的日子（不是鲜牛奶，高原上哪儿有奶牛啊，是用奶粉冲开的），剩的就格外多。炊事班就准备了一个大木槽盛剩牛奶。黑黑跑过来，把嘴巴拱进槽里，只剩两只眼睛在外面，咻咻地喘着气，埋下头谁也不理。你看不见它狼吞虎咽，只见它的脖子均匀地颤动，但槽里白色奶液的水平面迅速下降，一会儿就露出槽底的木纹了。好像槽子在我们找不到的地方裂了一个大洞，牛奶都渗到地下去了。黑黑抬起头，也很遗憾很吃惊地注视着木槽，好像自己也不明白：刚才还那么多牛奶，怎么一眨眼的工夫就不见了？

　　知道黑黑爱喝牛奶以后，我们就有意多给它剩下一些。

　　在这样丰富的营养下，黑黑迅速长大，不久就成了一只威武的大黑猪。甩着大肚皮走动的时候，好像一张黑丝绒壁毯在旷野移动。

高原上的尖石把黑黑的肚皮磨破了。开饭的时候，黑黑再也不能像原来那样飞快地跑过来，只能慢慢往家里挪。炊事班长看了心痛，就领黑黑到卫生科，对正在给人包扎伤口的护士说："给我们的黑黑看看病。"

护士吓了一跳，说："我又不是兽医。"

班长说："这病不用兽医，我就能看。把伤口消消毒，抹点药膏包起来就行。"

护士说："谁敢钻到猪肚子底下去上药？它不咬人才怪呢！"

班长对护士说："黑黑绝对不会咬你的。"然后又对黑黑说："这是给你看病呢，千万不要乱动啊！好了，趴下吧。"

黑黑就乖乖地躺在卫生科门外的地上，像平日吃饱了饭晒太阳的样子。

护士双手托着治疗盘，战战兢兢地走过去，消毒、上药……涂酒精的时候，黑黑可能感到有点痛，浑身抖了一下，但真的是没有动。

上完了药，黑黑站起来。它的肚子上多了一块雪白的纱布，好像一枚巨大的邮票。

第二天，护士偶然走出治疗室，看见黑黑正在屋外绕来绕去。见到护士，它哼了两声，然后自动躺在地上。原来它肚子上的纱布掉了，伤口又露了出来。护士就又给它上了药。

后来，黑黑的肚子好了，又可以很有风度地在房前屋后散步了。我们眯起眼看看它，想起平原的家。有人说："在我们村子里，有一头和这一模一样的黑猪呢！"

昆仑山上看电影

看电影，挺平常的一件事。可到了海拔五千多米高的藏北高原，这件平常的事就有点不平常了。

二十多年前，我在昆仑山上当兵。部队上千号人，没有那么大的场地，就在平坦的河滩上矗两根杆子，绷上幕布，露天电影院就算搭成了。没有椅子，就把背包垫在屁股底下。打背包的材料，在天暖的时候，我们就用皮大衣。既挺实又防寒，而且高度适宜，蜷着腿挺舒服。但天气太冷的时候，就得把皮大衣穿在身上，由被子来充当椅子的角色。被子薄软，背包带一煞，只有寸把厚。屁股坐下去，砸扁了棉花，人蜷得像只蜗牛，电影还没演到一半，腿就麻软了。治腿麻最好的办法，就是不理它，由它麻去。要是一理它，痒痛难耐。就算暂且好一些，一会儿又是老样子，白费劲。

幕布要在杆子上绑得平直，演出电影来才好看。有时天气太冷，放映员绑幕布的时候使不上劲，幕布就垂着，好像兜了汤水的网袋，沉甸甸地悬挂在昆仑山宝蓝色的夜空。遇到有风的日子，幕布又会鼓面似的紧张起来，嘭嘭作响。弧形幕布上的人影有轻度变形，好像隔着玻璃看人那样。首长们坐在中间，看起来人脸走形得不厉害，还可凑合。小兵们坐在偏远的角落，银幕上的人或脸狭长如韭叶，或如猴吃枣似的，腮帮子鼓起一块。一次，一位首长半路出去方便，回来时迂回入场，看见白幕上的英雄人物，"远近高低各不同"，遂发令以后要把幕布绷得如铁皮一样紧，再不许渔网似的懈松。打这以后，大家才算看上了比较真切的电影。有一次演到半截，突然起了风暴，幕布的一角像风筝似的滑脱。正在放映的人脸飞翔在天空，银幕变成了哈哈镜。

昆仑山上看电影也有特殊的乐趣。那时全国都在批判毒草，除了样板戏，别的电影都不让演了。但昆仑山上攒了一大堆旧拷贝，没有追究。原来藏北高原路途遥远，边防哨卡像图钉似的揿在山坳之中，运上来一次电影胶片，车拉马驮的，费尽了周折。而且在高原转过一圈的拷贝伤痕累累，军区工作站总是最后才把片子送上来，送来了就不打算再要了。高原像一处平静的死港湾，当别处都淹没在风暴中的时候，这里竟泊着一堆奇异的财富。

边防军人们对样板戏倒背如流以后，强烈要求把以前的旧影片拿出来"批判"。最先开禁的是豫剧《朝阳沟》，因为部队里的河南兵最多，因为最高的部队首长是河南人。一时间"咱两个在学校整整三年"——剧里银环和栓保的对唱响彻军营。不但河南人唱，河北人也唱，广东人、上海人都唱。我敢打赌，豫剧在它的本土以外，从没有这样地发扬光大过。

有一天我正在看《卫生员手册》，放映员走来看病。我就把书折了一个角放下。他说，我送你一截电影胶片吧。我说，我要一截胶片干啥使呢？我也不放电影。他说，你把胶片截上两寸长的一段，拴上彩毛线，夹在书里，就是上好的书签。我说，那好是好，可电影不就断片了？他说，不碍的。电影一秒钟过几十格，我把断头细细粘上，看不出来的。你就说你喜欢哪一截人和景吧，我这就给你铰去。我说，那好，我就要《海鹰》里王晓棠演的那一段。他说，咱的《海鹰》片子太老了，拷贝上有划痕，做成书签不好看。换《红色娘子军》吧，新来的，颜色可鲜艳。我说，行，就按你说的办。我要吴清华逃出牢笼，"倒踢紫金冠"动作里腿最高的那一段。

他很快拿来了一个纸包，里面是几幅"倒踢紫金冠"。

恰好那天晚上就是高原上首次放映芭蕾舞剧《红色娘子军》。我紧张地盯着银幕，生怕吴清华在逃跑的路上，因丢了"倒踢紫金冠"而意外地跌上一跤。还好还好，女奴隶跑得十分顺利，每一个动作都炉火纯青，看不出一点剪接的痕迹。

我把妈妈给我织的毛背心拆下一截，把果绿色的毛线破成四股，毛茸茸的如同水草。我把草叶拴在胶片的齿孔上，果然制出了极别致美丽的书签。

有的电影看过几十遍了，一听说还是看这个电影，大家依旧挺高兴，早早地绑起被子来等着集合。因为要是不看电影，就得学报纸。

那一年，我刚满二十岁，是实习军医。刚当医生的女孩，别提多自豪、多骄傲了，真想照好多幅照片，对全世界的人宣布，我是大夫啦！

可我所实习的驻军医院，在新疆一座偏远的小城，根本就买不到胶卷。只得给远在北京的妹妹写信，叫她给我寄来。关山迢迢，第一次寄来的胶卷照出相灰蒙蒙的，一点也不威风。战友们戏说，别是你妹妹给你买的胶卷是处理的吧？

这当然是绝不可能的。只怨路途遥远，路上大概经了雨雪风霜，曝了光。

只得让妹妹重寄。这回胶卷一到，马上邀了几个要好的朋友，星期天起个大早，一同留影。

先照了几张合影。年轻的女孩总是这样，她们以为友谊会一辈子常青。今天，我重新面对那些稚嫩得仿佛能滴下水来的脸庞，有许多已叫不出名字。

然后各自单兵教练。她们都是护士，就照了许多用大号注射器从盐水瓶子里抽药的照片，你照完了我照，眼睛都亮晶晶的。

为表示无菌观念强，全戴着大口罩。我说，你们这么照，寄回家去，你妈妈认得出来是你吗？

她们一起回答：看眼睛啊！

是啊，每个女孩青春的眼睛都是不一样的。我怎么连这都不懂？

轮到我照了。我是医生，所取的姿势就同她们不一样。我潇洒地披着白大衣，把听诊器看似很随意实则很精心地挂在脖颈上，双手老练地插在衣兜里，在病房走来走去，挑病情不太重的病人做我的道具。那些慈祥的维吾尔族老人和腼腆的小战士，都温和地服从我的检查。我做出给病人检查的架势，然后对着镜头微笑，要拿机子的人快照。

胶卷像线轴一般卷过去。只剩下最后一张了，摄影师郑重地宣布。我们突然有了片刻的沉默，该照的都照了，好像不知该如何处置这最后一张胶片。

"你们照一张当医生的相吧。"我说。因为在我照相的时候，我看到她们眼里跃跃欲试的闪光。

那怎么行呢！我们是护士啊。她们羞怯地推辞着，但眼里的光更密集了。

那时的部队，等级观念森严。你是护士若要模仿医生，就是不安心本职工作，罪名不轻。

"怕什么呀？我们不过是玩玩的。再说，现在时候这么早，没有人会看到你们的。只要你们自己不说，我永远也不会说的。没准儿你们以后自己也当医生了，那这张照片只不过算是提前照了一点，不会怪你们的！"我起劲地鼓动她们。

"好吧……那就依你说的办……"她们之中两个胆大的决定一试。其他的人也保证绝不泄露。

摄影师忠实地跟着我们，表示一定把这张照片拍出水平。

现在轮到我们费斟酌了。她俩不敢到病房里像我那样大张旗鼓地招摇，我们就决定把背景迁到医生睡觉的值班室，所以照片里的墙上贴有两张地图，这在正规的病房是不允许的；所以面向走廊的窗户上隔有浅浅的纱帘，这也是病房不曾配备的设施。

好像万事俱备了。两位勇敢的女兵换上了医生的白大衣（护士的工作服样式不同），脖子上也悬挂起具有象征意味的听诊器……我们突然发现了致命的缺憾——那就是——谁来扮演病人？！

虽说病室里的任何一位病人，都会志愿为辛勤服务的白衣天使充当这一角色，但出于道义和保密的要求，我们不能再劳驾他们。

好了，现在你想想，还能让谁来出任这一艰巨的形象？

那几个连当医生的魄力都没有的小女兵，自然不会在这最后一张底片上留下倩影。

既然这主意是我出的，关键时刻我就该挺身而出。

义不容辞！

于是有一个人，她脱了鞋躺在医生值班室的床上，手搭在手上冒充病人。因为她实在没有生病的经验，竭力想做出呻吟的表情，可脸上还是笑眯眯的。她本该躺下，那样才更像重病卧床沉疴不起。可因为摄影师是个年纪轻轻的小伙子，她有点不好意思，就取了相片上半坐的姿势……那两个充作医生的女孩，多少有些拘谨，她们毕竟没有真正地诊视过病人。不过，这并不妨碍她们以后都成了优秀的医生。不知道是不是这张照片在冥冥之中暗示了她们的未来？

现在，你可猜出了相片上的病人是谁？

特别的入党志愿书

入党，在部队。地址，海拔五千米；时间，20世纪70年代第一个春天。说是春天，那是日历上的节气，4月份了。但对雪域高原来说，冬季还甩着白茫茫的尾巴。

多年后，当我从部队转业，办理手续的时候，干部干事整理完我的档案，说，你的入党志愿书有一点特别的地方。你还记得吗？

我说，封面是红颜色的吧。党的九大以后，用过这种全红封面的入党志愿书，似乎只持续了不长的时间，就不再用了。你那时还小，没见过，所以会觉得特别。

干事笑了，说毕军医，你也忒小看我了。我是年轻，可我是干什么的呢？做我这工作的，什么样的入党志愿书没见过呢？晋冀鲁豫边区用窗棂纸印的染着血迹的入党志愿书我都见过，要不是纪律管着，真想抽出来当作文物呢！它埋在档案袋里，除了证明老战士的党龄，还有什么用呢？坦率说，真没什么用了。若是哪天该老战士一去世，它就被永远地封起来了。如能拿出来办个展览，让大家都来看看，多么好！不说那些了。毕军医，接着想，你的入党志愿书有什么特别的地方？

我发愁说，实在想不起来了。也许，我表的决心比别人要少吧？当时刚刚拉练回来，誓言都留在冰天雪地了，表达可能比较简略。

干事说，我要说的不是这事。看你想得这般难，就提醒你一下。你的入党申请书里，保存有一样东西。我无意中发现了这件东西，因此我就可以判定出你是在一种什么样的状态之下填写的入党志愿书了。

经他这么一说，我由衷地羡慕起他的行业。本来素不相识，他却看到了我生命留下的深刻痕迹，并推断出了我业已遗忘的真实。我来了兴趣，说，好吧，那我就认真地想一想……哦，我想起来了。一定是在纸页上看到了蜡滴，因此你知道了我是在夜里填写的入党志愿书，烛光被风吹得翻卷摇曳……

干事说，你想起了是在夜里填写的入党志愿书，这很正确。只是，纸上很干净，没有蜡滴。红色封面沁出煤油的味道，很浓重。

我一时陷入了苍茫的回忆。高原的夜很黑很沉。不到10点，昏黄的电灯疲倦地眨过三次眼睛之后，就无情无义地熄灭了。照明主要靠煤油灯，煤油供应不足的时候，就点燃柴油灯。柴油的火焰是焦灼和愤怒的，如同烧焦了胡子的张飞。煤油相比之下，就有了一点书卷气，基本上是温良的。当然，风太大的时候，一切另当别论。

士兵偶尔会得到一两支如同杨贵妃般莹白的蜡烛，便珍藏起来，留待写家书或是重要文字的时候，才拿出享用。其实，从单纯照明的角度来说，烛光是柔弱和不堪一击的。只是因为珍贵和稀少，才用来配合那种特殊的心境。依我对入党志愿书的敬重，那个夜晚，是会点燃蜡烛的。

于是，我说，想必我一定是在郑重地打草稿的时候，就把蜡烛用完了。

干事笑笑说，雪域高原，你是在什么灯火下填写的入党志愿书，咱们就不去考证了吧。我要说的这件东西，和照明无干。毕军医，你再想想。

我是真真一筹莫展了。我苦笑道，年代久远，高原缺氧损害了我的脑子，实在想不起来了，期望你能告诉我。要是你不说，也不勉强，我就带着疑团回北京。以后哪一天，你就是想要把答案告知我，天南海北的，恐怕也不容易啊。一生当中，不是每个人都有机会走到喜马拉雅山、冈底斯山和喀喇昆仑山交界的地方。

干事说，毕军医，你既然这样说了，我就告诉你。在你的入党志愿书里，夹着一粒大大的葡萄干，金黄色的，像远古的琥珀。我猜当年你一定是个贪吃的女兵，雪夜里，油灯下，一边填写着你的入党志愿书，一边吃着葡萄干，你把最大的一颗夹在第一页，预备填完之后打牙祭。可写完之后，你就睡着了。第二天一早，你就把志愿书交了上去。你在阿里的表现不错，审批机构就一路盖了章。这颗葡萄干就一直沉睡着，真到我今天发现它……

我愣了很久，仿佛是在听别人的故事。他的推理很符合逻辑，有那颗葡萄干为证。

高原上的葡萄干是很稀罕的东西。因为缺乏维生素，军人们口角皲裂指甲翻翘，逢年过节每人会发一小杯葡萄干补充营养。只不过，那夜停笔的一瞬，或许并不是我睡着了，而是哨卡有紧急的抢救任务，我背上急救箱，连夜出发了……在那段岁月，这

214

是很平常的事情。

面对这样一位负责并且充满想象力的年轻人，我百感交集，一时不知说些什么。沉默很久之后，我对他说，谢谢你。我现在只想知道，你把那颗葡萄干怎样了呢？

干事说，你问的真是要害。这颗葡萄干，让我发愁了。不知道该把它怎么办。

我说，就请你把它吃了吧。我送给你。我是它的主人啊。

他笑笑说，一颗在红色文件中保存了这么久的葡萄干，随随便便吃了它，暴殄天物啊。我想了半天，还是把它原样夹在你的入党志愿书里了。将来的某一天，也许还会被人再次发现，引发联想。若是有谁再问起你，你也不会像今天这样摸不着头脑了。

我说，好啊。我等着。

从那时到今天，很多年过去了。没有人再问起我这件事。有时，我想，是不是从藏北到北京的漫长旅程中，这颗珍贵的葡萄干，已经遗失在某处驿站，成为一小团甜蜜的冰雪？

制花圈

我是特意用"制"花圈这个词，而不用通常的"做"花圈。因为"制"的规模大，有流水作业大生产的味道。

二十多年前，我在藏北高原当兵。高寒、缺氧、病痛……一把把利刃悬挂在半空，时不时地抚摸一下我们年轻的头颅。一般是用冷飕飕的刀背，偶尔也试试刀锋。

于是就常有生命骤然折断，滚烫的血沁入冰雪，高原的温度因此有微弱的升高。

凡有部队的地方就有陵园。每逢清明和突然牺牲将士的时候，我们就要赶制花圈。因为我们是女兵，花圈就要扎得格外美丽。当我们最初扎花圈的时候，觉得像做手工一样有趣。

做花圈先要有架子。若在平原，竹子、藤条、木棍……都是上好的材料。但对于高原，这些平常物都是奢侈。男兵用钢筋焊出一人多高的巨环，中间用钢丝攀出蛛网似的细格。花圈的骨骼就挺立起来了。

我们在乒乓球案子上做花。五颜六色的花纸堆积如山，刚开始的时候，似乎有些节日的气氛。女孩们分成几组，有的把纸裁成大小不等的方块儿，有的剪出形状各异的花瓣，有的用糨糊粘绿叶……有条不紊，各显神通。

忙了一阵子之后，所需的花朵基本上备齐了。屋里花红柳绿的，对我们习惯了莹白冰雪颜色的眼睛来说，真是享受。

该往黝黑的钢环上绑花了。一圈红的，一圈蓝的……白花最多，像高原上万古不化的寒冰。

花圈渐渐成形，女孩子们的嬉笑声渐渐沉寂。一朵朵的花是艳丽的，一圈圈的花就有了某种庄严。当一个个硕大的花环肃穆而凝重地矗立在我们面前时，一种被悲哀压榨的痛苦，像鸟一样降临在我们心头。

这是献给一个或一组年轻生命的祭品。

每次做花圈，都要整整干上一天。先给司令部做，再给政治部做，然后还有后勤部……人们认为女孩天生与花有缘，殊不知这凄冷的花卉，令人黯然神伤。

有一天下午，我们为一位牺牲在边境线上的战友赶制花圈。因为第二天就要下葬，一直干到凌晨三点。倦意袭来，绑花时钢丝不停地扎手，有鲜血像红豆似的渗出。马上就要完工时，桌上的电话铃猛然响了。我揉着眼睛问，什么事啊？

对方低沉着嗓音说，刚才夜间紧急集合时，一个战士翻身跃起，突然倒在地上死去了。请你们再赶制一副花圈。

那一瞬，我痛彻骨髓。那个不认识的男孩啊！当我们开始制那副花圈的时候，你还活着。当我们制完那副花圈的时候，就要为你制花圈了。

那一夜，女兵们彻夜无眠。当雪山上的朝阳莅临军营，大卡车把我们的产品运至墓地。

摄影干事们很忙。他们用最好的角度把墓前的花圈照下来，寄往内地的某处小村。那些牺牲了的士兵的父母，永远无法到达高原。他们会在无数个月夜，看着相片上的一丘黄土和伟岸辉煌的花圈，潸然泪下。

三块糖

远处的半山坡上，有一排独立的小房子。平日总是锁着大门，大锁锈迹斑斑，叫人怀疑能否打得开。人们走过的时候，总是绕得远远的，仿佛那里潜伏着瘟疫或猛兽。

那是医院的太平间。

真想不通，汉语里为什么把和死亡有关的事，都叫作"太平"。比如，轮船上救生的太平斧，剧场里供大家逃难的太平门……好像一叫太平，再危急的事也可以化险为夷。

但人一死，的的确确是太平了。不太平的，是活着的人。

太平间躺着病死的人，基本上是独往独来。高原地广人稀，死亡的事虽然经常发生，因为总的基数小，出现的频率就不很高。一般死了人，都由值班的医生、护士负责给死人更衣。要是轮到女兵上班，男卫生员们就会说，还是我们来吧，省得你们做噩梦。

一天，边境线上发生了激烈的战事，伤亡很大。医生们都在抢救伤员，活着的毕竟比牺牲了的更重要。但尸体从前线拉回，卧在太平间，久久地不处理，也于情理不容。

领导找到我说，给女兵一个艰巨的任务。

我说，您说吧。

领导说，有一个年轻的班长，战死疆场。人手实在不够，要由你们给他更换尸衣，明晨下葬。

我说，还有谁参加？

领导说，还有政治部的一名干事，负责登记烈士的遗物等事宜。他以前处理过阵亡将士的事，有经验，你们听他的。但他身体不好，动嘴不动手，你们要多请示，多照顾他。

我咬着乱颤的牙关，说，是。心想，一个大男子汉，居然要女孩们在死人当前的时候照料他，真不知是他的耻辱还是我们的光荣。

我说，人在哪里？

领导说，干事吗？

我说，班长。

领导说，在三号。

就是说，尸体在太平间的第三间屋子。我回到宿舍，向大家传达了这个前所未有的任务，全场先是静寂了三分钟。炉子里有一块烧得正热的煤，啪地裂开了小缝，火苗从一大朵分裂成两小朵，发出丝绸抖动的声音。

我说，说话啊，现在又不是为烈士默哀的时间。

小鹿说，烈士是一位男的啦？

我说，阿里高原上的女兵都在这间屋里了，你说他是男的还是女的？

小鹿说，这个我知道。只是要给一个男青年从里到外换衣服，心里总有点那个，是不是连内裤都要换？

我说，是。他是我们的兄弟……

小鹿摆摆手说，大道理你就甭讲了，我都懂。我就权当他是一截木头好了。

果平说，比木头还是可怕多了。要知道，他死了。

小如细声说，咱们平常也不是没有在临床上接触过死人，没什么不一样的。反正都是个死，大着胆子收殓就是了。

河莲说，我看，还是有原则上的不同。病死的人，浑身是囫囵的，就算瘦得只剩下几根大筋，用医学的话讲是恶液质，毕竟五官完整。战死的人，你知道致命伤在哪里？若是在脑袋上，跟关公大老爷似的，头都没有了，或者说头虽然有，但身首异处，需要我们用丝线把脖子和脑袋缝到一起，那咱们可就有得活儿干了。

我本来胆子还大些，听河莲这样一说，毛骨悚然。可我是班长，三军不可夺帅，就狠狠地对河莲说，不得蛊惑军心！现在也不是冷兵器时代，不会出现一把大刀把头剁飞了的情况。就是战伤在头部，也不过是颅脑粉碎性骨折或大动脉断裂，头骨肯定还是在的。

果平说，哎呀我的妈呀，班长你就别讲了。血肉模糊脑浆迸裂，这比一个头叽里咕噜地滚到一边去了，还可怕。

我说，不管可怕不可怕，我们必须完成任务。最简单的一个道理就是，要是你阵亡在这荒无人烟远离亲人的地方，浑身上下沾满血和泥巴，到处是和敌人搏斗的痕迹，你愿意就这模样埋进烈士陵园吗？

小鹿最先说，我不乐意。听我奶奶说，人死的时候穿着什么衣服，到阎王老子那儿就是什么打扮。所以，人的老衣都得是最好的。我们这么小岁数就不在阳间了，更得穿得像点样子，最好仪表堂堂。

果平说，你那是迷信啊。不过，活着的人会常常梦见死去的人。要是我们穿得太破烂，家里人在梦中相见的时候，心里会难过的。

小如长叹一口气说，真到了为国捐躯的时候，别的我也顾不了，但我希望给我穿一套干净衣服，不一定是新的，但一定要有香皂味。

河莲冷笑道，人都死了，还管那些。要是我啊，生是什么样，死也是什么样，无所谓，生死如一。也省得让别人心里起腻，在这里讨论来讨论去的。一把黄土埋了，大家清静。

你很难说河莲这番话是正说还是反说，但她刺激了我们，使大家脸上滚烫起来。是啊，都是为了保卫祖国，我们从各地聚集，来到这苍茫的世界第三极。现在有一个兄弟远行了，我们不能在他生前帮他击败敌人，难道在他死后，还不能伸出手去，为他的遗体做点什么，把他打扮得漂亮些吗？

我们排着队，缓缓地向三号太平间走去。一位瘦得像竹子的干事蹲在太平间门口，低着头，好像在看蚂蚁爬。当然了，地上肯定没蚂蚁，这里高寒缺氧，蚂蚁都不肯做窝。

你是小毕班长吧？我姓朱。他伸出手说。

和朱干事握手的时候，有一种被根雕捏住的感觉。我把他左右一打量，决定称他竹干事。竹干事拿出一把钥匙，边缘粗糙锐利，几乎没人用过，递到我手里说，你把太平间的门打开。

我说，你怎么不开？

他说，我胆小。

一个男人当着一帮女孩子的面，公开承认他胆子小，你还有什么可说的？我原来只以为他是个病秧子，没想到脸皮还挺厚。我心里也吓得够呛，但当着一班人，只有挺身而出，奋勇向前。

门开了。太平间的屋子并不很大，但给人阴森森的空旷感觉。地中央水泥制成的停尸台上，直挺挺地仰卧着一堆白色物体，依稀看出人的轮廓。上覆一匹宽长的白布，四角垂地，笼罩地面。我们依次走进去，围着尸床站定，默不作声，好像在瞻仰一座雪丘。

竹干事贴墙站着，保持着和尸体最大的距离，对我说，你去把蒙尸布揭开。

其实，从一进了太平间的门，我们已经没有退缩的余地了。无论如何都得把任务完成，这是铁的戒律。但是我讨厌一个男人临阵脱逃的胆怯，更甭提他还是我们之中，唯一处理过阵亡事宜的老手呢。

我反问，你干吗不去揭布？

竹干事很惊讶地说，你们领导没和你说过吗？

我说，说了。说你有经验。

他说，除了这个，就没说别的了？

我只好说，还说你动口不动手。

竹干事说，这就对了。那我现在动了口，你为什么还不动手？

我说，你是老兵，应该给新兵做个榜样。你有经验嘛！

竹干事苦笑着说，我有什么经验？不过就是处理过一次敌方死尸。那是一个三十多岁的大胡子，两条腿炸断了。原本想就那么连着衣服埋了。后来上级指示，出于革命的人道主义，还是收拾得体面些。第一步要把身上的血污洗了，开始我们用刷子刷，没想到血是刷掉了，但肉也跟着掉。不知是谁想出的法子，在尸体的脖子上套了一根绳子……

我们又怕听又想听，恐惧地盯着竹干事苍白的薄嘴唇。小鹿忍不住哆嗦着下巴问，你们是打算，把他，再吊死，一回吗?

竹干事不理这茬儿，接着说，我们在尸体的腰当间也拴了一道绳子……

河莲说，我的天，该不是要五马分尸吧?

小如掩着半边嘴说，有革命的人道主义管着呢，别瞎猜，太吓人了。

竹干事有个本事，就是你说破大天，他沉着镇定，一派大将风度，按自己的顺序走，一板一眼说下去。

我们把大胡子上下拴好，就把他沉到河里，拽着两道绳子在河岸上慢慢走。他躺在水里，被太阳晒热的水，从他身上缓缓流过，头发飘着，很悠闲的样子。我们累得够呛，像伏尔加河上苦难的纤夫。大胡子刚开始下水的时候，水是清的。过了一会儿，下游的水流渐渐地变脏了，那是大胡子身上的硝烟和火药末脱落下来。又过了一会儿，水流变红了，那是凝结的血块溶解了……

小如捂着耳朵说，竹干事，求求你，别讲了。我直恶心。

河莲兴致勃勃地说，讲，讲! 真是新鲜事，从来没听过!

我从骨子里是一点也不想听这种可怕的经历的。可我知道，当一个女兵，必要的时候要有铁石心肠。竹干事看起来瘦弱，意志却很顽强，才不在乎你是不是恶心欲吐，坚持按自己的想法行事。

……等到河水再次变清的时候，我们就把大胡子拉到岸上，平放在岩石上……竹干事依旧平静地叙述着。

大胡子的肚子是不是胀得像个鼓? 河莲嘟起自己的腮帮，好像自己也被人按到水里，淹了个半死。

没有。溺水的人腹胀如鼓，那是因为在水中挣扎，把太多的水灌入胃里。或死后尸身腐败，产生气体所致。大胡子是死后入水，牙关紧闭，肚子里没进水。再说，我们很快把他从水中拖出来，他也来不及腐败。竹干事很科学地解释。

可他总会有一点变化的。就像我们在水里洗衣服，时间长了，手指肚也会泡得发白。果平很有点打破砂锅问到底的英雄气概。女孩子好像有个通病，越可怕的东西越好奇。

竹干事有些惊异地说，你有经验，猜得很对。大胡子被流动的河水洗得很干净，皮肤稍微有一点肿，这使他看起来比我们刚认识他的时候，胖了一点。我和我的战友们坐在河滩的巨石上，谁也不说话，抽着烟，静静地等着呼啸的山风和西斜的太阳，把大胡子吹干。突然，我的战友站起来，走到大胡子身边，把一支点燃的香烟塞到他手里。我说，这是干什么？战友说，我刚才拖他的时候，看到他右手的食指和中指肤色很黄，说明他是一个老烟鬼。他躺着看着咱俩吸烟，一定眼红得不行。给他解解馋吧。

我看着袅袅的烟气，像风车一样，在大胡子胸前绕啊绕……

后来呢？我们几乎异口同声地问。

没有什么后来。竹干事说。后来大胡子被风吹干了，衣服和脸都很干净，只要不看他的膝盖以下，像一个旅游时睡着了的异国人。我们给他的遗体照了相，按照他们的风俗，用白布裹起来妥善地安葬了。每一步处理都照了相。听说这些相片都在外交部的铁匣子里放着，作为曾经发生的历史，保存着。

屋里很安静。好像大家都消失在空气里了。许久后，小如说，我以后再也不喝狮泉河的水了，它洗过死人。

竹干事说，你尽管喝水就是。洗过死人的狮泉河水，早就流进印度洋，只怕现在都到北冰洋里打漩涡了。

河莲最先从故事中苏醒，说，竹干事，你既然这么有实践经验，为什么非要我们班长揭开盖布，何不身先士卒？

竹干事说，你以为我不想在女孩子面前表现英雄气概？只是从那次以后，一碰到和死人有关的事，我就骤发心动过速，吃什么药也不管事，真气死人。也不是害怕，我当时不害怕，以后也不害怕。但是我脑子不怕，心却不争气。战友们都知道我这毛病，凡是和后事沾边的活儿，一概不让我参加。这次战事较大，大家都很忙，是我主动要求处理尸首的。这会儿心跳已经像锣鼓点了。我就不亲自动手了，请诸位娘子军原谅。

我们表示了充分的理解。只是河莲嘟囔了一句，竹干事，可惜了。你这个样子，恐怕当将军无望了。

我义不容辞地走上前去，揭开了尸床上的盖布。我的动作很大，想象中，那布该是冷重如山。不想白布像云一般，飘然飞起，在半空中平平地伸展开，好像被一股神奇之气横托着，久久才悠然而落。一名年轻士兵的脸，像新月一样，洁白光滑地对着天花板，静静地躺在水泥床上，眼皮微睁，蝌蚪般漆黑的瞳仁，稍微倾斜地看着我们。

悚然震惊！

在揭开这块布之前，虽然他明明就在我们身边，我们下意识里以为他未必真的存在。揭开这块布以后，他以极大的威严君临一切，不存在的是我们。

他穿着很整齐的棉军装，只是腰间有些臃肿，好像揣了几颗手雷。其他部位严谨利落，并无血迹，一时间竟看不出伤处所在。脸如同大理石雕刻，因为失去了热血灌注，就像高大的乔木在冬季落尽叶子，线条刚硬简洁。嘴唇的曲线因为死前的痛苦与坚忍，略有弯曲，好像有一句很重要的话，封闭在紧咬的牙关之后。他的手很规矩地半握着拳，紧贴着裤线安放着，似乎准备随时收起肘关节，取胸前半端位，刷刷摆动起来，应和着口令开始跑步。

竹干事挤在墙角嘶哑着嗓子说，先找到伤口，然后清洗。然后给他穿上新军装。旧衣服里面的每一件遗物，都要告诉我，我好做登记。如果有钱什么的，更要保存好，以便交给家属。

我们无声地点点头，表示明白了。

我轻轻地走到班长面前，解开了他棉衣的扣子。那些圆滑的塑料扣子，因为一直在冰冷的太平间里沉浸着，摸在手里，如同机器制造的冰雹。我的手指不一会儿就冻僵了，解得很慢，大家凑过来要给我帮忙。我说，河莲站对面，暂时有我们两人就够了。别的人听我指挥，需要什么东西，你们好去找。

我知道给死人脱衣穿衣，比给活人做这套动作麻烦多了。本来只以为他不会配合，操作者多费点力气就是，干起来才明白，生死这道分水岭，把简单的事变成了一道天大的难题。

上衣扣子解开后，局势开始明朗。腰间的膨出更加明显，暴露出白色的三角巾，那里必是致命的伤口所在。三角巾其实完全不能再称为白色，它被鲜血染成通红之后又凝结为深咖啡色，坚硬干燥，像一块巨大的巧克力板。

我企图把它解开，马上发现是痴心妄想。血液凝固再加冷冻，强度赛过钢板。我头也不抬地问，腹部缠着浸满陈血的三角巾，解不开，怎么办？

我知道竹干事在远处密切注视着事态的进程，以他的经验，随时准备答疑解难。

先把情况搞清楚。竹干事指示。

我观察了一下三角巾，因是战友匆忙包扎，不似专业医务人员规范，有的地方紧，有的地方松。我把手指探到血绷带之下，艰难地暗中摸索。先是在腹部正面触到半个圆滚滚的东西，好像是老式的台灯罩，然后又在它的四周摸到一摊腻滑的东西，好像是盘起来的电缆。经过卫生员训练，我对人的肚子部位大致该有什么，已是心里有数，但对这摊物件，实在想不出什么，颇感莫名其妙。

看我愣着发呆，竹干事说，摸着什么啦？

我说，不知道。硬，滑，圆，一缕一缕的……

那是肠子。竹干事说。

我结巴着说，在……哪儿？肠……子？

就在你手底下。竹干事把头扭向一侧，不看我，盯着太平间洁白无瑕的墙壁说。

我说，你也没见，怎么知道？

竹干事说，这就是老兵和新兵的不同、干部和战士的区别。咱们吃军粮的年头还不一样呢。子弹击中了这小伙子的肚子，肠子流了出来……就这样。很简单。

既然确定是腹部外伤，伤处就是清洁处理的主要部位。再像挖巷道那样，把手探进去作业肯定不成，需要把三角巾取下来。

拿剪子。我吩咐道。

小鹿说，拿哪种剪子呢？

我们每个人只有巴掌大的旅行剪刀，平常剪个补丁什么的，还可凑合。对付这种血染的绷带，简直是头发丝系轮船，力不从心。炊事班还有几把抠鱼鳃破鱼肚的大铁剪刀，用于烈士身体显然不敬。我略一思索，转而对果平说，去，把手术室的剪刀拿来。

按说我一个小兵，没权私自把手术室的装备带到太平间。但县官不如现管，果平是手术室的护士，我是她的班长，调把剪刀出来，还不手到擒来？

果平跑出又跑进，把锋利的手术剪刀递我说，给。

我操刀就剪，原以为必然势如破竹，没想到，不锈钢的剪刀只把血纱布豁开一个小切口，就再也推不动了。好像用刮胡刀片切西瓜，深入不下去。

我埋怨果平，你这剪刀也太钝了。

果平委屈地说，我特地挑了把新的呀！

我说，那就换大号的手术刀。

果平刚要再跑，竹干事说，刀也不一定行。手术器械都是给活人准备的，自然以小巧精确为上。对付死人，又是血又是泥的，搅到一块儿，比混凝土还结实，好比是秀才遇见兵，没用。人已经死了，就不必考虑那么多了，用锯吧。

我对小如说，你到木工房去一趟，借把锯来。

小如说，他们那儿正赶做棺材哪，不一定借得出来。

我说，就一会儿，跟他们说点好话。再说了，咱们这儿要是不给烈士穿好衣服，他们的棺材里躺谁啊！

小如拔腿走，竹干事说，顺便再借个木匠来。

小如说，干什么啊？

竹干事说，谁能使锯子？你们还是我？我是会，可这会儿我的心跳已经一百八十下了，没法干活。也许我官僚，调查研究不够，你们这里还有女木匠？

河莲鼓了鼓嘴巴。我知她老爹是将军，指挥打仗可能有遗传，但木匠肯定没练过，把嘴鼓成蛤蟆也没用。

小如说，借借试试。但锯子有百分之八十的准头，木匠只有百分之二十的把握。

竹干事说，你先去。木匠如果不来，我就带着枪去请。

这事就算商量妥了，没想到河莲说，用人工多慢啊，用电锯多好啊。

我没好气地说，到哪儿找电锯？

河莲胸有成竹，说手术室就有电动骨科锯。

果平说，哎呀，我倒忘了，真是有的。只是平时极少用，只有截肢的时候才拿出来。河莲，你眼里真有东西，连我这个手术室护士都没想到。

河莲说，你忘了我曾在手术室代过几天班？你的家当都印在我的脑瓜里了。随时留心地形地物和一切地面设施的分布与功能，是一个优秀军人必不可少的素养……

我打断她说，河莲，那你会用电锯吗？

河莲做出不好意思的模样说，真叫你猜着了，我偷着练过，还真能凑合着用。

果平惊道，你本事可真大，就差没偷着给自己开刀了吧？

河莲惭愧地说，我用锯没有师傅指点，按照书上写的自己摸索，操作不一定正规，也算是自学成才。

果平取回骨科电锯，寒光闪闪，令人生畏。河莲接过来，对着烈士说了一句，大哥，我自知手艺不精，可事到临头，只有我为您做这件事了。您就多担待着点吧。我呢，手下也悠着点劲。好在您那么重的伤都忍了，这会儿感觉也不灵敏，熬一熬，马上就过去了。您要没什么意见，咱这就开始了。

我们扭过头看看尸床上的班长。千真万确，我们都看见他眨了一下眼睛。

河莲说完，操着电锯，接上电源，跃马横刀，就在血板上操练起来。电锯发出喑哑的噪音，像一头沉闷的野兽在呜咽。布三角巾的纤维应声断裂，沿着锯口的边缘卷曲起来，每根布毛的外周都是暗褐色的，但血未能浸透的内芯，还保持着布的本色，好像一种外红内白的奇异羊毛，被一根根扯断了。

机械化就是比手工快得多，片刻工夫，血板像断裂的盔甲，碎为两瓣。河莲放下电锯，用力一掰，血板就像散了桶箍的木板，向两侧打开。班长神秘的腹部，暴露在众人眼前。

真相大白。

他的下腹部是一个触目惊心的大弹孔，肠子汹涌地流出来。急救时，战友们用一个大号军用饭碗扣在肠管上面。碗口罩不住，长长的肠子就盘在碗的四周，好像水泥管子上头盖了一顶小草帽。

竹干事远远地看了一眼，闭着眼睛说，把碗取下来，把肠子塞回去。

这无疑是正确的。但人的肠子流出来容易，塞回去可不那么简单。首先是碗取不下来。它和肠子紧密粘成牢不可破的一坨，好像埋藏了千万年的化石。

当然，可以再用刀锯之类，强行把碗取下。但无论怎样小心，都会伤了班长的肠子。哪里能忍心让战友再受伤害！我们盯着竹干事，等他拿主意。

竹干事眯缝着眼，似看非看地朝着这边，想必也在发愁。

点火！竹干事说。

烧哪儿？我们齐声问。

当然是烧炉子！莫非你们还想把房给烧了？竹干事火了。

太平间里是没有炉子的。当初盖屋的时候，设计者一定想死人不需要保暖。今天为了让凝固的肠子和饭碗分开，必须加热太平间。

搬炉子架烟囱来不及，我们分头从别处找来几个炭盆，把燃烧的红柳根放进去，围着尸床摆了一圈。旗帜般的火苗在盆里欢快地跳跃着，由于冷热空气的剧烈对流，火舌会突然冲出盆子的上空，互相勾引着，在一个极短的瞬间，在空气中融成不规则的火环。然后又气急败坏地分开，独自很有弹性地跳动着，给屋里带来春天的气息。静卧着的班长的头发被气流吹开，惨白的脸庞反射着金粉色的光辉。

　　等待。等待铁和血的分离。许久，许久。我们默不作声，在死去的人周围架起火焰，让人有一种宗教般的感悟，说不出话来。竹干事似乎受不了压抑的气氛，到屋外换气。

　　有滴答的血水从尸床上流下。河莲用手轻轻一拔，碗就取掉了。

　　我们都倒抽了一口冷气。没了饭碗的掩饰，致命的伤口更加狰狞可怖。血肉横飞不说，透过肠子的缝隙，依稀看得到尸床的水泥板。

　　腹部贯通伤！河莲叫起来。

　　更可怕的还在后面。班长正面的伤口很吓人，背部的枪眼却很小。敌人丧心病狂地使用了国际上禁用的汤姆弹，炸出了巨大的创面。

　　河莲严峻地说，班长，你知道这说明了什么？

　　我茫然地说，说明了敌人很残暴。还说明什么呢？

　　河莲愤怒地说，还说明了子弹是从背部射入的，说明在战斗中，这位班长是用脊梁骨对着敌人，也就是说，他是——逃兵！

　　这怎么可能？一时间，我们呆若木鸡，赶快用眼睛搜寻竹干事，他领着一个圆圆脸的小兵，正好迈进门。

　　这是和班长烈士一起参加战斗的战士，让他给你们讲讲经过吧。竹干事看着地面说。

圆圆脸听到了河莲最后的话，怒火冲天地说，谁说我们班长是逃兵，谁就是敌人的奸细……

我们当然知道河莲不是奸细了，但圆圆脸的心情也可理解。听他讲完，我们才知道子弹为什么从背后击中年轻的班长。

在边界上活动的叛匪，极端剽悍骁勇。他们奉行一种打得赢就抢、打不赢就跑的策略，经常从国境的那一端武装回窜，见了老百姓的牛羊就抢，然后一声呼哨，流窜回那边，围着篝火烤着抢来的羊腿，吃个一醉方休。待到羊腿吃光，舔舔嘴唇，他们又开始策划下一轮的抢劫了。

老百姓遇难，首先想到的是找边防军。这一天，有人报告，叛匪又来了，抢了牛羊，正在向格乐山口逃窜。边防军兵分几路，向格乐方向飞驰，力争在国境线的这一面，把敌人堵截住，把老百姓的牛羊救下。

我和班长一路，我们跑得最快，班长做梦都想立功。圆圆脸说。

前面是一座高山，有一个山口。我们骑着马，旋风一般向前冲去。马上就要到山顶了，按照常规，应该下马，匍匐前进，侦察好前面的情况，再继续追击。可是班长求胜心切，怕敌人赶在我们前面撤回国境那边，就大叫了一声，同志们，跟我冲啊！第一个飞上了山顶。叛匪多么老奸巨猾，他们算定了边防军一定会拼命堵截，就事先在路上埋伏好了，把枪口的准星和山顶对成了一条线，只待我们的人马一出现，就开枪阻击。在平常的电影和小说里，都是我们打鬼子的埋伏，其实，敌人也会这一套，也能给我们布个口袋阵。班长骑着马，冲上顶峰的那一瞬，我正好在班长旁边，稍靠后一点。班长英武极了，背后是雪原，像是天兵天将。没想到，就在这一秒钟，敌人的枪声响了……他们都是惯匪，加上又有准备，枪法很好，第一枪就击中了班长的马眼。那马眼珠迸裂，一声嘶鸣，痛得腾空跳了起来，疯狂地掉转了身子……正在这时，敌人的第二枪赶到了，他瞄的是班长的胸膛，由于战马飞腾而起，转了一百八十度的圈，这发子弹就从班长的背后射入，把肚子炸开了。

我们慌了，眼见得班长的肠子像绳子一样地掉出来。我们喊，班长班长……班长说，喊什么，没见过人肠子，还没见过猪肠子吗！他一边把掉出来的肠子往伤口里送，一边说，别管我！快打敌人！我们立刻开始了还击，把子弹像泼凉水一般地洒过去。叛匪看势头不好，就甩下被打死的同伙和抢来的牛羊，缩回到国境那边。

我们围着班长，他的肠子送回去一部分，还剩一些塞不进去。人的肚子也像箱子似的，有的时候，你要是把东西都翻出来，再放就盛不下了。不知是谁想起，战地救护手册上写过，碰到肠子流出来，要用一个干净的碗扣在上面。我就把饭碗拿出来，那个碗就是我的……圆圆脸指指炭盆旁的大号军用饭碗。

……一个战友撕开了急救包，把班长的肚子包扎起来。班长说，战斗很漂亮啊，除了我，你们都可以立功。我们说，班长，头功是你的。班长说，我口渴……到处都是雪，因为追击紧张，我们都没带水壶，这时就用嘴巴含了雪，化成水，喂给班长……班长的血流个不止，地下成了一片红雪。班长刚开始还能咽下我们的水，但过了一会儿，牙关就越来越紧，雪水也喂不进了。我们吓得不行，有几个人就掉眼泪。班长说，别哭，战士可以流血，不能流泪……我好想家里的人啊……话没完，人就不行了……

圆圆脸说到这儿，泪流满面。

河莲说，合着你们班长连一个敌人也没打死，整个是壮志未酬。没点军事头脑，死得没价值，冤枉啊。

圆圆脸说，不许你这么说我们班长。他只比我大一岁，也没上过军事院校，看过唯一讲兵法的书，就是《水浒》。他用命告诉我们，让我们都记住了，打仗会流血。

河莲说，干什么都会流血。

圆圆脸愤愤地说，你们躲在后方，流什么血！

一句话把大家噎得哑口无言。竹干事有气无力地说，分工不同。你去让后勤部把新衣服送来，记着要比你们班长平日穿的大一号，帽子要大两号，鞋要大三号。

圆圆脸走了。大家说，下一步干什么？

我说，把班长全身的旧衣服都换下来。

竹干事说，对。可以用电锯，但记着别把衣服的兜锯破，一会儿还得清点遗物。

河莲很乐意干这活儿，电锯忙碌不停，好像在锯一棵古树。棉衣锯开了，棉裤锯开了，绒衣锯开了，绒裤锯开了……卸下的衣服堆在墙角，支离破碎。

班长现在像个婴儿一样无牵无挂地躺着，我们开始为他洗澡。我们用新的毛巾，泡在温水里，轻轻绞干，很仔细地给他洗脸擦身。

把班长像件瓷器一般洗干净，新衣服也送来了。穿衣的时候，我们遇到了今天以来最大的困难。新衣服不像旧衣服，可以一毁了事，必得整整齐齐、妥妥帖帖套在死人身上。人又不是木板，你说怎么穿？

裤子还好说，我们搬起他的腿，托着他的腰，费了九牛二虎之力，总算穿上了。那一堆肠子不好处理，塞不进去又不能耷拉着。大家就把地上的瓷碗又捡了起来，盖在肠子上，用绷带绑好。除了小伙子的肚子看起来有些大腹便便，基本上说得过去。

关键在上衣。好不容易穿上一只袖子，那一只无论如何都穿不上。班长的胳膊硬如铁棒，完全不会打弯。

给死人穿衣服，是不能一只袖子单穿的，必须扶他坐起来，把他的两只胳膊一齐向后伸展，就像我们平日上双杠做预备动作似的，同时往后悠，两人齐努力，衣服才能穿上。竹干事萎靡不振，声音小得像马蜂嗡嗡，幸好还清楚。

虽说我们和烈士班长相处已经有一段时间了，但一想到要扶他坐起，还是让人不寒而栗。小鹿说，我还是在前面压着他的腿吧，省得他一下坐不稳了，摔到床下。

大家都觉得她有点担子拣轻的挑的意思，可一想她最小，就拉倒了。

河莲主动说，我在后面扶着。你们给他穿衣服，动作要快点，时间长了，我可坚持不了。

竹干事有气无力地说，他怎么也是个小伙子，你是小姑娘。他的分量有你两个沉，要是撑不住了，我帮你。

河莲说，没事。万一顶不住，我就坐到水泥台子上，和他背靠背。小时候玩翻饼烙饼的游戏，都这么来着。

竹干事叹道，好样的。你这丫头有勇有谋，以后能当团长。

河莲说，团长算什么？官太小了，我起码要当到军长。

大家说着，颤颤巍巍地把班长扶坐起来。那张原本已经看熟的脸，一旦从躺着变成立着，又使人震惊一次。班长的身后，由于积血形成大片尸斑，全是怪异的深蓝色。他的手向后伸的时候，胳膊也是半只白半只青，煞是恐怖。

我们给他穿上本白色的士兵衬衣，把不祥的蓝色遮盖住，然后是绒衣和棉衣。待到一切收拾完毕，我们已累得汗流浃背。

班长重新睡下时，身着崭新的军装，除了腰带处有点窝囊，其余精干无比。但是我们在给他穿鞋子戴帽子的时候，困难重重。虽然竹干事未雨绸缪加大了尺码，但班长的头和脚都肿胀了，帽子戴不下，鞋子穿不上。

怎么办？我们只有再次请示竹干事。

用剪子。竹干事说。

剪哪儿？我们不知底细。

剪帽子的后面和鞋的两侧，但要伪装好，让人从正面看不出来。竹干事捂着胸口，支撑着说。

我们照章办理，总算收拾就绪。现在，一个军容整齐的小伙子，微闭着眼，英俊潇洒地躺在我们面前，好似胜仗之后在树下小憩。

啊啊，总算干完啦！我们小声欢呼起来。当然，当着烈士遗体欢呼，很不礼貌，但死亡既已无可挽回，年轻的士兵，此刻必然也满心希望以最整洁优雅的形象告别人间，大概也会原谅我们。

竹干事用眼光命令我们把白布蒙上。他认为只有和烈士隔开，我们才有权大声喧哗。我对他说，你要是不舒服，就去休息。剩下的事，我们能干。我冲着破碎的旧衣服努了努嘴，心想，不就是抱出去烧掉吗？

竹干事说，剩下的事，你可干不了，那是我的正经项目。说完，他掏出一个文件夹，摊开后说，你们谁给我找个凳子来？

烈士躺着，竹干事坐着，我们开始清点并记录军衣兜里的遗物。

钢笔一支。英雄牌，黑色老式。河莲像饭馆里跑堂的小伙计，拉长嗓门报着。

伤湿止痛膏两贴，啊，不对。是一贴半。有一面已经揭掉用了。小如轻声说，刚才我给他擦身的时候，在左膝盖看到那半贴了。想不到年纪轻轻的，就得了关节炎。

竹干事不喜欢婆婆妈妈，说，关节炎是高原病，和年纪没关系。谁都能得，比如你，比如我。接着干活吧。

小鹿高声叫起来，说，哈！你们猜，我在他兜里翻出了啥？

竹干事说，大惊小怪什么？一个当兵的，能有啥？肯定没存折。

小鹿不理他，继续兴致勃勃地说，是糖啊。三块真正的水果糖，和发给我们的一模一样的水果糖。

小鹿的手心里，托着几块包着草绿色糖纸的水果糖。摩擦久了，翘起的糖纸几乎掉光，椭圆形的糖块沾着斑斑点点的绿色，好像池塘里的小乌龟。

竹干事放下笔说，这就不必记了。都是军需发的大路货，没什么特别的价值。家属也不一定需要。

看着那三块糖，我突然热泪盈眶。在这之前，我一直无法把死去的班长当成一个曾经活过的人，尽管他在我身边，我仍觉得他是幻影，一切都不真实。但这一瞬，我明白他曾是一个活生生的人，像我一样爱吃糖。我被刻骨的悲伤击中。

在高原上，凡是外出，可能遭遇种种意外。飓风、雪崩、饥饿、酷寒……要想生存下去，你必须要有热量。糖就是最好的热能，所以，每逢有人走进风雪，叮嘱的最后一句话定是——你带上几块糖了吗？

糖，在某些时候，就是生命啊。

　　这几块糖，是班长临出发的时候，装入口袋的。哦，也许不是这一次，从糖的磨损和任务的紧急程度看，估计是早已放在身边的陈物。糖，是高原的护身符，班长放入这糖的时候，一定是满怀生的渴望。此刻，糖仍在，生命已悄然远去。这几块糖，寄托了班长对生命的眷恋，怎能说没有特别的价值！

　　我对竹干事说，留着这几块糖吧。送给他的爸爸妈妈，这上面有烈士最后的手印。

　　竹干事说，女孩子就是事多，多愁善感。

　　但他还是很给我面子，在登记簿上歪歪扭扭地记下：军用水果糖三颗。

　　还有吗？竹干事问。

　　没有了。我们齐声回答。

　　没钱吗？竹干事追问。

　　没有。我们万分肯定地回答。

　　一分也没有吗？竹干事继续问。他倒不是不相信我们，因为事关烈士的遗产，必得一清二楚。

　　一分钱也没有。我们斩钉截铁地回答。河莲小声嘀咕，山上一千公里内没有人烟，哪儿有商店？倒是想用钱买氧气，可谁卖给你啊。

　　竹干事假装什么都没听见，走到破烂的碎军衣堆前，说，我还得亲自检查一遍，这是规矩。他一块块碎布细细捏着，好像哨兵在搜查敌军的情报。最后拿起一件衬衣的残骸，说这里面有个小兜，你们看了没有？

　　果平说，没看。那个兜有什么用？装了东西，磨得胸前痛。

　　竹干事冷冷地说，那是女人。男人总是把最心爱的东西藏在这里。说着，他从衬衣的布条里，抽出一个牛皮纸信封。

我们惊骇莫名，看着竹干事打开信封，他突然扑哧一声笑了。我们这才敢围拢过去，端详信封中的东西。

一张四寸大小的彩色照片，花红柳绿一个乡下妞，露着不整齐的白牙，很忸怩地看着我们。

这是班长他姐吧？要不是他妹？可是怎么长得不大像？河莲自语着，顺手还掀开白布单，朝烈士脸上瞄了两眼。

竹干事说，你这个姑娘，一阵聪明一阵傻。有把姐妹的照片这么贴心摆着的吗？依我的经验，肯定是未婚妻。

未婚妻？我们惊叫着，又像铁桶一般围过去，火眼金睛地将那女子看了个彻底。小鹿捂着嘴说，嘻嘻，长得可真难看！

不知是乡下的摄影师水平太差，还是这女子貌不上相，反正从照片上看：眉毛粗重，鼻梁塌扁，嘴唇阔大，牙列不齐。全脸唯一可夸奖的是眼睛，大而圆，有一种猫一般的灵光。

我们之中相貌最好的小如，倒还比较宽容，说，她笑得挺开心啊。

果平说，这照相馆的手艺也太次了，把人脸涂得像猴脸。

照片原是黑白的，为了好看，那女子特地上了颜色。乡下的摄影师用水彩颜料乱涂一气，脸色赤若夕阳，红色还描到脸的轮廓以外，像打碎了红墨水瓶，洇得到处都是。

小鹿说，我看班长挺漂亮的小伙儿，怎么找这么一个困难户啊？还把她当宝贝，揣在离心脏最近的地方。真是眼神不济啊！

放肆！竹干事火了，说，她是谁？你们以为是普通的乡下姑娘啊？她是烈士的心上人，是烈士的遗属。现在她还不知道班长的死讯。要是知道了，还不得哭得天昏地暗！你们拿她开心，对得起良心吗？

我们原也没想那么多，只是看着一张可笑的照片，就笑起来。女孩子总是这样的，一件并不可笑的事，只要有一个人开始笑，大家就跟着凑热闹，笑上半天。经竹干事这么一说，问题有些严重。想象那照片上的长着猫眼的姑娘，过不了多久就会悲痛欲绝，我们顿时抱愧无比，大家都低下了头。竹干事看我们蔫了，又安慰我们说，好了，总的说来，你们今天的表现还是不错的。班长虽说没轮上和自己的未婚妻告别，有你们这么多姑娘给他送行，心里也该知足了。

竹干事说着，在遗物登记簿上规规矩矩地写下：亲人照片一张。他又把堆在地上的碎衣物，像捡破烂的老汉一样，根根梢梢翻了个遍，每个衣角都用大拇指和食指对着捻一回，看藏没藏着东西，直到万无一失。

好了，我们可以撤了。竹干事合上登记簿，疲惫已极地说。他把钢笔和伤湿止痛膏细致地包好，照片也用白纸夹起来。只是把军用水果糖丢在墙角，说，这个就算了吧。转送家属，吃又吃不得，留着还挺伤心，不如眼不见为净。

糖块叽里咕噜地滚着，刚开始声音很脆，好像玻璃弹球在找坑，渐渐地就不怎么响了，太平间地上积满尘土，它们保证已脏得发不出动静了。

我们缓缓地往外走，小如突然停了脚，说，竹干事，有一句话，我不知当说不当说。

快走到门前的竹干事，简短地回答，说。

小如说，竹干事，把相片还给班长吧。

我们一时没明白，但是我们马上就明白了。小如接着说，照片带回去，还给谁呢？给那个姑娘，她会难过死的。他的父母也会难过的，她本来会是他们的儿媳妇，可是以后永远不会是了。最难过的还是班长，他那么心爱的东西被拿走了，永不还他。照片被不认识的人传着看，代为保管，他会不乐意的……

我们被小如的话感动，双脚牢牢地站在地上，用这个姿势告诉竹干事，要是他不答应小如的请求，我们就不离开太平间了。

竹干事什么也没说，从纸夹里抽出红脸姑娘的照片，递到小如手里。我们一道走到白如雪峰的尸床前，小如轻轻地揭开白布。班长向上扬起的眉毛是微笑模样，好像在睡梦中赞同我们的主张。我们轻轻地把他的衣扣解开，把照片平平整整地插进他左胸前的衬衣口袋。我看到那张照片有节奏地起伏着，班长年轻的心在托着它跳动。

我们走出太平间，好像在里面待了一百年，山川河流都有了很大的改变。天变低了，云变重了，太阳是多角形的，雪山也变黑了。竹干事冲我们扬扬细瘦的胳膊，说，再见了，女兵们。但愿有一天我阵亡的时候，还能由你们来为我换衣。

我们说，我们不给你换衣服，你还是好好活着，自己给自己换衣服吧。

回到宿舍，我们都拼命讲其他的事情，再也不提一个"死"字。

我趴在地上，从床底下翻自己的细软。找了半天，才从长筒靴后面找到我的宝贝盒。它是我求老兵用三个罐头盒子的铁皮，剪开打制而成。我专挑菠萝罐头盒，因为它的皮不仅结实耐用，而且都是金黄色的，精心砸制出来，好像纯金制成的万宝箱。我抱着它走到背人的角落，打开，里面是满满一盒军用水果糖。它们穿着草绿色的衣服，好像是饱满的小水雷。我一直想不通，高原部队发的糖，为什么是绿色的，难道糖纸也要伪装吗？如果战争打响了，你往嘴里塞进一块红糖纸的糖，就会被敌人发现，而绿糖纸就可安然无恙吗？

好了，不想这种节外生枝的问题了，正事要紧。我开始挑选水果糖。平日吃糖的时候，随便抓一块就是。但这一次，我苛刻已极。糖纸稍微有些残破的，颜色不鲜艳的，包括虽然外形完整，但由于被揉搓过，显出一副无精打采样子的水果糖，都毫不留情地淘汰。最后入选的种子选手，都像刚从生产流水线上跳下来的产品，容光焕发。糖块像石子一样坚硬，两端拧起的糖纸，好像小姑娘的刷子辫，舒展又漂亮。

我揣着糖果，用那把锐利的钥匙开了门，再一次走进太平间。屋子里有一种新衣服浓重的桉叶味，混合着炭盆燃烧后的袅袅烟气，好像是一片被雷电击过的热带雨林。班长安详地睡着，我附在他的耳边，轻轻说，对不起啊，再打搅一次……

我把三块水果糖小心翼翼地放在他的右裤兜里，我记得很清楚，我们正是从那个兜里取出了他的旧水果糖。我把班长的衣服重新抚平，让他睡得更舒适些，然后缓缓退出。

我感觉背后有凉风袭来。

回头一看，是竹干事。

你又来干什么？竹干事问。

我……来看看……我支吾着说。我知道像竹干事这样的老兵，将生死看得淡如烟云。把糖的事如实说出，他会笑我的。

生和死的区别，其实没有我们想象的那样大。不过是蚕蜕了一层皮。竹干事缓缓地说。

我转移话题说，那你来干什么？

竹干事说，我领着木工来装棺。

经他一说，我才看到，在不远处，一座朱红色的棺木，在几个人的肩头，宫殿一般雄伟地矗立着。

工人们开始装殓班长，棺里铺了松软的棉被。班长从水泥的台子上搬到木制的小屋，一定会感觉暖和些的。

竹干事对我说，不必遮遮掩掩，我都看到了。他以后没有机会吃糖的。

　　我说，才不对呢。我相信在一个春天的晚上，天上有着圆圆的月亮，班长定会和他相片上的未婚妻，在烈士陵园的台阶上相会，每人嘴里含着一块糖。

雪山窃贼

女孩子的胃比男孩子的要小，所以，她们正餐时吃得很少，但经常要吃零食。

西藏能供给女孩子打牙祭的东西实在太少了，我们每天馋得思来想去，只好"精神会餐"。

有一天，果平对我们说："喂！想不想吃烤羊肉啊？"

大家异口同声地说："那还用问？当然想吃啦。"连我也跟着一块儿喊，虽然我不吃羊肉，但我喜欢凑热闹。

果平说："那我们先筹集原料。"大家就分头活动，很快就搞到了孜然、辣椒面和盐。但烤羊肉最主要的材料——羊肉，还在羊身上长着呢。

大家很着急，果平如此这般地把她的计划说了一遍，我们就只好耐心地等待一个日子。

西藏的羊群经过了一个夏秋的游牧放养，冬初的时候最肥了，要是不杀，经过一个冬天的折磨，到了来年春天，就骨瘦如柴了。在第一场暴风雪来临之前，炊事班长带领人在操场上预备把整个冬季吃的羊都杀完了。然后，把羊堆积起来，拎来水桶往剥了皮的羊肚子里灌水。这样经过一个严寒的夜晚，水就结成巨大的冰坨，羊像琥珀中的昆虫一般，保存得很新鲜。

羊肉暴露在室外，一年只有这么一个晚上。天一亮，班长就会把冻好的羊搬进库房。再想偷出羊肉，比登天还难。

那天，我们每个女孩子手里都捏了一把手术刀，静静地躲在屋里，盼望黑夜降临、众人入睡的时刻。

终于等到了。半夜时分，我们身穿皮大衣，偷偷地溜出房门。天黑得如同墨鱼肚子，冻彻骨髓的寒风把我们吹得东倒西歪，可是，大家都毫无退缩之意。有什么比在漆黑的夜晚冒险更令人兴奋的呢？

我们很快摸到了堆放冻羊肉的操场，除了成垛的死羊，这里空无一人。我们并不害怕，可是，对着城墙一般坚实的冻羊，不知如何下手。

果平掏出随身带的小手电，上下左右照了照说："每人找准一只羊，用刀子割肉。注意不要割了自己的手。"

我们手持利刃，纷纷持刀而上。手术刀倒是很锋利，但它太小了，好像一片银色的柳树叶，面对着骨骼完整的冻羊，简直是杀牛用鸡刀，实在力不从心；再加上羊身上结满了冰，好像披了水晶盔甲，又硬又滑，刀尖儿根本插不进去。

大伙儿忙活了半天，没有一点战果。果平不慌不忙地说："别着急，两个人一组，一个人扳住羊身子，另一个人用刀切羊腿上的肉，那儿的肉最好吃了。"

调整部署后果然奏效，我们割了几块羊腿肉，得胜回朝。牙齿冻得直打架，但心里得意极了。

到了屋里，把羊肉摊在桌子上的玻璃板上，切成樱桃大的块儿，蘸上作料腌好，这才发现了一个致命的问题——还没有烤羊肉的铁扦子哪!

大家你看我、我看你,大眼瞪小眼。果平一拍脑门说: "把每个人的毛衣针拿出来。"

女孩子天生爱织毛线,每个人都有几副粗细不同的针。大家齐心协力把毛衣针贡献出来,凑成了一大把扦子。

我们用酒精棉球给毛衣针消了毒,然后,穿上羊肉块,撒上辣椒面,开始在炉子上烤。

那一瞬间,屋子里很静很静,听得见屋外狂风的呼啸,听得见羊油滴落在火焰上的吱吱声。袅袅的热气在女孩子们的头顶蒸腾着,有一种家的气氛在我们心中涌动。

那一夜,我们房间的灯很晚才熄灭。

第二天一大早,炊事班长吃惊地说: "我的羊腿被谁挖去了几大块肉?雪山上出了窃贼,看来还是个老手,把羊身上最好的肉割走了。"

我们面面相觑,谁也不作声。

炊事班长又说: "其实,我巴不得大家多吃些肉呢,吃了肉身体好;只是这种冻了冰的肉,没有高压锅,谁能把它炖熟?可别吃坏了肚子。"女孩子们得意地交换了个眼色,大家还是不说话。

让炊事班长永远蒙在鼓里吧!他绝对想不到,这些柔弱的女孩子,吃起烤羊肉来,个个像绿林好汉呢!

曼巴牙古都

到乡下去给老乡看病，真像郊游一般有趣。但这种机会不是很多，不是我们不想为贫苦的牧民送医送药，而是因为我们的住所周围都是荒原，很少有牧民。牧民们要赶着他们的羊群，到有牧草的地方栖息，行踪飘忽不定，很难找到他们。

一天，有个向导说离我们几十公里处的牧民患了病，需要我们去诊治。我、果平和一位老医生立刻骑上马出发了。

我的坐骑是一匹栗色小马，步伐均匀而快捷；果平就有些惨了，她的枣红马像城墙一般魁梧，傲慢的眼神一点不把果平这位清秀的骑士放在眼里。

我只能在心里暗暗同情果平，却不敢提出和她换马。不是我胆小，而是骑术不如果平。在草原上，单是胆大没用，马是很有灵性的动物，只要你一跨上马背，它就能立即判断出你是高手还是软包，它可会看人下菜碟呢！

果然，果平一跃上马，枣红马就乖乖收敛起骄傲的神色，服从她的调遣；倒是我的栗色小马，欺负我的骑术不精，东张西望地不好好赶路。老医生直催我："再不快走，我们就要在草原上过夜了。"

到了牧民们聚集的地方，他们高呼着："曼巴给我们送吉祥来啦!"扶老携幼地拥出帐篷，把我们围得水泄不通。

牧民们一年到头在草原上游牧，气候严寒，环境恶劣，几乎每个人都病痛在身。老医生看病，果平打针，我发药，一时间忙得头都抬不起来。

由于看病比较慢，老医生那儿就积满了人。我和果平是执行医嘱的，就比较清闲了。

有一位藏族老人走到我面前，很急切地说了一番话。我和果平不懂藏语，只能朝着他微笑。向导说："老人说，你们是天上降下的菩萨，请给他看一看关节痛的病。"

我和果平还想推辞，向导说："我看老人是诚心诚意地请你们看病，你们就给他看吧，要不他会伤心的；要是他的病真的很重，再找老医生看也不迟。"

我和果平连连摆手说："老医生医术高，还是请他看吧。"

老人合着手掌说，他还要照看羊，等不了那么长的时间；他相信，我们能医好他的病。

我和果平就仔细地给老人检查了身体，确诊他是一般性的关节炎。我给他拿了药，果平给他扎了针。老人脸上浮出笑容，说是感觉好多了。

我和果平都很高兴，没想到老人脸色一变，又急切地说个不停。

向导说："老人想让你们用听诊器为他听听关节。"

我和果平目瞪口呆。听诊器我们倒是有，但那是听心脏查血压的，怎么能听膝盖呢? 膝盖里是什么声音都没有的啊!

向导把我们的话翻译给老人，没想到，他执拗地说个不停，最后，简直变成了恳求，说他以前见过的土曼巴，都是用这个亮闪闪的小银坨，把人的全身都听个遍的，然后，牵走三只羊。

我和果平还在犹豫，向导说："你们就满足老人的心愿吧！"

于是，我就把听诊器挂在耳朵上，又用手心把金属听头焐热，怕冰了老人的皮肤。一切都准备好了以后，老人打开他的羊皮袄，我把听诊器听头端端正正地扣在他的膝盖上……

耳朵里当然什么声音也没有，可我装作专心致志的样子，眉端一会儿聚起，一会儿舒展，好像若有所思地在分辨什么音响……

过了足足五分钟，我才收起听诊器，对一直紧张注视着我的老人说："您的关节有一点毛病，但是，不要紧；吃了药，就会好的。"

老人放心地舒了一口长气，好开心的样子离去了。

我和果平又为别的病人忙起来。过了一会儿，老人牵着一头大山羊走过来，对向导连比画带说，很激动的样子。

向导对我们说："老人讲的是'曼巴牙古都'，翻成汉语的意思就是医生好！他要把这只羊送给你们，请你们收下他的一片心意。"

我和果平惊得张开嘴巴合不拢，我们只为老人做了这么一点应该做的事，老人就要如此重谢我们，怎能叫人承受得起哪？！

我们赶紧对向导说："羊是万万不要的，老人以后要躲避潮湿，关节就会好起来。"

向导把我们的话转达给老人。

　　老人泪光闪闪地说："以前的游医，给牧民一盒清凉油就要换走一只羊。土其切！土其切！"

　　向导告诉我们："'土其切'的意思是'谢谢'！"

最高的花生糖作坊

有一天，我们之中年龄最大的河莲说："你们谁吃过花生糖？"

大家一齐嚷起来："我吃过！"

是啊，哪个女孩子小时候没吃过香喷喷、甜蜜蜜的花生糖呢？只要一想起那滋味，舌头下面就储存了一包口水要流出来。

河莲说："那我们自己做花生糖来吃，开一间世界上最高的花生糖作坊，好不好？"

在我们这些女孩子里，果平是以吃肉闻名的，我们都说她的祖先一定不是从猴子变来的，而是一只老虎变的，所以，见了肉就没命；而河莲是以巧出名的，她说要办什么事，一定能办到。

我们立刻大叫："开花生糖作坊，好哇！好哇！"

我们都吃过花生糖，可是，我们都没有做过花生糖，连脑子最聪明的河莲也没有做过。不过这难不倒我们，大家回忆起小时候吃过的花生糖，不就是一些炒熟了的花生米裹在琥珀色的糖稀里，放凉了就成了吗，没什么了不起的。

我们开始筹措原料。

因为我不吃羊肉，炊事班长对我比较优待。在大家吃羊肉的日子里，允许我自己挑别的食品。这一回，我放弃了最爱吃的大红枣，要了满满一大碗生花生米。

还有必不可少的糖，这也很好办。为了给大家补充营养，每人每月可分到一茶缸白糖。现在大伙儿争着贡献出来，河莲忙说："够了够了，花生只有一碗，小马不能配大鞍子，要不就比例失调了。"

原料备好以后，发现没有锅；没有锅，就没法熬糖和炒花生。我们的花生糖作坊还没开张，就面临倒闭的危险。

"就在我的刷牙缸里熬糖吧，虽说它小了一点，多熬几缸子也就够了。"果平挺身而出，解决了一半的难题。

但总不能用刷牙缸炒花生米呀，它的底面积太小了，最下面的花生煳透了，表层的还没有热乎呢。

于是，有人提议吃罐头，然后……

大家听了都说这个主意好，七手八脚地打开了一筒一公斤装的菠萝罐头，你一勺我一口地迅速吃光，接着操起剪子，把罐头盒剪开，真是好大一张洋铁皮。我们把洋铁皮的周边卷起来，一个简易的铁锅就做好了。摆在炉台上，还蛮像样的。

我们把花生米倒进自制的铁锅里，炉火在下面熊熊地燃烧着，花生米因为受热噼啪作响，有轻微的香气飘散出来。

我们正想为自己的发明鼓掌叫好，可怕的事情发生了：那个马口铁做的锅子，受不了高温的熏烤，中央突然软塌塌地陷落，熔化出一个红色的裂口。半熟的花生米像滑雪运动员一样，沿着烧红了的锅壁，飞快地掉进炉膛里去了……

一股焦煳味弥漫在空中，我们垂头丧气，作坊失败了。

"不要灰心，我们再想想办法。"河莲一点不气馁，明亮的大眼睛四处搜寻，一眼落在门后铲煤的铁锹头上，说，"就用这个当锅吧。"说着，端起铁锹，洗净了煤灰，架在炉台上，比个真锅还神气。

铁锹很厚，再也不会熔化掉。

我们把花生米倒进去，用筷子不停地拨拉。当筷子头变得焦黑的时候，花生米也熟了，散发出扑鼻的香味。真想先吃几粒，但为了我们作坊的声誉，大家都耐心地忍着馋虫的煎熬。

花生凉了以后，我们小心地把花生衣搓掉，把白白胖胖的花生放在一个碟子里。

下一个步骤就是熬糖了。这是比较简单的活儿，把糖放进茶缸，用筷子搅啊搅，不一会儿白糖就融化成淡黄色的糖稀，冒出透明的气泡。当糖稀的颜色变成褐红色并闪出油漆一样的亮光时，河莲果断地喊了一声："好了！"她飞快地把糖稀浇到碟子里的花生米上，并用筷子不停地搅拌，使它们混合得更均匀。一种属于真正的花生糖的甜香气，刺激得我们一个劲儿地咽唾沫。几次想尝尝正在冷却过程中的花生糖，都叫河莲给拦住了。她说，一定要等到花生糖完全做好了，用小刀割成一小条一小条的，像街上卖的一样，才分给我们吃。

为了那神圣的一刻，我们眼巴巴地盯着那个碟子，祈祷它快快变凉。

等啊等，碟子终于冷却了。当河莲郑重地拿起小刀，分割花生糖的时候，我们听到了极清脆的响声。

花生糖已经凝固得像石头一样坚硬，无论怎么使劲，都不能使它和碟子分离，更无法把它变成一小条一小条的糖块。

河莲难过地说："我犯了一个大错误，应该在碟子里抹上油，这样花生糖就可以磕下来了。现在，我们的作坊出了废品。"

我们都劝她放宽心："不要紧的。这不是废品，只不过吃起来稍微麻烦一点儿罢了。"

我们这座世界上最高的花生糖作坊，出产的第一批产品，吃的时候需用这种姿势——双手捧着碟子，像花猫洗脸一样，用舌头舔碟子。

不过，说到味道，那可真是好极了!

碗里的小太阳

我不吃羊肉，总觉得那肉里有一股青草味儿。小的时候，跟父母到北京的东来顺馆子里吃过一顿涮羊肉，回来后全身起了风疹。医生说是过敏，让我终生忌食羊肉。

到了西藏，羊肉就成了主要菜肴。做法很粗犷，用斧子将整头羊劈成碗口大的坨子，连骨头带肉丢进高压锅，再塞入一块酱油膏，撒点作料，拧上锅盖急火猛攻。一个小时后，一道名为"大块羊肉"的高原菜就算烧得了。大家就拎着饭碗来打菜。

我对同屋的果平说："你把我的那份儿菜打走好了。"

果平说："那你吃什么呀？"

我说："吃咸菜呀，我是宁肯吃咸菜也不吃羊肉的。"

果平说："你好傻啊，会写美丽的'美'字吗？"

我说："会写呀！"说完，就用勺子把儿在手心上写了一个大大的"美"字给她看。

果平说："原来你还挺聪明的呀！那你为什么不吃羊肉呢？什么叫'美'？'大''羊'两个字摞起来就是'美'啊，西藏的羊多大啊！"

我便如实相告，吃羊肉过敏。

于是，在吃羊肉的日子里，只有我一个人孤零零地吃咸菜。时间长了，被炊事班长发现，他说："老吃咸菜怎么行？长久下去会得病的。"

我说："那好啊，你给我做猪肉。可那些猪肉都是从平原运来的，数量不多，都让我吃了，就太对不起大家了。"几次小灶以后，我对炊事班长说："我还是吃咸菜吧，这样心安。"

炊事班长见我很坚决，就说："要不这样吧，你跟我到食堂的库房里挑一挑，看你喜欢吃什么，就拿点什么；反正每个人都有一份儿伙食费，你不吃羊肉就吃别的好了。"

我第一次走进库房。哇，好丰富！一箱箱的奶粉，成麻袋的红糖白糖，还有花生米、葡萄干、脱水菜、压缩饼干……真够琳琅满目的。可惜都是干菜坚果类，根本引不起人的食欲。

"就没有蔬菜吗？比如红红的萝卜、绿绿的黄瓜？"我实在太渴望吃青菜了，明知没有多少希望，还是试探着问。

"有啊。"炊事班长很肯定地说，随手拈出一筒罐头。三下五除二，打开来，倒真是有红红的萝卜、绿绿的黄瓜，只是它们强烈地冒出一股酸气。原来这是酸菜罐头。

吃了几次酸菜罐头，我就腻了。我跟在炊事班长的屁股后面转，突然发现一只神秘的小麻袋，袋口的线绳扎得紧紧的，灰头灰脑地缩在墙角。

"那是什么？可不可以吃？"我问。

"吃不得。那是一种虫子干儿，有怪味道。"炊事班长说。

我好奇地解开绳子，出现在眼前的是满满的一麻袋红橙鼓胀的——大海米！

"噢！我今天就吃这种虫子干儿了！"我快活地大叫着，要知道我们自打到了西藏，还没尝过海味呢！我顺手抓了一把海米填进嘴里，嚼得咯咯响，鲜香满口。

炊事班长吃惊地瞪着我，因为，他自小生活在西北的山区，从没见过海里的生物。

但连续吃了几次海米之后，我又腻了。这一回，我长了经验，不让炊事班长当向导，自己在库房里转呀转，想再发掘出点不同凡响的食品。

果然，我又找到一只奇怪的麻袋。看起来鼓鼓囊囊，拎一下却很轻。打开一看，原来是又大又圆的山西红枣。

我立刻用随身带的饭盆舀了半盆，连蹦带跳地跑出库房，对等在外面的炊事班长说："我今天就吃这个喽！"

炊事班长说："这个当零食吃可以，当正经菜可不行。"

我说："能行能行，又能当菜又能当饭。"说着就跑远了。

以后，我和我的朋友们就热切地盼着吃羊肉的日子。我进库房用来盛红枣的器皿越来越大，最后，简直变成了一只小脸盆。炊事班长吃惊地说："你一个女孩子，一顿吃得了这么多的红枣吗？小心别闹肚子。"

我说："当然吃得了，你就放心吧。"

他不知道，每次都是我们全屋的女孩子一块儿吃红枣。在那些最严寒的日子里，我们团团地围坐在火炉旁，把红枣洗净，撒上白糖，放在小锅里，慢慢地煮。

在呼啸的风雪声里，红枣渐渐地膨胀起来，好像一轮轮暖洋洋的小太阳，把我们的脸都映得红艳艳的。

女孩子吃红枣，是很补身体的。

雪线上的蛋花汤

鸡蛋在昆仑山上是很稀罕的东西。

你想啊，海拔五千多米，多么品种优良的母鸡也活不了。从平原到高原几千公里的路程，汽车一路上"跳迪斯科舞"，鸡蛋就是铁皮的，也会被颠出缝。

于是，军需部门就给我们运鸡蛋的代用品。其一是蛋黄粉，色泽像金皇后玉米面一样灿烂。掺上水，用油一煎，就成了金闪闪的蛋黄饼。可惜好看不好吃，根本没有鸡蛋味，曾噎得人直翻白眼儿。

"用鸡蛋黄养鱼都养不活，人要一天吃这个，能得黄疸病！"有人说。

食堂若吃蛋黄粉，准得剩一大盆，像漫天的迎春花。

其二是一种有清有黄的冻蛋，是把整个鸡蛋打进铁桶，速冻而成。说起来倒是全须全尾的原装，吃到嘴里，却比鲜蛋差得远。好像鸡蛋的魅力是一种很温暖的东西，一冻就丢了。

其三就是鸡蛋罐头了。圆圆滚滚的球体卧在玻璃罐里，随浑黄的液体浮动。除了形状上还保持着基本轮廓，很难使人想到它是母鸡的产品。

于是，我们这些远离家乡的年轻军人，就像思念绿色一样，思念白色的温暖的有着粗糙外壳的真正的鸡蛋。

有一年过节，炊事班长很神秘地叫我："喂，你是女娃，有个事要问你。"

炊事班长很能吃苦，做饭的手艺可不敢恭维。

"什么事？你说好了。"我心不在焉地应道。

"喏，你看。"他伸出蜷得像个鸟窝似的手掌——我看到在他皲裂的手指圈起的半圆形凹体中，有一个粉红色的鸡蛋。

"是真的吗？"我惊喜地问。

"当然是真的！要是有只老母鸡，也许能孵出鸡娃来！"炊事班长得意地说。

这肯定不行。就算它原来是一颗有生命的种子，跋涉冰峰雪岭时也早冻死了。我顾不上反驳炊事班长，只一个劲儿地问："它为什么没被颠破呢？"

炊事班长不乐意了，说："瞧你这个样，好像巴不得它破了！这是我老乡特地从家乡带来的，一路上抱着纸盒，连个盹都没舍得打。"

我说："这真是一个经历了长途拉练的鸡蛋。"

炊事班长说："别废话，知道叫你来干什么吗？"

我说："把这个鸡蛋送给我。"

"吓！想得美！"炊事班长晃着他的方脑袋说，"老乡一共送我三个鸡蛋，三个鸡蛋够谁吃的？今天过节，我想用这三个鸡蛋给大伙儿做一锅真正的鸡蛋汤。你是城里人，你喝过那种片片缕缕像米汤似的鸡蛋汤吧？咱就做那样的。"

"喝过。"我说。

"那好，你就给咱做。"炊事班长说着，把我推到锅前。

在呼呼的热水面前，我可傻了眼。不错，我是喝过那漂浮如丝带的甩袖汤，但我根本就不知道它是怎么做出来的！可我又不好意思对向我寄予了无限期望的炊事班长说"我不会"。在炊事班长的方头颅里，既是城里人，又是女人，就该天生会做鸡蛋汤。

嘿！有什么了不起的！鸡蛋汤鸡蛋汤，顾名思义，把鸡蛋倒进水里就成汤！我痛下决心。

打蛋！我命令道。

炊事班长乖乖地拿出个大铝盆（可以当行军锅的那种，比一般脸盆要大和深），把三个鸡蛋打进去，用手指把蛋壳内的每一滴黏液都刮净。

三个鸡蛋像三颗金蚕豆，在空旷的盆底滚来滚去；没有了外壳的鸡蛋，更小更少。

一大锅水开了，冒着汹涌的白汽。我端起盆，正想把搅匀的蛋液倒进去，突然觉得它们太单薄了。

"加水。"我说。

"往哪里加水？"炊事班长谦虚地问。

"当然是往……鸡蛋里加水了。"我胸有成竹地说。

"加多少？"炊事班长小心翼翼地请教。

"就加……一大勺吧！"我指挥若定。

现在盆里的景象好看多了，黄澄澄的半盆，再没有捉襟见肘的窘迫。"好了，现在就把鸡蛋液倒进锅里，并且一个劲儿地用筷子搅拌。一会儿，我们就会有香喷喷的真正的鸡蛋汤喝了。"我有条不紊地吩咐着。

人高马大的炊事班长乖乖地听着指挥，三个珍贵的鸡蛋和一大勺凉水倾倒进沸锅……一时间，锅里锅外都很安静。

"一个人只能喝一碗，多了就不够了。今天你辛苦，就给你喝两碗吧。"炊事班长思谋着。

"鸡蛋是你的，你本该多吃多占点。"我说。

想象中的鸡蛋汤该有仙女水袖般飘逸的蛋花，该有糯米般甜蜜的蛋丝，该有……

满满一大锅水再次开了。

锅里什么也没有，只是云雾般地混浊。那三个鸡蛋神秘地失踪了，融化在一大锅雪水中。

我和炊事班长面面相觑，目光在询问："鸡蛋呢？万里迢迢从家乡带来的鸡蛋哪儿去了？！"

喝汤的时候，我对大家说："今天这汤是鸡蛋汤，真正的鸡蛋汤！"

同伴们莞尔一笑，说："是吗？做梦吧！"

"是真的！我亲眼看见三个鸡蛋的，它们就在这汤里，我不骗你们！"我急得都要哭了。

大家还是半信半疑，因为，汤里实在是看不到鸡蛋的影子。

"不信，你们问炊事班长。"我使出最后的撒手锏。

大家把脸转向炊事班长。炊事班长扶着他的大方脑袋，什么话也没说。

于是，大家一哄而散，没有人相信我关于鸡蛋汤的神话。

"炊事班长，你为什么不说？为什么不说？"我气愤地质问他。

"大家没看见鸡蛋，你叫我说什么？"炊事班长心平气和地说。

那一天，我喝了好多鸡蛋汤，一边喝一边想，鸡蛋藏到哪儿去了呢?

　　这个问题我一直想了好多年。我想，假如我不在鸡蛋里掺水，事情也许会好得多。当然，如果锅不是那么大，如果我们有许多鸡蛋，我们就一定会喝上美味的鸡蛋汤了。

葡萄干儿王

　　我在西藏的医院里当化验员，这个工作，忙的时候真忙，闲的时候也真闲，可以一两个小时没有病人。我就百无聊赖地对着窗户，看远处像洋铁皮一样闪光的雪山。

　　爱玩儿是女孩子的天性，我就把周围的化验仪器拿来做游戏。比如把自己的头发揪下一根，放在显微镜下瞧一瞧。嗬！柔细的发丝变成了像钢管一般粗的砺石，表面也不再光滑，生出了许多毛刺……我赶紧把这根头发吹走了，我不喜欢平常习惯了的事物变成这么个怪样子来吓我。

　　有时我就挤出自己的一滴血，抹在玻璃上，放大几百倍来看。染上颜色后，人的血液是很好看的：淡蓝色的白血球像一枚枚精致的椭圆形树叶；比较老的白血球里长了许多核，好像细胞里藏着一只张开的小手；年轻的白血球还没有发育完全，核就像一截弯弯的腊肠。红血球是晶莹透亮的，像一些浅浅的盘子，只在边缘部分有一圈淡红的光环，好像一颗缠了红丝巾的水珠。血液里还有一些古怪的如同车轮般的大细胞，是专门生产免疫抗体的。

可我还是厌倦了，别说是血球，就是一幅世界名画，也终有看够的时候，我又挖空心思，想出新的把戏。

我有一架分析天平，现在人们常说的"天秤座"，就是那个样子。这架天平是为称取化验药品的，精确到了一个毫克的重量，也就是说，可以称出一克的千分之一的重量。

分析天平平日安放在一个密闭的玻璃罩子里，里面有个小布袋，装着干燥剂，保持空气的湿度稳定。要是含有水珠的空气附在秤盘上，重量就不准了。小小的砝码是用一种明亮的金属制成的，好像一粒粒精致的豆子。但那个最小的标志为一毫克的砝码，因为重量太轻，没法像它的哥哥们那样长得很标准，成了一块轻薄的多边形金属片。

分析天平简直灵敏得可怕。你把两个一毫克的砝码放在两边秤盘里，指针是平衡的，但你若是用手指摸摸其中的一个砝码，再把它放回秤盘，指针就毫不含糊地向你手指碰过的那个砝码倾斜。好像你是一个巫师，在一摸当中给了砝码魔力。其实，是因为你手上的湿气使砝码变重了。"又湿又重"真是一个十分形象的词，潮湿是有重量的。

不过用手摸砝码这件事，可得偷偷地干。要是让老化验员看到了，非得狠狠训你一顿不可。但我对什么事都想试一试，趁他不在的时候，取得了这个难得的试验结果。为了防止生锈，我用白绸子把砝码擦了又擦，在之后的日子里，像探望病人似的每天都仔细地观察小砝码几回，直到确信它们还像以前一样光彩照人，才放下心来。

我开始测量身边能得到的微小物体的重量。比如头发吧，把一根前额上的头发搭在秤盘上，指针只有极轻微的晃动。我总算知道了"轻如鸿毛"是什么意思，那就是几乎什么分量也没有。

头发长短不一，重量也不同，叫人无法发布统一公告；再说，就是同样长短的头发，后脑勺上的就要比前额处的重。这我就明白了，孙悟空那几根救命的毫毛为什么长在后脑勺上，那儿的头发质地最好了。

我还测量过眼药水瓶子的橡胶小盖的重量。嗬！它可真够重的了，好像有十几克吧。记得我在左边的秤盘里放着橡胶小盖，右边的秤盘里不断地加砝码，直到放了一大堆小银豆子，橡胶小盖还像个黑老包似的稳稳地坐着，不肯抬起屁股。

但我很快地又厌倦起来，对于敏感的分析天平来说，我周围伸手可及的一切物体——铅笔、钢笔、墨水瓶、注射器……都显得太沉重了。好像用绣花针去挖战壕，会累坏了我的分析天平。

有一天，我终于找到了一样很有趣的试验物品——葡萄干儿。我们每人每个月发一茶缸葡萄干儿，大家都一把一把地抓着往嘴里塞着吃。

我问果平："你知道最大的葡萄干儿有多重吗？"

果平眨着毛茸茸的眼睫毛说："可能……有一粒扣子那么大吧？"

我说："你不要避重就轻，我问你的是重量，不是大小。"

她思忖着说："那怎么能知道？我们只有称出一斤葡萄干儿，数数共有多少颗，然后用个数去除总重量，才能知道一颗葡萄干儿有多重。"

我说："那得出的只是一个平均值，而且还不很精确。我现在要问的是，一颗最大的葡萄干儿有多重？"

能言善辩的果平也没词了，说："这是没法知道的，除非你的舌头是秤盘。"

我说："哈！我有办法。你跟我来，不过你要献出一颗最大的葡萄干儿，我也挑出一颗，咱们来比一比谁的更大。不要心疼啊！"

果平说："这容易，权当吃的时候，有一颗掉到地上找不到了。"

我们先分头把自家的葡萄干儿摊在一张白纸上，细细拨拉着寻找巨型个体。果平挑出参赛的选手，是一颗圆饼形晶莹剔透的碧绿色葡萄干儿，好像翡翠雕成的。

我找出的葡萄干儿是暗黄色的，好像陈旧的树皮。虽然样子不好看，但大得像纪念章，里面还有籽。

果平说："你的葡萄干儿好丑啊！"

我反驳她："我们只说是选哪个大，又不是选美，谁重谁就是第一。"

趁老化验员不在，我俩悄悄地潜进化验室。我一本正经地戴上白手套，开始了正规操作。果平瞪大了双眼，紧张地注视着两颗葡萄干儿的竞赛。

出于礼貌，我先测量了果平的那颗葡萄干儿的重量——820毫克。这是一个很扎实的家伙，看着不很大，但分量足。我为自己的那颗葡萄干儿忧心忡忡，它虽说体表面积大，但疏松暄软，像个不堪一击的胖子。

我把我的葡萄干儿放进秤盘，然后小心翼翼地加砝码。每加一个小银豆，心里的欣喜就增加一分。嘿！我的胖子还真争气，足足是870毫克。

果平一副悲痛欲绝的样子，但望着一丝不苟的分析天平，只好尊称我的那颗葡萄干儿为"王"。

我把葡萄干儿取下来，正待把一切在老化验员赶回来之前收拾好，果平对着天平叹了一口气，天平的指针就剧烈地动荡起来。

　　果平吃惊地喊："哎呀，呼出的气也有重量啊？"

　　我说："当然啦！人的气息都是有重量的。高兴时的气息就比较轻，郁闷时的气息就比较重，看来你此刻不开心啦！不信，你再试试。"

　　果平就微笑起来，对着分析天平又吐了一口气，指针真的只轻微地动了一下，就恢复了平衡。

　　从平原到西藏高原，要坐六天的汽车。蔬菜水果都是很娇气的，哪里顶得住这样的颠簸？更不消说一路上雪花飘飘，气温在零摄氏度以下，再好的叶绿素也成冰激凌了。

　　但是，平原上的人还是挺关心高原上的人的，每年八九月份山下最热的时候，总要装上几卡车蔬菜，每车配备两个司机，昼夜兼程，把六天的旅程压缩成三天，赶上山来，想让吃了一年干菜和罐头的高原人享个口福。

　　但再新鲜的蔬菜，经过几千公里的折磨，也面目全非了。茄子皱得像核桃，蒜苗黄得像京剧里奸臣的胡须，只有青椒还绿着，但绿得十分可疑，用手指轻轻一弹，皮就噗的一声破了，流出一包绿汪汪的清水，原来它早已冻烂了。

　　有一次，运菜的车遇上了暴风雪。昆仑山是喜怒无常的，就是在最温暖的季节也会骤然翻脸，降下鸡蛋大的冰雹。菜车像破冰船似的抵达高原，通知大家去卸车。

　　到了车跟前，吓了我们一大跳：这哪里是车，简直就是一座移动的小雪山。

扒开篷布上厚厚的积雪，露出一个个装菜的纸箱。押车的人抱起一个箱子，砰地丢下车，咚的一声巨响，好像摔下来一箱炮弹。

"你轻一点儿好不好？"我们一齐冲他嚷。要知道，在高原上，蔬菜像黄金一样贵重，哪里容得他这般粗暴蹂躏！

"砸得再重些也不碍事。"押车员大大咧咧地说。

我们愤愤不平地打开箱子一看，才发现他说的是实情。这一箱里面装的是黄瓜，每一根都翠绿挺拔，像警棍一般笔直，用手一碰，发出清脆的玻璃器皿之声，好像翡翠雕成的工艺品。

又打开一箱，是西红柿。每一颗果实都红润闪光，好像红玛瑙。手指稍不留意碰破了西红柿的皮，流出的不是红汁，而是橙色的冰晶。

再打开一箱，是豆角。平日熟识的豆角显出一副陌生的模样，居然塑料似的半透明。透过朦胧的豆荚，依稀看到乳白色薄而软的豆粒，好像一只只惊讶的眼睛。

严寒使所有的蔬菜都改变了风味，吃到嘴里，都是雪花的味道。

这种运输的艰难情况，几年后得到了一点改善。有一年快过春节的时候，接到通知，飞机将给我们空投报纸和蔬菜；还有一年降落伞运载的是西瓜。

空投的日子到了，我们都眼巴巴地望着天空。冬天吃西瓜，就是在平原，也是很奢侈的事情。我们已经快忘了西瓜的滋味了，这是多么快活开心的节日！西瓜一落地就得马上收藏起来，千万不能在雪地里裸露时间太长了。要知道，当时的气温是零下几十摄氏度，要是把西瓜冻僵就糟了。

飞机来了，因为周围都是狰狞的山峰，飞机不敢低飞就开始空投了。一朵朵洁白的降落伞像鸽群一般在高天浮动。

天气很晴朗，但仍有看不见的气流在天穹穿行。突然有一只降落伞脱离了队伍，向远处的山谷翩翩飞去。

其他的降落伞都乖乖地落了地，久候的人们扑过去，迫不及待地打开伞下坠着的麻袋。打开一袋是报纸，打开另一袋是蔬菜，再打开一袋又是报纸……就是不见西瓜。

赶快同飞机上联系，问是不是忘投西瓜了?

飞机上回答，乘降落伞的西瓜，千真万确地空投下来了。

完了! 人们仰天长叹: 那个飘往雪原深处的降落伞，装载的就是高原人望眼欲穿的西瓜啊!

元宝饺子

中国有句俗语：好吃不如饺子。

西藏高原的人，当然也爱吃饺子。可山上的水不到八十摄氏度就开了，根本就煮不熟饺子。再说平日里大家都挺忙的，包饺子是个大工程，一时半会儿完不成。

春节到了。年轻人回不了远在内地的老家，大年初一总得吃顿象征团圆的饺子吧。

为了这顿饺子，从腊月二十八就开始忙上了。

炊事班长打开一袋袋面粉，在手心各捏一小撮儿，追着人问："你们说哪一袋面最白？"

大家随便看了一眼说："都是一盘机器磨出的面，都是一样白。"

炊事班长就红了脸反驳说："那可不一样。有的就细些，有的就粗些。十个指头还不一样齐！"

大家说："粗细还不一样吃？"

班长认真地说："那不一样。大伙好不容易吃一顿饺子，要用最好的面。"

挑好了面，就开始兑水揉面。几个小伙子抢圆了胳膊干，和出好几袋面。面团卧在案板上，好像一只只小白猪。

然后是调馅。山上没有鲜菜，就用脱水菜。干燥的脱水菜是一种像树叶一样黄而脆的碎层。一浸了水，就迅速胀大，变成像淤泥一样绿得发黑的糊状物。用手把水挤出去，菜馅的主角就有了。

没有鲜肉，就用红烧肉罐头替代。啪啪啪——打开几十筒，亮闪闪的一大溜罐头盒，好像一排胖胖的锡兵。冻成块儿的肉罐头要用筷子使劲搅匀，要不然，可能这个饺子里都是肉，那个饺子就是素馅了。

面和馅都有了，剩下的步骤就是如何把馅包在面里的问题。按照各自所在的房间划成小组，大家各自到食堂去领原料。

为了分得公平，炊事班长特地找来一杆秤。按每个人若干面若干馅的比例分发。我们领了面和馅，看着班长说："还有东西没发呢！"

操劳了几天的班长不耐烦了，说："还要什么？该给的都给你们啦！"

我们说："还有擀面杖、案板和搁饺子的盖帘啊。"

班长说："想得还挺周全。我又不是仙女，在这高高的雪山上，我到哪儿去给你们变这些东西？自己想办法吧。"

我们可怜兮兮地说："想不出来法子。"

班长说："那好办。就不要吃饺子了。面团擀成面片，饺子馅捏成丸子吃。"

我们赶紧就抱着盛馅和面的盆跑了，自己去想办法。

用抹布把桌面擦干净。谁不放心，就用酒精棉再涂一遍，算是消了毒。这就有了案板。

找来几本厚书，铺上白纸，撒一些干面，就成了上好的盖帘。

最难办的就是擀面杖了。雪山上连树都不长一棵，因陋就简现做一根都不可能。

不知是谁灵机一动，把一百毫升的大注射器芯子抽出来，权当擀面杖使。

起初，大家都说这个法子妙，但实践的结果并不理想。虽说勉强能把面团擀成圆形，但麻烦太大了。一来注射器内芯有个隆起的把子，干起活来十分不得劲。二来芯子非常滑，在平整的桌面上碾动，就像穿了溜冰鞋，累得人手腕酸疼。更有一位酷爱洁净的女孩说，她宁愿吃馒头，也不吃注射器芯子擀皮包出的饺子。

我们不解地问："为什么？"

女孩说："因为那根注射器抽过病人的血，芯子上没准儿还沾着病人的细胞呢！"

我们解释："都洗刷干净了，还用高压锅消过毒，没有事的。"

那女孩说："反正我是不吃这根棍擀出的皮，总是叫人心底犯嘀咕。我到别的房间看看，要是用新注射器，还凑合。"

说着她就跑了出去。

过了一会儿，她回来神秘地说："你们猜，男子汉们是怎么擀皮的？"

我们猜不出，她就领我们去看。

只见男人们把面团塞进压面条的机器，用力把轮轴摇得像一架风车。面团就被挤成薄而长的面片，像瀑布一样垂下来。

男子汉们把布匹一般的面片摊在桌面上，抓起暖壶盖，像盖公章一样扣下去。一个圆而大而厚的面块就被切了下来，摞在一起，就成了硬邦邦的饺子皮。

男子汉们用这种饺子皮包的饺子，又胖又大，像白花花的元宝。

女孩子们笑他们的饺子样太蠢，他们不服气地说："我们的饺子一个顶一个，谁像你们的，没个鸽子眼大，吃一百个也不饱。"

几乎忙了一夜，我们才把饺子包好。天亮了，各房间把自产的饺子送到炊事班。大家的饺子真是千奇百怪，山东的挤饺、河北的睡饺……江南的饺子最秀气，趴在那里，好像半个月亮……

饺子又叫水饺，意思是用水煮的饺子。高原上的水不开，只好改为蒸饺。班长指挥着，每个房间的饺子摆一屉，然后拧好高压锅的螺栓，开始点火。

大家都目不转睛地盯着高压锅，好像那里面炖着山珍海味。

炊事班长揭开锅的一瞬，人们像喜马拉雅鹰一般扑了上去，根本不管屉与屉的分别，抓起饺子就往自己的碗里扔。

女孩子们比较矜持，况且，她们的鸽子眼样的小饺子，谅也没人稀罕。

轮到她们拾饺子的时候，可就傻了眼。哎呀呀，精致的小饺子早就被人抢完了，只剩下大元宝稳坐笼屉。

女孩子们一边吃元宝饺子，一边嫌它们皮厚馅少。只有一个女孩好开心，她说："不管怎么样，这种饺子吃着放心，起码皮上没有血迹。"

惊险的炉子

　　高原奇冷，一年要生九个月的炉子。因为氧气少，一般的煤很容易熄灭，就要烧焦炭。

　　焦炭是一种银灰色的固体，是煤经过高温干馏后生成的，闪着清冷的金属光泽。它从遥远的平原运上山，走了很远的路。听人说，加上运费，一斤焦炭的价钱比一斤白面还贵。所以，烧焦炭的时候，就有一种烧钱币的感觉。焦炭也有缺点，它燃烧的时间虽比煤长，但很不容易点燃，每块充满小孔的焦炭都像石头一样阴沉着脸，不愿把自己辛苦积攒起来的热量释放出来供人们享用。于是，每次生炉子就成了一个难题。

　　小如生炉子的手艺最好了，她先把干柴劈成比火柴粗不了多少的细棍，像喜鹊搭窝一样架在炉膛里；柴下面塞着一团松软干燥的纸，充当引煤，再在柴火上面铺满了核桃大小的焦炭。炭的体积很重要，太小了，彼此间没有缝隙，就会把火苗憋死；太大了，柴火来不及把焦炭引着，自己就先烧光了，前功尽弃。

　　小如把一切都准备好以后，就把炉门紧紧地关闭，炉盖也扣得严丝合缝；再用一只大铁壶镇在炉台上，好像炉膛里禁闭着一个妖怪。

然后，她匍匐在地，往炉底出炉灰的小口塞进一根火柴，像小偷一样蹑手蹑脚地把炉火点燃；炉子就发出柔和的风声，伴以极轻微的爆裂声……

我们焦急地等待着，很想看炉膛里的情形究竟怎样。但小如像个卫士似的守着炉子，说：“不能看，一看三不着。”

我们恨恨地说：“又不是什么宝贝，看看还能化成水啊？”

小如慢声细语地说：“你们见过蒸馒头吧，没熟的时候是不能看的，一看跑了气，冷风灌进去，馒头夹生了，就再也蒸不熟了。刚点燃的炉子就像婴儿一样软弱，一看，它就不肯着了。”

面对这样富有人情味的点火者，你能有什么法子？只好乖乖地捺着性子等待了。

炉子像绵羊一样听小如的话，虽然我们看不到里面的火焰，但周围的空气不可遏制地温暖起来，炉膛射出看不见的红光，把我们的脸烤得红热如花。

我对小如的本领又羡慕又不服气。有一次，小如不在的时候，炉子熄灭了，整个房间冰冷如窖。大家发愁地说：“小如要是再不回来，我们的血就要结冰了。”

我说：“让我来试试。”大家抱着死马当活马医的想法，就同意了。

一切都是按小如在时的样子操作。我也严格地执行纪律，谁也不准看。我们静静地等了一个小时，手都冻僵了，炉子还是大智若愚地沉默着。我终于忍不住了，一把掀开炉盖。只见满膛的焦炭像严肃的眼睛，漠然地注视着我们，没有一点发红发热的意思，甚至连最下面的柴火都没有燃烧。

我气得不行，说：“它们不肯着，我们泼一点汽油，看它们还能这样一声不吭?！"

大家都说这是一个好法子，分头行动，一会儿就搞来了一大罐头盒汽油。

由我动手，从炉口自上而下，把汽油泼了个痛快。每一块焦炭都像宝石一样黑黝黝地泛着蓝光，柴火也油汪汪的好像浸满了松脂。

我兴致勃勃地划了一根火柴，从敞开的炉盖丢进膛里。

只听"砰"的一声巨响，炉子与烟囱的交界处裂开了一个大豁口，一个橙红色的火球冲天而起，大股的浓烟像手榴弹爆炸似的咆哮而出，飞舞的火舌像一种奇怪的植物四处翻卷着叶子……

我们惊恐万状地退踞墙角，被烟尘呛得鼻涕眼泪一齐流。

小如恰好这时回来了，拉着我们逃到院子里。"这是谁的主意啊？"她就是发脾气的时候，也是细声细气的。

我惭愧地说："是我，没想到汽油这么厉害。"

小如说："汽油燃烧的时候，体积一下子会膨胀好多倍，幸好你没盖炉盖，要是捂得太严密了，炉子会爆炸的。所以，不能用汽油来生炉子，你可一定要记住啊！"

我说："记住了。可是我不明白，我的一切步骤都跟你是一样的，为什么就生不着炉子呢？"

这时，屋里的烟雾已经慢慢消散，小如牵着我的手走进来，细细地查看黑黝黝的炉子，过了一会儿，她问："你是不是放了许多引火的纸啊？"

我说："是啊，纸放得多，才能引燃柴火嘛！"

小如轻轻一笑说："问题就出在这里了。你放的纸太多了，燃烧的纸尘把炉箅子通气的通道都堵死了，就像人被捏住了气管，炉子自然点不着了。"

　　我真是哭笑不得，一个铁皮炉子，居然比人还娇气。

　　后来，我跟小如学会了生炉子，成了除她以外的第二位好手。有一次，我生的炉子整整八个月的时间没熄灭，也算创了昆仑山上一个小小的纪录呢!

第一次打针

打针是医务人员的基本功，每个医生护士都有给别人打第一针的经历。那滋味虽说比不上打第一枪惊心动魄，但也令人终生难忘。

在正式打针以前，我们先经历了短暂的画面学习。比如注射部位、神经的走向、针头与皮肤的角度等，都像背口诀似的谨记在心。

终于有一天，我们要真刀真枪地在病人身上实习了。

我的老师是一位男护士，姓胡（我们是第一批分到藏北的女护士，在我们之前的护士，自然都是男的了）。胡护士让我复述了一遍肌肉注射的操作程序以后，就说："行，你出师了。推上治疗车，到病房打针去吧。"

我听了很高兴，赶紧把打针的家伙准备好。推着车要走的时候，见胡护士揣着两只手，一副无动于衷的模样。

我奇怪地说："咦，你怎么不同我一道走？"

他说："这次你一个人去。打针又不是拔河，要那么多人干什么？"

我吓了一跳，乞求他说："你跟我一起去好吗？不用你动手，站在一边给我壮个胆就成。"

胡护士毫不通融："你错了，有人在旁袖手旁观，你才容易心慌。真到你独自面对病人，胆量自然就来了。"

我还是不死心，就说："你要是不去，我打针有什么毛病，自己也发现不了，不是对病人不负责任吗？"

胡护士想了想说："这样吧，你打完第一针就找个借口走回来，我去检查一下，问问病人的感觉，就能知道你的技术如何了。"

谁让胡护士是我师傅呢，只有照他的主意办。我一个人推着小治疗车，向幽深的病房走廊走去。那一瞬间，我好孤独，有一种独闯虎穴的忐忑。

进了病房，病人像往常一样微笑着迎接我，我的心略微安定了一点。我翻开了治疗簿，第一个接受我"治疗"的是一个名叫"黄金"的人，很高大威武的样子。

我鼓足勇气，轻声地说了一句："黄金，打针。"

我以为他一定会不放心地问我，怎么就你一个人来了？老护士呢？但实际上他什么也没说，乖乖地趴在床上，很自觉地做出了挨针扎的姿势。

我松了一口气，口中念念有词，都是注射的诀窍，左手绷紧了他的皮肤，右手笔直地竖起针管，一咬牙一闭眼，正要不管不顾地往下戳，心里突然打了一个哆嗦。我想平日里不小心手上扎了一根刺，都会疼得直吸冷气；金属针头可比竹刺粗多了，那还不得疼死？真不忍心下此毒手啊！要是我一针攮下去，病人痛得熬不住，一个跟头跳起来，会不会把我的针尖折断在肉里？那麻烦就大了！这样一想，手变得酥软，老捏着针管比画，针头刺了几下都没捅进肉里。

黄金动了动身子说："护士，你咋还不扎？我都冻得起鸡皮疙瘩了。"

再不能拖下去了，要不病人旧病没好，又添一个重感冒，索性豁出去了，长痛不如短痛。我说了一句："黄金，你可千万别动！"说时迟那时快，手一抢，就把注射器像菜刀一样砍了下去……

在此之前，我在萝卜和棉花团上练过打针，真的一试，才发现差别大了。人的皮肤比萝卜软得多，比棉花要瓷实得多，有一种很怪异的感觉。也许是我的劲儿用得太大了，几乎没有遇到任何抵挡，针头就顺畅地插进了黄金的身体。

俗话说，万事开头难。我进针的这个头儿开得不错，后面就容易得多了。我很均匀地推动着药液，拔针的动作也快捷麻利。黄金惊奇地说："我还没什么感觉，你的针就打完了。真是青出于蓝而胜于蓝啊！"

我很得意地回到护士值班室，对焦急地等在那里的胡护士说："你去验收好了。"

胡护士从病房回来的时候，不像我想象的那么满面春风。他皱着眉对我说："病人对你打针的技术反映还是不错的，说你打针的时候一点也不疼……"

我不好意思地微笑着，很想说几句表示谦虚的话。可是，还没等我想出词句，就听胡护士话锋一转说："但是，我发现了一个很严重的问题……"

我赶紧检讨："我准备的时间太长了，把病人给冻坏了……"

胡护士说："这还是小事，你的过失比这个可大多了。我在黄金的屁股上看了一下，根本就没有你消毒皮肤的痕迹……"

我一下子如同五雷轰顶。天哪，我忘了这件最重要的准备工作，没用碘酒、酒精消毒，就把针头捅到病人的身体里了。

我吓得几乎哭出来，说："病人不会得败血症吧？"

胡护士说："我得赶快向医生报告，让他给病人吃点消炎药，但愿一切平安无事。"

从那天以后，好多日子我都抬不起头来，尤其是害怕见到黄金。幸好他的身体很健康，没留下什么后遗症。

第一次打针的教训真是刻骨铭心，我以后再也不敢这样粗心大意了。

女孩的纸

女孩们用的纸比别人多。干净的柔软的洁白的纸，是伴随她们整个青春的朋友。

我们到了西藏，才发现这里的"毛伴"①，根本就没有卫生纸卖，更不要说卫生巾之类的东西了。大家开始并不着慌，因为刚从家里来不久，提包里都还有存货呢。

高原的日子在寒冷中一天天过去。终于有一天，女孩们发现已无纸可用。

这可怎么办？尤其是果平，已是等米下锅的局面。

这是一个绝对要回避男性的问题，我们缩在屋里苦思冥想。

有人说，干脆给山下的商店发个电报，叫他们速运一大卡车卫生纸来。

河莲说："这是不可能的。山上只有我们这几个女孩，别人又不需用这东西。要是拉上一卡车，什么时候才能卖得完？毛伴才不会做这种赔本的生意呢。"

---

① 藏语，此处指商店。

大家愁眉苦脸地你看着我、我看着你。除了从毛伴那里买，想不出还有什么其他的途径搞到纸。

"我有办法了。"果平突然胸有成竹。

大家忙问她有何高招，她笑而不答，一副高深莫测的模样。大家见她不肯说，也就作罢。反正她的形势最紧急，她都不急了，别人乐得逍遥。

过了几天，我的纸也用完了。我悄悄找到果平，说："把你的纸分我一点用。"

果平说："我哪里有纸？谁说我有纸了？"

我说："你好坏呀！没纸的时候，要我们大家帮你想办法。你有纸了，就独自享用。真自私。"

果平笑起来，说："我真的没有纸。不过你说我自私倒是对的。我要把我的办法告诉你，你也会自私起来。"

我说："不管是什么法子，我得先得到纸。我这里急等着用，你速速从实招来。"

果平附在我的耳朵上说："我用的不是纸，是包扎外科伤口用的止血绷带。"

我一听，这真是一个好办法。后来大家就你传我、我传你，都用止血绷带代替卫生纸。

有一天，河莲对我们说，领导找她谈话了，说最近没有外伤病人，可止血物品消耗得太快。看来我们得想另外的法子。

我说："只有寄望于毛伴。毕竟它是我们和山下繁华地区之间唯一的通道。"

我和河莲就到毛伴，同卖货的藏族小伙子说："我们需要纸。"

热情的小伙子为我们找出一箱信纸。

"不！不！不是这个纸！"我和河莲一个劲儿摇头。

小伙子又搬出了成捆的蜡光纸，五颜六色，煞是好看。

"不！更不对了！"我们俩摆手跺脚加比画，总算让他明白了我们的意思：需要一种洁白柔软的大张纸。到底有没有？

小伙子笑眯眯茅塞顿开的样子，连连说："那样的纸有！多得是！"说着就到后面库房去找。

我和河莲相视而笑：真是踏破铁鞋无觅处，得来全不费工夫。

过了一会儿，小伙子满面尘灰地抱着一大卷纸，气喘吁吁而来。高原缺氧，任何动作都像剧烈运动一样费力。

我和河莲赶紧迎过去，刚想谢他，细一看，不禁傻了眼。那不是什么细软的卫生纸，而是画国画的宣纸。

"这个，是不是很好？像你们说的那样——白——软——大？"小伙子的神情透着为别人做了好事之后的得意。

"那当然……是了……只是，这个……太可惜了……"我和河莲结结巴巴，不知如何答对他的好心。

"这个不可惜。已经运到这里好多年了，从来没有人要。你们买了吧，价钱很便宜……"藏族小伙子恳切地说。

河莲和我商量，没有现成的卫生纸，止血绷带又不能再用了，我们就先买了这宣纸，回去救个急吧。

我们把宣纸带回去，滴上水做了个试验。洁白的宣纸又柔韧又吸水。我们刚想欢呼，突然发现一个严重的问题：宣纸经过长途跋涉，纸缝里夹满尘沙。

这可怎么办？谁都知道，女孩子用的纸要很清洁的。

河莲说："我们把土抖干净，然后用高压锅消毒。这样有什么病菌也不怕了。"

大家就高高兴兴地把纸送去蒸，从此再也不用为纸着急了。

但我有时候想起来，真是为那些宣纸可惜啊。

藏族的花围裙

我小的时候在幼儿园表演藏族舞蹈，每个小姑娘都要扎一条花围裙，那是藏族女装最显著的标志，我们都喜欢得不得了。可那么多的小朋友，到哪里去找许多真正的藏族小围裙呢？幼儿园的阿姨很会想办法，买来白毛巾，贴上彩色蜡光纸的窄条，一条五光十色的藏族小围裙就做好了。

我把这条毛巾和纸做的围裙扎在腰间，对着落地的穿衣镜一照，哈！美丽极了。雪山上的仙女就是这个样子啊！

来到西藏，看到藏族女人果真围着同样的围裙。也许是扎在腰间的时间太久了，高原的紫外线把颜色晒褪了，它们没有我想象中的漂亮。

离我们住的地方不远有一条小街，藏语称它为"毛伴"。一天，我在毛伴的小店里闲逛，突然在柜台里发现一条极鲜艳的藏族围裙，缝缀着七彩的绸条，好像把天上的彩虹剪来一段贴在上面了。

"这条围裙多少钱？"我迫不及待地问售货的藏族小姑娘。

她微笑着用不很熟练的汉语报出一个价钱，并不很贵，我一算，自己身上带的钱足够了，就一边忙着掏钱，一边连声说："我就要这条围裙了，请赶快给我包起来。"

藏族小姑娘数完了钱，却一动也不动，充满歉意地对我说："单有钱是买不了围裙的。"

我吃了一惊说："买个围裙还需要什么证明吗？"

她说："还需要两尺布票。"

那个时候，每年都发一种布票，凭票才可以买布制品，我们的衣服因为都是统一发的，就没有布票。我一时抓了瞎。

我不死心地说："这个围裙都是绸缎做的，为什么要布票呢？是不是有些没道理？"

小姑娘红着脸把围裙拿过来，翻过绸缎的背面让我看，那是一层淡紫色的布。她小声说："没有办法，这是规定。"

我再不好说什么了，垂头丧气回到宿舍，把缘由一讲，大家七嘴八舌地帮着我想办法。

果平说："让你妈妈给你寄几尺布票来吧。"

我撇着嘴说："我还以为你有什么好主意呢！就这个办法啊，我早想过了，不行的。我们家在北京，寄来的是北京布票，在西藏是不能用的。必须要有西藏布票才行。"

河莲说："我们同你一起再去找卖围裙的藏族小姑娘，大家一块儿为你说话，人多力量大，没准儿就把她的心说动了。"

我连说："不成不成。我看得出她是一个好心的小姑娘，我们要是不给布票就拿走了她的围裙，她会伤心的。要是那样，我情愿不要围裙了。"

正在大家一筹莫展的时候，一直没吭声的小如附在我的耳边说："我倒有一个办法，你可如此这般……不过要你一个人去，千万不可一大帮人凑热闹。这事能成最好，不成就算了，千万不要再为难小姑娘……"

我连连答应着，再次进了毛伴。

藏族女孩依旧笑眯眯地看着我，不待我说话，就把那条精美的围裙拿了过来，用略带生硬的汉语说："布票，有了？你的？"

我记着小如的指示，不慌不忙地说："我没有布票。"

听了我的话，她脸上的笑容还在，但拿围裙的手就想往回缩了。

我忙说："可是我有一张背心票啊。"

那时候，我们虽然不发布票，但每人每年有一张背心票，可以买一件背心。

她垂着睫毛说："可是，围裙和背心是不一样的。"

我说："是啊，是不一样。但是，如果我没有背心票，要买一件背心，就要给你两尺布票。对不对？"

她又笑起来说："是这样规定的。"

我说："那现在我用背心票换你的两尺布票，也说得过去啊。所以，我就可以用这个背心票买藏族围裙了。你说是不是啊？"

她开心地笑了，露出珍珠一样的牙齿说："这样的买卖，我以前从来没有做过。不过，你说得也有道理。就按你说的办吧，谁让你这样喜欢我们藏族的花围裙呢。"

我高高兴兴地抱着围裙回了家。伙伴们都开心极了，每人扎着围裙照了一张相。

只可惜那时的相片都是黑白的，不能充分显示出我的藏族围裙是多么光彩夺目。

大会餐

山上的军人会餐,像苹果树的大年小年,规模不同。具体的标准,有的和老百姓规矩一样,比如元旦算是个小节,春节就是大节。有的是自己约定俗成,比如"八一"建军节,就是一个比春节还隆重的盛大节日。

军队的节日,不在乎放多少天假。越是放假,越要准备打仗,比平时还忙活。再说,巡逻值勤站岗放哨的事,并不会因为放假而有一丝一毫懈怠。要是在平原当兵的话,还可以利用放假的机会,在街上逛逛公园遛遛马路,看看新盖的房子和鲜艳的花,总之,是瞧一些和军营景致不同的风光,让眼睛也从一片草绿色中脱离出来,休息片刻。可惜在高原上,这些都是奢侈的梦想。到处是冰雪世界,不愿看绿色你就看白色好了,只不过要小心啊,看多了会得雪盲。至于上街,更是没影的事了,高原方圆千里没有街,你不可能到一个不存在的地方去。

说起来惭愧,对于年轻的士兵来说,过节最主要的项目就是会餐。会餐最快乐的功能,就是吃一些平时吃不到的东西。对于枯燥苍凉的高原生活来说,会餐是胃和嘴巴的狂欢。

为什么春节没有"八一"盛大呢？关键是季节和气候。高原从今年的十月开始封山，一直到明年的五月才解冻，一年的日子有一多半埋在雪里。位于二月的春节，简直是寒冷的最高峰。大雪封山前抢运的干菜，临近春节时基本上弹尽粮绝，人们开始天天和罐头、榨菜打交道。"八一"就完全不同了，山下正是瓜果飘香的秋天，汽车兵们昼夜兼程跑运输，山上仓库满满当当，正是物资极大丰富的季节。要是车子有空隙，也许会带上一点绿色蔬菜。如果运输兵特别高兴的话，没准儿还有一两个半青不黄的哈密瓜，塞在驾驶楼里，越过雪线，公主一般地抵达高原。

　　比起来，春节是一块贫瘠的生荒地，"八一"就是富饶的江南平原了。

　　过节之前，先由炊事班订出菜谱，用复写纸复写了，印发到各小部门讨论，有什么意见，提出来汇总。要是某一道菜遭到多数人的强烈抵制，就取消它的入餐资格，用一道新的菜代替。如果只是少数人反对，对不起了，您就服从多数吧。

　　一般说来，"八一"的食谱好安排，因为物产丰富，随便就能对付出几个好菜来。特别是若有青菜，一个凉拌小红萝卜，就胜过山珍海味。要是有个炒虎皮尖椒什么的，简直就是龙肝凤髓了。春节的食谱，那是老大难，除了初一的饺子，无论什么馅的也得塞下肚子，图的是个吉利以外，剩下的食谱就大费周折了。

　　炊事班长特爱订食谱，那是他最风光的日子，所有的人都像陀螺似的围着他转，连声问，这回过节，吃什么呀？

　　他定的食谱千篇一律，净是大鱼大肉，腻死人。果平说，要是我没得健忘症的话，前年咱们就是吃这几道菜，去年也是，没想到，今年这些菜像大雁一样，又飞回来了。

小如说，要想不吃这种老掉牙的菜，只有一个办法。

我们忙着问，什么办法？

小如说，把炊事班长提拔成排长，让他率兵打仗去，咱就可以一劳永逸地不吃这饭了。

河莲说，你以为你是谁？司令员吗？想让谁当官谁就当了？办法好是好，就是咱说了不算，远水解不了近渴。

小鹿说，我有个办法，立等可取，马上见效。

我们说她吹牛，小鹿说，你们等着瞧吧，不到中午，你们就会听到有关春节会餐的最新消息。

当时是早上。早上的人心情好，大家根本不相信，一笑了之。到了接近中午时分，果然听到了令人震惊的消息，炊事班罢工了。我们赶紧打听怎么回事？原来是小鹿跑到领导那儿告状，说班长做的菜永远是一个口味，叫人越吃越灰心丧气，直想家。今年春节，坚决不吃班长主持下的饭菜了，强烈要求重打鼓另开张。领导并没有同意小鹿的意见，但不知谁嘴快，把话传给了火头军，他们立刻半是悲愤半是快活地表示，今年春节集体放假，勺把子交出来，请大家自我服务。

我们这才想到，年年过节只知抱怨菜谱重复，竟没有想到炊事班也需休息。领导见势，干脆来了个顺水推舟，说是本年春节的晚饭，充分发扬民主，以班为单位，自拟食谱，自己动手。会餐时各显其能，摆到桌面上来，互通有无，交换着吃。炊事班做好物资保障，要米给米，要面给面，要猪油给猪油，要清油给清油。

这下我们傻了眼，不知用什么填饱自己节日的肚子。河莲抱怨道，小鹿啊小鹿，我们只说让你反映一下情况，你倒好，干脆让我们自力更生了。

小鹿说，你们只说是不爱吃班长做的饭，我不是让大家达到目的了吗？

果平说，可是我们初一晚上吃什么呢？你也不是一只真鹿，要不，倒是可以做鹿脯吃。

小如说，别说那些没油没盐的话了，咱们平时不是总叫着想吃点可口的饭吗？现在机会来了，多好！我就想吃葱花饼，你们同意不？

她这么一说，我们好像立刻闻到了香喷喷的葱花味，口水溢满了牙缝，高声叫道——好啊！好啊！葱花饼！

河莲咂了一下嘴说，想得美！哪里有葱呢？

是啊，原料这一关把大家卡住了。每年秋天山下都往山上运大葱，但这种植物有个奇怪的习气——不怕冻，就怕动。这话说起来有些拗口，其实就是大葱一遇寒，就冻得硬邦邦，像一捆冰棒。这倒没什么可怕，只要别动它，安安稳稳可存放很长时间。要是一搬动它，就像骨折了的伤员，化脓流水，用不了多久就腐烂了。从山下到山上，绵延数千公里的颠簸，就是无休止的翻动，运上来的大葱保存不了几天，就不能吃了。到了春节时分，大葱已是一个值得留恋的遥远名词。

小如是坚定的葱花饼派，想了想说，没有大葱，我们就用洋葱代替。

洋葱脱水菜，库里倒是有几大麻袋。大家想，洋葱饼谁也没吃过，没准儿辣得鼻涕一把泪一把，但不妨一试，由此创个高原新食谱，流传下去也说不定。刚高兴起来，河莲又阴阳怪气地说，有烙饼用的家伙吗？饼铛或是鏊子？

我们大眼瞪小眼。到哪里去找这么专门的炊具？小如小声说，可以用炒菜锅代替，坡锅底能凑合。

河莲耸着鼻子说，那锅底才多大丁点地方？只能烙一个墨水瓶盖大小的饼。

小如不高兴，说，你说得也太邪乎了，怎么也可烙一个口罩大小的饼。

河莲说，就算能烙个帽子那么大的饼，够谁吃？这么些人要吃饱，你得从下午烙到上小夜班！

小如说，那就慢慢烙呗。不过，她底气比较弱，这工程量够浩大的。

我说，就是你乐意为大伙儿服务，怕也不成。因为你占着锅，别的班的人怎么炒菜呢？

葱花饼就这样悲惨地夭折了。一直没搭话的果平说，我倒有一个想法，这东西是咱们上山这几年从未吃过又非常想吃，除了自己做又绝没人肯做给咱吃的食品……

河莲说，我现在最想吃的就是凉拌你的舌头，绕的弯太多了。有什么，快直说。

果平说，棒子面粥！

啊！啊！！我们欢呼起来。

为了照顾边防部队，供应高原的都是细粮。大米白面吃多了，戍边官兵强烈地要求吃粗粮，想喝真正的棒子面粥。把有着浓浓的青草和太阳味的马牙状玉米粒，磨成棒楂，加了碱，泡入开水，在小火上文文地熬，让粥汤像压抑的火山岩浆，不出声地翻滚着，在粥面形成一个个涡轮状的圆环，一直保持沸腾，直到凝成黄金一般的冻儿。盛到碗里，喝一口，像大地橙色的乳汁。

可是我们没有棒子面啊！马上又是致命的原料问题。官兵们反映了多次，希望能供应一些粗粮，但山下的机关毫不理会，依旧把无穷的关怀化作细粮，前赴后继地拉上山。

我知道一个地方有上好的棒子面。果平神秘地说。

在哪里?

在军马所。果平像把一个重大的机密吐露出来。

军马所里有几十匹矫健的烈马,每匹马都像战士一样有档案,有专门的粮草供应,管理很严格。

我们说,果平,你的意思……是,当然,不是……是吗?我们不好意思把自己的猜测说出来。

果平说,你们猜得一点也不差,我的意思就是吃马料!

我们虽已想到马料这件事,但听人正儿八经地说出来,还是吓一跳。堂堂的共和国女军人,吃马料,合适吗?

那有什么了不起的?你知道山上第一个吃马料的是谁?果平说。

是谁?是谁?我们很好奇。

是司令员!果平郑重宣布。

我们说,瞎说瞎说!

果平小声说,我这是听司令员的警卫员说的,一级国家机密,千真万确!警卫员的腰扭了,我用银针,在他的手腕上扎了个新学的"扭腰穴",他顿时行走如飞,为了感谢我,他把这个秘密告诉了我。

河莲鄙夷道,这样的警卫员,不说枪崩了,至少也该关半年禁闭!幸好只是一个扭腰,要是得了红白痢疾被你治好了,还不得把整个防区要塞图偷来给你!

果平说,反正我也不是特务。再说,就是偷给我,我也看不懂、记不住。

小如说,别吵了,还是商量咱的食谱吧。马料好是好,但司令员要了会给,换了咱们就不一定了。要是马料搞不到手,咱们吃什么?

河莲又火起来,说,一个马料,也不是人参,有什么不给的?要是真想吃,你们看我的,要多少有多少!准备麻袋吧。

大家就哄她,说,河莲,那些管马的弼马温厉害着呢!军马都是有口粮的,你要吃马料,就是克扣军饷。

河莲听大家这么一说,心里也有点打鼓,就说,那小毕和我一起去吧。

我说,我愿吃馒头,不愿与马争食。

大家说,那不成,当班长的,就得为了大家谋福利。

我只得和河莲一道向军马所走去。绕过一座独立的小山冈,马厩就在眼前。盖得很讲究,好像一排排宽敞的旅社。各种颜色的军马正在悠闲地吃草,藏在长长睫毛下的大眼睛看到来了生人,都暂时停止了咀嚼,安静地注视着我们。我捅捅河莲说,待会儿,咱们可怎么说呀?

河莲说,不知道。

我气起来,说,既然你不知道,刚才逞什么能?把我也拉来出丑。

河莲说,这会儿不知道,不见得再过一会儿也不知道。车到山前必有路。

正说着,军马所所长走出来,说,哈哈,哪股风把人医给吹过来了?一般来说,到我们这里来的应该是兽医。他说着,介绍了自己的姓名,又说,一般人总记不住我的姓,都叫我马所长。

河莲说,马所长,有一件很重要的事情,要向您调查一下。您看,我们班长也一块儿来了,问题很严重啊。

我不知河莲闹什么名堂,只好顺势做出很沉痛的样子,皱皱眉,点点头。

马所长不吃这一套，说，你们有什么事就直说吧，我想不通有什么要紧的事，你们科长不来找我，打发两个姑娘来。

河莲说，马所长，你说得不错，我们和您的级别不对等，但我并不是要调你的军马使用，而是调查一件同最高司令官有关的事。

马所长态度显著认真起来，仍有保留地说，和司令员有关的事，应该是参谋长来啊。

河莲说，我把刚才的话补充一下，这事和司令员的身体有关，所以，就是卫生员来了。

马所长开始以平等的态度对待我们，忙问，司令员的身体怎么了？

河莲说，马所长，我们毕班长是干什么的，你知道吧？

马所长说，她是化验员，我知道。

河莲又对我说，那你就把司令员的化验结果，告诉马所长一下吧。

我的天！河莲这是玩的什么把戏？司令员最少有一年时间没到卫生科看过病了，我哪里知道司令员有什么化验结果！我便对河莲眨着眼说，真糊涂！这是可以随便说的事吗？你知道，最高长官的身体状况如何，一直是列入绝密等级的军事情报。你要逼我犯错误吗？

河莲做出不以为然的样子说，马所长也不是外人，是某一方面的最高指挥官啊。

我不解道，哪方面？

河莲说，马所长也是司令，是马司令啊。

大家就都笑起来，气氛融洽起来。河莲凑到马所长耳边说，事情是这样的，司令员最近开始闹肚子，很奇怪的一种腹泻。

军医们进行了重重检查，就是找不到原因。您知道，病从口入是一句真理。大家吃的都是一样的饭，怎么就只有司令员不舒服？后来经过反复调查才知道，司令员喝了用你们的马料熬的棒子面粥……有人怀疑是下毒……

河莲把这番话讲得滴水不漏，到了关键时刻，特别留出足够的时间空白，让马所长反思。

马所长的脸开始灰暗，吃力地说，咳咳……那事……是警卫员来说，司令员最喜欢吃乡土味道的饭了，我们就给了他一点……要知道，马一直是吃这种料的，一点事都没有……

河莲耷拉着嘴唇说，你能把司令员比马吗？马吃了没事，司令员吃了就一定没事吗？马还得口蹄疫和布鲁氏菌病呢，要是司令员在指挥战役的时候突然发病，我军必得蒙受重大损失！

马所长不停地点着头说，那是，那是。

河莲说，当然，我们是相信马所长的，肯定不会有人下毒。估计是有一些细菌污染，比如黄曲霉什么的，马吃了没事，但人无法适应。我们打算取司令员曾经吃过的棒子面，做一个化验，看看有没有不良成分。本来，我们科长是要亲自来的，那样就太严肃了，容易叫人往别处想，所以，就派我们两个小兵来，不引人注目，也是保护马所长的意思。

马所长简直感激涕零了，说，代我感谢你们科长，想得真周到。好，我这就领你们到仓库里去看马料。

军马所的仓库高大干燥，有一种很好闻的原粮味道，好像老农的小屋。所长指着一个打开的口袋说，司令员的警卫员，就是从这个袋里取的老棒子面。

河莲很内行地用手指捻捻金黄的粉末，然后还装模作样地低头闻了闻，又拈起一小撮儿拿到阳光下看了看，说，外观还是不错的，看不出有什么毛病。不过，肉眼观察只是初步结果，最后的结论，要用卫生部配发的毒物检测箱测试后，才能做出。

马所长诚惶诚恐地说，但愿不要有什么问题。不知要多长时间，才能得出结果？

河莲说，等着吧。有些细菌培养慢着呢。山上缺氧，细菌都不爱长。你先给我们找条口袋来。

马所长说，做什么？

河莲说，装老棒子面啊。

所长说，一个化验，用得了那么多？够蒸一笼屉窝头的了。

河莲敲打他说，谁敢用你这马料蒸窝头？司令员一天多少人关怀着，都消化不了你这棒子面，小兵的胃还不得叫它烧出洞？

马所长狐疑地说，那你拿一小包走，也足够用了。要知道，化验大便才用一小纸盒装标本。

河莲叹口气说，所长，咱不是不怕一万就怕万一吗？要是没事，当然好，要是查出什么可疑的东西，就还得回来取样，来回折腾，风声不就大了？想给您保密也露馅了。要是谁不知道这事，把这棒子面再拿去吃，不就麻烦了？

马所长终于感激地说，想不到你小小年纪，想得还很周到。好，我给你拿条大口袋，把这些都装走吧。

告辞的时候，马所长一个劲儿地说，有了结果，你可要早早告我啊。

河莲说，放心吧，等我通知。只是在这之前，你可跟谁也别说啊。

军马眨巴着大眼睛，目送我和河莲走出军马所。我看着马的大下巴，很心虚。我觉得人能骗过人，却未必能骗过马。这种智慧的生物，一定看穿了我们暗算它口粮的诡计。

我和河莲像偷鸡吃的狐狸，背着口袋往回走。离军马所很远了，我还不断回头张望，直到确信没有一个人跟着我们，才说，哎呀，河莲，佩服死你了！简直一个超级间谍，谎话编得比真的还像。我现在都不敢吃这袋棒子面了，可别真的拉了肚子。

河莲说，放心吃。给司令员挑选的，一定是最好的。我们也享受一回。

我说，河莲，你这不是谎报军情吗？

司令员就不是凡人了？人吃五谷杂粮，没有不得病的。你焉知司令员此时没跑肚拉稀？再说，把他吃的东西化验一下，这也是对首长的关心爱护。官兵一致才能得胜利，这是"三大纪律八项注意"里教导我们的。河莲说。

面对这种滴水不漏的逻辑，我无话可说。河莲警告我，这事就你我知道，别扩大知情人的范围。

我说，怎么，害怕了？

河莲说，对我倒没有什么，主要是维护司令员的面子，省得叫人笑话。

大家对我和河莲的赫赫战绩，表示了极大的敬意，当然也非常想探得事实真相。我牢记河莲的嘱托，守口如瓶。

春节前夕，各个小部落的人紧张地交流着食谱的心得，好彼此取长补短。比如，我们就知道了外科的医生们，打算把炊事班多年不敢涉及的干海参，给大家烹一个"红烧参段"尝鲜。这道食谱的发起人，是一位山东籍的外科医生，人称"山外"。他从小在海边长大，对鱼虾类由衷地热爱。阿里高原可能是全中国离海岸线最远的地方，想吃海鲜的人们，只有仰天长叹、顿足捶胸的份儿。"山外"医生有一天意外地在炊事班库房，发现了黑若木炭的干海参，大喜过望之后紧接着就是怒火中烧，责怪炊事班为什么不做给大家吃。班长很有涵养地说，谁知那是个啥虫虫？吃坏了大家的肠胃，你的事还是我的事？

不论"山外"医生怎样咬牙跺脚地保证，这绝对是一道高蛋白、高营养的美味佳肴，班长还是固若金汤，不为所动。最后说，你是指挥刀子的，我是指挥勺子的，咱俩两不掺和。你给病人开膛破肚去，这里我说了算！

"山外"医生胳膊拧不过大腿，只有隐忍着，等待时机以求一逞。这次可以光明正大地动手了，自然要实现他的梦想。

内科医生更是独出心裁，说是有一道拿手的菜，现在高度保密，到时候让大家口水流得把地上砸个坑。

大伙焦急地等待着初一的晚上，那将是八仙过海、各显其能的时刻。别管到时候能吃上什么，单是这份同仇敌忾、众志成城的心劲，就让人兴奋不已。

久久盼望的节日终于到了。初一一大早吃了饺子之后，小如就率领我们占住了大铁锅，因为棒子面粥是没法用高压锅煮的，山上水的沸点低，为了保证粥的效果，只有笨鸟先飞，早些开始动手。再加上各种方案不论怎样变化，总得用炊具。炊事班就那么几口锅，下手晚了，就没法操练了。

自从河莲拉着我完成了熬棒子面粥最艰难的工序，搞到了原料，我们俩几乎有了游手好闲的资本。人家都忙，我俩袖着手，在营房里乱转。我说，还是给小如帮帮忙吧？

河莲说，一个穷人饭，有什么难做的？让她们干吧！你去掺和，人家还觉得你争功呢。

我们穿着新军装，东张西望，不知怎么到了外科。几个外科医生愁容满面，恨不能用手术刀自刎的模样。

我们忙问，这是怎么啦？

"山外"医生长叹一声，并不回答，只把一只脸盆状的行军锅，端到我们面前。锅里半盆冷水中，沉淀着一些黑石子样的东西，四周略有些发黏，好像被烤煳了的沥青蛋蛋。

这是……噢，海参！河莲悟性甚好，立刻判断出黑蛋的实质。

这还不能说是海参，只能说是海参干。"山外"咬文嚼字地纠正。

河莲说，甭管它到底是什么了，你们今天晚上就请我们吃这个？

"山外"医生说，已经泡好几天了，谁知它这么顽固，完全不动声色。你会发海参吗？

河莲说，我吃过海参。可没发过海参。为什么不问问炊事班长？

"山外"医生说，不是我瞧他土，他连海参都不认识，又怎会知道如何发制？

河莲大包大揽地说，我替你们想想法子。

我随河莲走出来说，你特爱吃海参？

河莲说，特不爱吃，软溜溜的，像个烂胶皮管子。

我说，那为什么多管闲事？

河莲说，有人在大年初一时候发愁，吃不上可口的东西，这是闲事吗？

我说，好像你是后勤部长似的。

河莲说，你怎么就知道我以后当不上后勤部长呢？

我说，好啦！炊事班到了。

钻进炊事班黑洞洞的宿舍，我本以为班长还不揣着手，乐得四处转悠，没想到别人在打扑克，他一副忧心忡忡的样子，坐立不安。见我们进来，马上兴高采烈地说，是不是做不出饭来了？还得请教我是不是？我就知道，别看你们摆弄个心啊肺的行，真要对付肚子，还得我出马。

面对大喜过望的班长，真不好意思说我们一切顺利。好在河莲马上虚心求教，您知道干海参是怎么发的吗？

班长对这个问题不感兴趣，说，那个虫子干啊，有什么好吃的。丢了算了！

河莲说，丢了？你是地主啊！一个干海参，比十块那么大的肥肉都值钱。不过，要是连你都想不出好办法，那就只有扔了。

一说到昂贵的价值，班长立刻服从节约的原则。他说，既是这样，哪儿能扔了？说什么也得把它发起来。

河莲说，你想个办法吧。

班长说，法子不用想，现成就有一个。你们等一会儿，立马就得。保证叫海参发得像个棒槌。

班长说得活灵活现，我根本不信。你想啊，他在陇西山沟里长大，连鱼虾海鲜为何物都不知道，哪来的灵丹妙药？

班长筹措土方子去了。我对河莲说，被海风腌透了的"山外"都没咒念，你能信班长的？

河莲说，他嘴那么硬，偏方治大病也说不定。

等啊等，班长回来了。他抖出一个小纸包，很严肃地说，拿去，给"山外"，泡水里，多搁点，用不了多长时间，保管软。别说海里的什么参，就是龙王的胡子，日子久了，也能沤成泥巴。照我说的办吧。

我摸了摸纸包，里面是粉末状的东西，还夹杂着小颗粒。

好像是土。走出炊事班宿舍，我对河莲说。

只要不是毒药就成。河莲永远一张乌鸦嘴。

我们把纸包交给"山外"医生，他们正望眼欲穿地等着我们。打开纸包一看，是一些灰白色的结晶体，散发着怪异的味道。看着"山外"他们莫名其妙的眼神，河莲打包票说，这可是祖传秘方，你们若是信不过，就只好端着空碗，等着到别人的锅里蹭食了。

嗟来之食不好咽。"山外"可能想死马当活马医呗，把纸包里的货色一股脑儿地抖进海参盆里。粉面刚一入水，就发出滋滋的响声，好像一把有热度的铁屑被淬了火。尔后迅速溶解弥散，砂糖一般溶化不见了。

这玩意儿的味道不怎么样。"山外"耸着鼻子说。

您以为是香水哪？化学药品基本上都没什么好味道。河莲辩解道，好像纸包里的东西是她生产的产品。过了一会儿，她低头看看说，好像还挺灵的。

灵不灵得看软不软。"山外"说着，伸手捏了捏海参，不由得高兴地叫起来，嘿，真见效！

我们都把手探到盆里，像抓鱼似的，把海参从头捏到尾。真的，刚才坚如磐石的海参，此刻叛徒一般没了脊梁骨。

"山外"他们忙着钻研烹炒的具体措施，我俩就撤了。回去看看小如的棒子面粥，已经熬出了秋天的田野味道。再加一把火，便功德圆满了。我们又到内科去侦察。

内科医生们完全看不到想象中的忙碌情景，消消停停，好像已经吃完了饭。你们准备用什么好吃的，和我们以物易物啊？不会是打算白吃吧？河莲一副上级视察的口气。

内科医生们说，我们的东西，蛋白质价值高多了。一对一换着吃，我们就亏了，不能鱼目混珠，最少要举一反三，一碗换三碗。

河莲说，隔山买牛的事，红口白牙光说不成，得有真东西。

内科医生准备的晚餐，在一只硕大的铁桶里，上面罩着一块雪白的纱布，他们掀开一个小角，让河莲瞅瞅。本来我也想凑过去看的，没想到，河莲看了一眼，吓得闭上眼，说你们怎么敢吃这个？

内科医生说，特好吃，不信你尝尝，保证吃了一块还想吃第二块。

河莲说，这不是犯法的吗？

内科医生说，也不是我们把它打死的，是它自己累死的。

看大家说得这么热闹，我赶紧也揭开纱布看看，只见一个兽头，一对长耳朵，高高地支棱着，还有一些淡褐色的纤维粗大的肉块，横七竖八地摞在桶里。

这是野马肉。内科医生介绍道。

野马是俗称，大名叫"藏北野驴"。它长得非常像马，矫健敏捷的四只蹄子，几乎能在陡直的悬崖上攀登。它们喜欢群居，几十匹甚至几百匹聚为强大的方阵，奔跑起来如铺天盖地的赭色台风卷过，连苍鹰的翅膀都匍匐在它的影子下。与平原迟钝愚笨的毛驴，绝不是一个祖先。可惜它的尾巴，不知为什么不像骏马是长而蓬松的一大把，而是上端细弱下端散乱的一小绺儿，灭了英雄气概，被人强行归属到驴子的麾下，简直是千古奇冤。

内科医生们下牧区巡回医疗时，有一天早起突然在帐篷边发现了一只孤独的野马，怎么也赶不走。大家开玩笑说，是不是这只野马病了，闻到了咱们帐篷有药的味道，特来寻医？仔细看看，也不像，那野马精神抖擞，没有丝毫病入膏肓的迹象，很爱与人相处。你轻轻地走过去，它会宽容地允许你抚摸它的鬃毛。要是别的野马，早就像一阵风跑到天边了。每天晚上这匹野马就神秘地消失了，早上又来到帐篷边。几天过去后，不知是哪个好事的人说，这马和人有缘分，没准儿还能学会驮东西呢。要是能和军马交配，也许能产生一代骁勇异常的高原马呢！大家都说这主意好，不妨一试，首要的任务是先驯化它。有人扛出一袋面，说让野马驮着跑一圈。野马从来没有见过面口袋，很乖巧地让人把面袋放在马背上。就在面袋安放在马背上的那一瞬，所有在场的医生都清清楚楚地听到咔嚓一声响，美丽的野马像土墙一样倒塌了，静静地躺在地上死了。原来野马为了攀越雪峰，所有的肌肉都集中在腿上，背部的力量很薄弱，哪里禁得住沉重的面袋，它的椎骨断裂了……内科医生看着野马，悔之莫及，觉得是自己谋杀了它。但死去的野马不可再生，医生们就很实用地赶紧把野马杀了，自己吃了一部分杂碎，把马头和马肉带了回来，让大伙也尝个鲜。一般人虽然在高原多年，因为野马是国家保护动物，不可随便猎杀，所以，并不知道野马肉是什么滋味。反正野马已经死了，大家就打打牙祭吧。

原因说明白了，内科医生们优待我和河莲，给了我俩每人一大块野马肉。别看野马长得很秀气，肌肉纤维非常硬，每一丝肉比火柴梗还粗。我谢了内科医生们，还是把野马肉放回桶里。我不能吃那么敏捷、美丽、善通人性的野马的肉，尽管它已化成白骨。

盛大的晚餐开始了。各个部落的人们把自己精心策划、精心制作的食品摆在桌子上，好像美味大会师。大家用罐头汁代替酒，互相祝福，甚至东倒西歪，步态踉跄，假装喝得醉醺醺。

我们灿若葵花的老棒子面粥、"山外"医生的红烧海参和内科医生的凉拌野马肉，都因独出心裁而出尽了风头，被人们一抢而光。药房的小伙子们实在想不出什么主意，就蒸了一锅农村妇女回娘家时带的大饽饽，还巧夺天工地揉成各种形状，比如公鸡、老鼠、兔子、刺猬什么的，用剪子剪出羽毛或刺，用黑豆做了眼睛。真想不到，他们那么粗的手指头，怎么做得这么细致。唯一美中不足的是，有人用红药水，在公鸡的头顶点了鸡冠子。上笼屉的时候被水汽一哈，红色洇到鸡胸脯上，活像刚打了败仗的斗鸡，被啄得满身是血。一般人都躲着不吃它，唯有炊事班长用筷子一扎而起，一口咬掉鸡翅，乐呵呵地说，红……吉利……

还真有几个男卫生员惨淡经营地烙出了饼，只不过那饼的模样有些不成嘴脸，每张都是圆环状的，好像日环食时的太阳。面的四周边缘生，中央部分煳，谁要是吃这种饼，就得有嘴唇乌黑半夜拉肚子的勇气。一问才知道，困扰我们的饼铛或鏊子的问题，也使他们一筹莫展。不过，到底是男子汉，敢想敢干，把罐头盒子铰开，几张铁皮镶在一起，就成了简易的烙饼锅，铺在炉台上，蛮像回事。然后和好面大张旗鼓地干起来。刚开始烙的一两个饼还不错，大家就抢着吃了，快活无比。没想到，从第三个就出了问题，那罐头盒子的铁皮薄，烈火持续焚烤下，中央塌陷，渐渐熔化，最后居然成了一个不规则的破洞。倒霉的厨师们面临着一个选择，要么洗手不干，乖乖地吃大锅饭，要么在困难环境下坚持住，继续因陋就简地烙饼。男卫们不愧是勇敢的战士，他们干脆把面坯擀成圆环状，放在破成同样形状的罐头饼铛上，有一种好马配好鞍的和谐感。火焰四周温度比较低，这种环形锅就可以多坚持些时间，实在破烂不堪时，再垫上一块新的罐头皮，平均烙几个饼就换一个锅。凭着坚韧不拔的努力，男卫们终于贡献了一堆半生不熟的饼。大家都说，这发明创造可以记个三等功了。

还有些恶作剧的，在糖包子里藏着一片黄连素，谁不幸嚼中，苦得肝胆欲裂，大过节的，又不好发作，只得灌一肚子雪水，拼命地刷牙。

最奇怪的是，每当我要用筷子夹海参的时候，河莲就拉我胳膊，不是说这说那转移我的注意力，就是干脆挡住我的筷子，好像怕我多吃了这道海味，就没她的份儿了。我很气愤，但细细一看，她竟是一口也不吃海参的。

平心而论，那道菜真是烧得不错，海参软得恰到好处、糯滑无比的样子，让人想象它滑入口腔，真正滋味无穷。大家的筷子紧锣密鼓地伸向海参，眼看就没了，我对河莲的饮食干涉颇为不满。她看着我横眉冷对的样子，马上笑嘻嘻地说，别发火，初一哭丧脸，一年都不顺。听我的吧，没错。

想到她一贯运筹帷幄的机智，我决定不和她计较。

那一顿饭，是我上山以来吃得最痛快淋漓的，当然，除了海参。饭后，我和河莲沿着狮泉河漫步，滔滔的河水在夜色中像黑暗的绸缎，铺向远方。

我说，河莲，为什么不让我吃海参呢？我会后悔一辈子的。

河莲说，你知道班长给我们泡发海参的粉末，是什么东西做的吗？

我说，好像是一种化学物质吧？

河莲说，那是他从男厕所山墙外面的墙壁上刮下来的硝。

我把舌头吐出来说，我的天！那不就是尿碱吗？

河莲说，别说得那么难听。那也是一味药，叫作"人中白"。泡进水里，劲道很大。土方法鞣皮子，常要用硝的。一般的东西，都抵挡不了硝的力量。

我说，不管怎么说，河莲，你真是我的好朋友，没让我吃"人中白"泡发的海参。就为这个，我得感谢你一辈子。

河莲说，其实，要是不知道，吃了也绝对没什么。

我说，可你是怎么知道的？

河莲说，我特地问了炊事班长，作了一番调查研究。作为一个真正的军人，你什么都应该知道。知己知彼，方能百战百胜。

我由衷地说，河莲，你真应该像你爸爸一样，做一个司令员。

河莲说，我也是这样想的。努力吧，也许几十年之后，我会成为中国第一位女元帅，你来做我的参谋长吧。

我说，我还是做你的秘书吧，为你记录点什么，把这里发生过的故事告诉平原的人，告诉以后的人。要不，没有人知道我们曾经在这里生活过，曾经有过这样的会餐，还有美丽的野马……

河莲说，那好吧，我们就一文一武好了。

于是，我们击掌为约。两个女孩子清脆的掌声，回荡在辽阔无际的高原，流动的河水和银亮的星星为我们作证。

突然背后响起一片掌声，原来是小鹿、果平和小如来找我们了，听到我们的掌声，也跟着鼓起巴掌来。

小鹿说，你会写一部这样的书吗？

我有些不好意思，说，我会试一试，能不能成，就不知道了。

小如说，你一定会成的。

果平说，写好了，一定要寄给我看看。你要是把我写得不好，我饶不了你。

我说，我会如实写的，好就是好，不好也没什么了不起的。反正我们就是这样过的日子!

我们五个西藏高原的女兵，手拉着手，快乐地沿着河边，走向我们高原上的家。